ぬばたまの黒女(くろめ)

阿泉来堂

角川ホラー文庫
22718

目次

プロローグ

仄暗く沈んだ室内には、腐臭に似た甘い香りが漂っていた。汗ばんだ肌に張り付くような蒸し暑さはなりを潜め、薄ら寒く感じられる静けさの中、しとしとと屋根を打つ雨音だけが虚しく響いていた。見渡すほど広いその空間の中央で、一組の中年夫婦が跪き両手を合わせ頭を垂れている。

夫の方はややくたびれた黒のスーツ姿、妻は型遅れの黒いツーピース。一見すると葬儀にやってきたかのような佇まいだが、この場所に死者の眠る柩はない。

夫妻の正面、やや離れた位置には白い布で覆われた祭壇があった。中央の篝火で香のようなものが焚かれ、そこから立ち上る煙が見上げるほど高い天井へと伸びている。その手前には夫妻が持参した一枚の写真と子供用の衣服が据えられている。

祭壇の前に立つ白で統一された浄衣の男。年齢は四十代半ばだろうか。痩せぎすで少々疲れた顔をしているが、表情は穏やかで人当たりが良さそうである。長さ五十センチほどの古びた木の剣を右手に持ち、左手には柄の先が三叉に分かれ、ややくすんだ黄金色をした鐘を所持していた。

男が鐘を鳴らす。りぃん、と高く響いた鐘の音によって夫妻の意識はここよりずっと尊く高尚な世界を垣間見る。肉体から離脱した魂が雲一つない夜の空を滑空するような、なんとも不思議な心地だった。

男は自らを『天師』と名のった。当初、奇跡を起こすというこの人物の噂を信じきれずにいた夫妻だったが、一縷の望みに思いを託し何もかもなげうつ覚悟でここにやってきた。そんな彼らをひと目見るなり「必ず、会いたい人に会えますよ」と告げた天師の柔らかく慈愛に満ちた微笑みを前に、夫妻の不安は驚くほど簡単に霧散していった。

天師が右手を掲げ、刀身に七つの星が刻まれた木剣を左へ右へ、緩やかな動作で振る。たなびく煙が木剣の動きによってふわりと動きを変え、均一だった流れに乱れが生じ始めた。あたかも彼がこの世の理を自在に操っているかのように。

ふと、遠くの方から鐘の音がした。高く尾を引くような調子。何枚か壁を隔てたようなくぐもった音。不規則なリズム。夫妻は無意識に音の出所を視線で探っていた。ここには夫妻と天師以外、誰もいない。かすかな雨音がするだけで、外から音が響いてくる気配もなかった。

また、鐘の音と同様に一定の間隔で床にかすかな振動が感じられた。注意していなければ気が付かないほど微かな響きであった。決して耳障りな破壊音でも、忌避すべき雑音でもなく、鐘が響かせる幻想的な音と共に、身体に直接訴えかけるような温かさすら感じられる音の波動。それが床を伝い、夫妻の身体の中心へと達しているのだった。

天師の声が徐々に大きくなり、周囲の空気を震わせた。悪しき存在を蹴散らすかのように木剣を激しく振るいながら、彼は呪言を繰り返す。

気が付けば、夫妻は互いの手を握り合っていた。二人に共通する感情は期待と不安、そして一抹の希望であった。夫のこめかみから流れた汗が無精ひげだらけの頬を伝って落ちる。妻はぐっと息を詰め、亡き母親の形見である古ぼけた数珠を固く握りしめてはその身を強張らせていた。

どん、と腹の底に響く強い振動音がするのと同時に天師の声はぴたりと止み、ひときわ大きく鐘が鳴った。長く尾を引いたその音が鳴り止む直前、天師はもう一度声を張り上げ、同時に木剣を祭壇奥にある扉へと突き出した。

いつしか雨音も消え去っていた。耳鳴りがするほどの完全なる静寂の中で、掛け金が外れる音と共に扉が重々しく開き始めた。象の歩みのようにゆっくりと、人ひとりが通り抜けられる程度の隙間ができると扉は動きを止める。

夫妻は身を乗り出すようにして扉の奥に広がる闇へと目を凝らした。こちらを振り向いた天師は一歩脇へと逸れ、夫妻と扉の間から身を引いた。

「あ……あ……」

声を漏らしたのは妻だった。

「あなたなの……？」

扉の向こうから、ゆっくりと滑るように入ってくる人影。それは不思議とほのかな淡い光を放っていた。立ち上る煙と同様に、こちらが身じろぎしただけでふっとかき消されてしまいそうな儚さを感じさせるその人影は全体的に白く靄がかかっている。表情を見て取ることはできないが、全体のシルエットから幼い子供であることがわかる。

「彰浩……？　本当に……？」

夫の呼びかけに答えるようにして、淡い光を有した人影は祭壇を通り抜けて夫妻の面前にやってきた。妻は涙を溢れさせ、夫はおずおずと手を伸ばす。

触れることは叶わない。しかし確かにそこにいる。広げた掌に微かなぬくもりのようなものを感じて夫はそのことを確信した。

「ご子息の魂が『幽世の門』よりやってきました。どうぞお話し下さい……」

天師が静かな口調で促した。

「あきちゃん……ごめんなさい。ママは……あぁ……」

嗚咽混じりに声を上げた妻が、ひっつめ髪を掻きむしりながらむせび泣いた。彼女に寄り添った夫が目の前の人影——息子の魂と呼ばれた存在を見上げながら、「すまなかった。本当にすまなかった」と繰り返す。

二人の言葉を一身に受けた魂は何かを口にすることもなく、ただじっと二人を見下ろしていた。感情はおろか、表情すらも見出すことはできない。

「お判りでしょう。お子さんはあなた方に逢えて喜んでいるようだ。憎むなどとんでもない。自らの運命を理解し、受け入れ、こうしてあなた方を見守っているのですよ」

「天師さま。息子は……彰浩は……」

天師は何もかもわかっているとでも言いたげに、静かに首肯した。

「ご子息はお二人に感謝しています。短くても共に過ごした時間は決して無くなりはしない。あなた方に与えられた幸せを今も大切に抱いている。その証拠に、彼の魂はとても穏やかで満ち足りていますよ」

天師の言葉を受け、夫は堪え続けた感情の波を決壊させた。顔をくしゃくしゃに歪め、おいおいと声を上げて泣き崩れる。手を握り合う夫妻をしばし見つめていた魂は、やがてその姿を変化させ、立ち上る煙に溶け込んでいった。

「これで本当の別れです。あなた方は前に進みなさい。それが何よりのご子息の供養となるでしょう」

天師の言葉に何度も肯き、その足元にすがるようにして夫妻は頭を垂れた。

最後に一つ鐘の音が響き、開いた時と同じように、祭壇奥の扉が重々しい音を立てる。

この世とあの世を隔てる扉が、ゆっくりと閉ざされた。

第一章

1

電車を降りた途端に電話が鳴り、僕は反射的に通話ボタンを押した。

『——もしもし、こちら井邑陽介さんの携帯ですよね？』

開口一番、怒りを押し殺したような低い声がした。

『私、あなたの妻ですけど、覚えていらっしゃいますか？』

「いきなりどうしたんだよ。覚えてないわけないだろ」

『あら嬉しい。何度電話しても全然出てくれないから、私のことなんて忘れちゃったのかと思ってたところよ』

新手の嫌味だろうか。出がけに口論した時の怒りがまだおさまらないらしい。ひどくつっけんどんな口調の妻は電話越しにも分かるほど、あからさまな溜息をついた。

「電車の中だったんだよ。マナー違反になるから出なかっただけじゃないか」

『マナーですって？　だったら私からの電話もメールも無視して何百キロも離れた田舎に一人で出かけちゃうのはマナー違反じゃないっていうの？』

マナーの問題ではないだろう。と返しそうになるのを堪え、「悪かったよ」と形だけの謝罪を口にする。

『そうやって謝っておけばどうにかなるって思ってるんでしょう。ねえ陽介、私の相手をするのがそんなに面倒くさい？』

「そんなこと言ってないだろ。変な解釈するのはやめてくれよ」

『だったら、そう思われないようにしてよ。あなたのそういう所が喧嘩の原因になってるって、どうしてわからないの？』

電話口の声は更に苛立ちを募らせ、その後も畳みかけるような不平不満が次から次へと放たれる。こうなってしまうと、ひとしきり吐き出すまでは手が付けられない。

結婚してもうすぐ半年になる妻は最近、口を開けばずっとこんな感じだった。その原因が僕の優柔不断さや決断力のない性格によるところが大きいということは理解している。付き合い始めた頃はそういう部分も温かい目で見守ってくれていたようだが、最近ではそれすらも癪に障るらしい。そんなに僕のことが気に入らないのなら、結婚などしなければよかったのにとも思うのだが、そんなことを身重の妻に対して言えるはずがない。だから結局は、何を言われたとしても僕がぐっと堪えるしかないのだ。

次から次へと浴びせられる皮肉めいた言葉を聞き流しながら、この鬱屈とした気持ちを紛らわせることが出来ないかと、僕はホームに設置された掲示板に視線を向けた。

別津町観光案内と称したいくつかのチラシ、電車のダイヤ、町立中学校の吹奏楽部による演奏会のお知らせ。どれもさほど興味をそそらないものばかりだったが、一つだけ目を引いたのは、端の方にひっそりと掲げられている『行方不明者　情報求む』と題された捜索ビラだった。もとはカラーだったらしいが、長く放置されているせいでひどく薄汚れている。写真に写っているのは朗らかな笑みを浮かべた十代の少女で、この町の中学校に通っていたのだという。こんな風に放置されている所を見ると、この少女は今も見つかっていないのだろうか。

『ねえ、ちゃんと聞いてるの？　都合が悪くなるといつもそうやって黙り込むけど、本当は何か言いたいことあるんじゃないの？　それとも、うるさい嫁とは口もききたくないとか？』

「そ、そんな、ちゃんと聞いてるって……。とにかく落ち着いたら連絡するから」

僕は慌てて取り繕った。

『そんなこと言って、ちゃんと連絡してくれたことなんてなかったじゃない。いつだって私のことは後回し。今回だって――』

「――あ、ごめん。バスの時間だ」

矢継ぎ早に繰り出される非難の声を遮って通話を終えた。少し時間をおけば冷静になってくれるだろう。そう勝手に納得して携帯電話をバッグに突っ込んだ。それから改札を抜け、特徴的な三角屋根の駅舎に懐かしさを感じながら、僕はバス乗り場へと歩き出した。

別津町は札幌(さっぽろ)市から電車で五時間ほどの距離にある酪農と林業が盛んな町だ。観光客も多く、名所となるスポットがいくつも存在し、駅前のあちこちに観光客向けの広告や告知物が散見される。

バス乗り場に着くと、ちょうど目的地へのバスがやってくる時刻だった。時計の針は正午を回っており、早朝六時五十分の電車に乗り込むため朝食を抜いたこともあって、腹の虫が鳴いている。どこかで軽い物でも食べようかと思っていたが、その時間はなさそうである。やってきたバスに乗り込むと、乗客は僕の他に腰の曲がったお婆さんが一人だけだった。後方の座席に腰を下ろすと同時に昇降口のドアが閉まり、億劫(おっくう)そうな排気音をたてながらバスは発車した。

駅前の通りを抜け繁華街から離れるにつれて、町並みはどんどん寂しくなってくる。戸建てばかりが目立つ住宅街に差し掛かり、どことなく見覚えのある町並みを見るともなしに眺めながら、僕は湧き上がる郷愁に身をゆだねていた。信号で停車すると、学生服姿の一団が横断歩道を渡っていく。その様子をぼんやりと見つめて、自分にもあんな頃があったんだなどと妙に年寄りくさいことを考えては苦笑する。

厳密にいうと僕はこの町の生まれではない。ここから十数キロ離れた山の麓(ふもと)にある村の出身であり、今向かっているのもまさしくその皆方村(みなかたむら)であった。

村には小学校しかないため、中学に上がると村の子供はバスに乗って別津町へ通うことになる。こうして十数年ぶりに生まれ故郷に帰ってきたのも、毎日一緒にバスに揺られた友人たちが久しぶりに集まるからだった。

皆方村は近々、行政の取り決めによって別津町の一部として統合されることが決定しており、それによって皆方村という名称も無くなってしまう。そうなる前に集まらないかという連絡が入ったのである。しかしながら、僕にとってその誘いは嬉しいばかりのものではなかった。

正直な所、皆方村で過ごした当時の記憶は、いい思い出も多いが、それを打ち消してしまうほどつらい記憶の方が多かった。今から十二年前、中学三年の夏の終わりに村を出て以来、一度も帰る気になどならなかったのだから、それがどれほどのものかは言うまでもないだろう。今でも当時の鬱屈とした日々を思い返すだけで心がざわつき、気が滅入りそうになる。

それでもこうしてやってきたのは、妻とのぎくしゃくした関係に疲れ果てていたからかもしれない。懐かしい友人と再会することで、暗澹たる気持ちを少しでも払拭出来れば来た甲斐があるというものだ。

窓の外を過ぎていく風景がいつの間にか一変し、バスはやがて峠道に差し掛かった。この峠を抜けた先に皆方村はある。

僕が生まれ育った故郷。両親と暮らした家。そして懐かしい友人たちのいる村が。

2

こくりこくりと舟をこいでいるお婆さんを尻目にバスを降りた僕は、皆方村へと続くなだらかな坂道を下っていく。ほどなくして数軒の建物が軒を連ねる通りに出た。少し先に小学校があり、その手前の目につく位置には小さな商店がある。駄菓子やパンなどの飲食物の他に文房具や少量の日用品を取り扱っており、クリーニングや宅配便も利用できる。店の外にはベンチが二つ、木製のテーブルを挟み向かい合っていた。

友人たちと駄菓子を買い食いした思い出深いその場所に、今は僕と同年代くらいの男女が数人、寄り集まっていた。

「あ、来た来た。陽介だ」

僕の姿に気づき手を上げたのは、ショートカットで背の高い、すらりとした印象の女性だった。すぐに誰か分からず僕はたじろいだが、左目の下に黒子があるのを見つけ、鈴原芽衣子だと気が付いた。

「芽衣子、なのか？」

誰に問いかけるでもなく口中に呟く。しばらく見ない間に随分と印象が変わっていた。僕の驚きをよそに、一同の間ではちょっとした歓声が上がる。

「うわあ、懐かしいなぁ」

ベンチから立ち上がり僕の肩を叩くがっしりとした体格の男は松浦良太。カラーシャツと格子柄のパンツ姿に顎髭が特徴的だ。

「全然変わってねえよな。髪型まで昔と同じじゃんか」

からかうように言いながら肩を組んできたのは篠塚透。極端なツーブロックで強調した金髪を整髪剤で輝かせ、首や腕にじゃらじゃらとしたアクセサリーを光らせている。もうすぐ三十を数えようという年齢を感じさせない出で立ちである。

「あんたたち暑苦しいのよ。陽介、びっくりしてるじゃない」

うんざりした口調で二人をたしなめたのは九条紗季。やや茶色がかったセミロングの髪を肩に垂らし、白いノースリーブに花柄のロングスカート姿で、手にしたラムネ瓶をワイングラスみたいに掲げた。中学の頃から評判だった外見は健在で、大きな瞳に鼻筋の通った顔立ち、そして健康的な肌が眩しい。

「でもほんと懐かしいよぉ。何年振り？　十一年ぶり？」

「十二年だよ」

軽く訂正すると、芽衣子は「そっかぁ」とさも嬉しそうな声を上げ、顔の前で両手を合わせる仕草をしてみせた。紗季とは対照的に、ストライプのシャツにデニムを合わせたシンプルかつボーイッシュな出で立ち。中学までは背が低く、どこか垢ぬけない印象だった彼女だが、すっかり背も伸び、細くしなやかな身体が若々しさを強調していた。

「よく来てくれたな陽介。会えてうれしいよ」

最後の一人、宮本一樹（みやもとかずき）が黒縁眼鏡の奥で目を細めた。薄汚れた作業着と頭にタオルを巻いている姿から、それが仕事着だと察しがつく。

宮本は父親がこの村で林業を営んでおり、自社の工房ではオリジナルの家具も制作している。彼自身は高校卒業と同時に村を出て違う土地で働いていたのだが、数か月前に脳梗塞（のうこうそく）で倒れた父親の介護を手伝うために戻ってきたらしい。看病の甲斐（かい）なく父親は亡くなってしまったため、今は職人のもとで修業しつつ、会社を経営する母親の手伝いをしていると手紙に記されていた。

宮本家の経営する『宮本林業』は道内各地の企業と古い付き合いがあり、皆方村においては貴重な働き口である。村にいた頃、僕の父親が勤めていたのも何を隠そうこの宮本林業だった。

ちなみに他の四人のうち、松浦と篠塚はすでに家族とともに村外へと転居している。芽衣子は高校時代に両親を事故で亡くし、唯一残っていた祖母も後を追うように逝ってしまったため、ひとり札幌に引っ越したという。紗季の祖父は僕たちが物心ついた頃から村長を務めていて、今でも村一番の有力者である。母親は彼女が生まれてすぐ病気でこの世を去っており、父親は村の女性と再婚している。そのあたりの事情が関係しているのか、昔から継母（ままはは）との関係に悩んでいた紗季は中学卒業後、全寮制の高校に入学し、大学へと進んだのちに東京で就職したらしい。

つまるところ、今もこの村で暮らしているのは宮本だけで、僕を含む他の者は全員、別の土地に住んでいるということになる。こうして集まりでもしない限り、顔を合わせることなど出来なかっただろう。

「今ちょうど、篠塚が中学の時に好きだった女の子の話をしてたのよ」

「そうそう、三つ編みが可愛い生徒会の子だったよね。確かこっぴどくフラれたんじゃなかった？」

「おい、やめろって。寄ってたかって古傷を抉るようなことするなよ」

紗季と芽衣子が中学の頃と同じ調子で篠塚をからかい、どっと笑いが起きる。昔と変わらないやり取りに自然と笑みがこぼれた。

長く疎遠だったことを忘れてしまうほど会話を弾ませる一方で、僕はある種の重苦しさを感じてもいた。十二年ぶりに故郷に帰ってきた僕には、彼らとの旧交を温める以外にもう一つ目的がある。軽々しく口にすることが出来ない、とてもデリケートな問題だ。そのことを正直に話せないことが、僕に強い罪悪感を抱かせてもいるのだった。

懐かしい顔ぶれ。気の置けない仲間たち。そんな彼らに対して僕は……。

「そういえば、陽介はどうなの？」

唐突に話題を振られ、思わず飛びあがりそうになった。どうにか平静を装い「何が？」と問い返すと、芽衣子がふふん、と意味深げに笑みを向けてくる。

「決まってるじゃん。恋人は？　いるの？」

全員が興味津々といった調子で僕に注目する。自分にお鉢が回ってきたことを理解しつつ、嘘をついても仕方がないのでここは素直に答えることにする。

「実は半年前に結婚したんだ」

　左手の薬指に嵌めた指輪を見せてそう告げると、僕を囲む視線が一斉に驚きの色へと変化し、次の瞬間には拍手と歓声が沸き起こった。

「結婚って、まじかよ」

「うわー、陽介に先を越されるとは思わなかった」

「ほんと、こういうのは一番奥手そうだと思ってたのに」

　松浦はため息混じりに苦笑し、篠塚は短い金髪をぐしゃぐしゃとかきまわす。紗季は再びラムネの瓶を「乾杯」と掲げてみせた。

「嘘でしょぉ。陽介ぇ」

　芽衣子は何故か落胆した様子で切れ長の目を潤ませていた。

「くっそー、こんなことなら、俺もさっさと結婚しちまおうかな」

「へえ、あんたにそんな相手がいるの？」

　紗季の挑発的な質問に対し、篠塚は「当たり前だろ」といきり立つ。

「自慢じゃないけど俺、結構モテるんだぜ。最近でも三人の女に同時に言い寄られちゃってよ、いい男ってのはつらいよなぁ」

「その三人が行きつけの風俗の女だってことさえ除けばな」

　すかさず松浦が口を挟むと、篠塚はばつが悪そうに取り乱した。

「おい、バカ、それを言うんじゃねえよ。お前だってこないだＳＮＳで未成年のガキを引っかけてやばいことになりそうだったじゃねえか」

「あれは女の方が年を偽ってただけだ。言い寄ってくるもんは無下に出来ねえだろ」

まともな大人が聞けば耳を疑うような話を武勇伝のように語りながら、下卑た笑いを浮かべる松浦と篠塚。今のやり取りだけで二人の現在の暮らしぶりが垣間見えた気がする。呆れて物も言えないというのは、まさにこういうことだ。

紗季は汚いものでも見るような目で二人を見ていたが、すぐに元の表情を取り戻し、大きな瞳を輝かせて僕を見た。

「それで、相手はどんな人なの？」

「いや、それは……」

「いいじゃない。教えてよ。ねえ芽衣子？」

「うん、知りたい。どんな女が陽介を射止めたのか、詳しく聞いておきたい」

二人の強い視線をまともに受け、どう答えたものかと考えあぐねてしまった。こんな状況では何を言ったところで針の筵である。

「そうかぁ、君たちももうそんな年頃か。時間ってのは、本当にあっという間に過ぎてしまうんだね」

背後から声がして振り返ると、店先で煙草をくゆらせる壮年の男性の姿があった。

この店の店主、夏目清彦だ。

「君は確か井邑くん、だったよね」

「はい、覚えてて下さったんですね」

うまい具合に話題がそれたことに安堵しつつ問い返すと、夏目はさも愉快そうに太鼓腹を揺らして笑った。

「もちろんだよ。昔は毎日のように会って話をしていたからね。君たちは実の子供みたいなもんだ。忘れようったって簡単にはいかないよ」

夏目はかつて別津町の病院で看護師をしていた奥さんと二人でこの店を切り盛りしている。物心ついた頃からお世話になっていたこの夫婦は、僕たちにとって親戚も同然の存在だった。

「なんだか昔に戻ったみたい。こうしてると、村がなくなっちゃうなんて嘘みたいだよね」

懐かしさに感化されたのか、芽衣子は溜息混じりにぼやいた。

「まあ、実際に村がなくなるわけじゃないんだけどな。それでも、生まれ故郷の名前が変わっちまうってのは寂しいよな」

「そうだねぇ。それも時代の流れってことになるんだろうね」

松浦に同調し、夏目はフィルターすれすれまで吸った煙草を灰皿に押し付けた。

「でもね、呼び名が変わっても君たちの故郷が無くなるわけじゃない。だからこれからも、たまには帰ってきて顔を見せてくれよ」

実の子供の帰郷を願う父親のように柔和な眼差しで夏目はそう結んだ。もちろん、と即座に返す友人たちと共に肯いた時、宮本が僕の方へ身体を傾け耳打ちした。

「夏目さんはまだ、娘さんの事件を引きずってるんだな」

「事件？」

問い返すと、宮本は一瞬えっと不思議そうに表情を固め、それからすぐに納得したように何度か肯いてみせた。

「そうか。あれはお前がいなくなった後だったな」

「何かあったのか？」

夏目に美香という娘がいたことは覚えている。僕らよりも一つ年下で、おかっぱ頭が印象的なかわいらしい少女だった。彼女の身に何かあったのだろうか。

宮本はちら、と夏目を一瞥し、彼が他の仲間たちとの話に夢中になっているのを確認してから、更に声を抑えて続けた。

「美香は、お前が村を出ていった少し後に行方不明になったんだよ。それっきり今も見つかってない」

「十二年間もずっと？　それじゃあ……」

後に続く言葉が出て来ない。宮本は無言のまま視線を伏せて首を左右に振った。

談笑する夏目の顔には、娘を失った父親の拭っても拭い切れぬ悲しみがちらついているような気がした。

夏目商店を後にした僕たちは、その足で村内を散策することにした。

見慣れた風景を歩きながら、しかしどこか新鮮な気持ちになれるのは、きっと十二年という年月を経ても変わらない友人たちと一緒だからだろう。あの頃、辛いことや苦しいことがあっても、友達といる時だけは笑っていられた。彼らの存在は僕を勇気づけ、いつも励ましてくれていた。

冗談を飛ばしながら少し先を歩く友人たちの背中を見ながらそんなことを考えていた時、不意に妻の顔が脳裏をよぎった。

——ねえ、話があるんだけど。

不安げで、どこか投げやりにも感じられる彼女の声が、今も耳の奥に張り付いている。

——妊娠……したみたい。

そう知らされたのは、二週間ほど前のことだった。

いつものように小さなテーブルを挟んで座り、夕食に箸を伸ばしていた時、彼女は唐突に切り出した。僕は箸を持つ手を止め、唖然として彼女の顔を見た。じっと僕を見つめる表情から判断する限り、嘘をついているようには見えなかった。

妊娠した。その言葉を頭の中で何度か繰り返し、事態をようやく理解した時、僕の脳裏に真っ先に浮かんできたのは父親のことだった。

父さんのことを思い出すたびに僕はいつも、自分が父親と同じ人間になってしまうのではないかという恐怖に駆られる。あの父さんの息子である僕が、生まれてくる子供にとっていい父親になれるはずがない。妊娠を打ち明けられた時、最初に僕が考えたのがまさにそれだったのだ。その瞬間から、父さんが僕にした仕打ちを今度は僕が子供にしてしまうのではないかという不安が四六時中頭から離れなくなった。素直に嬉しいと言えなかったのは、そういう理由からだった。

まともな反応を示そうとしない僕に対し、彼女が怒りだしてしまうのも無理はなかった。僕は僕で自分が囚われている不安を彼女に打ち明けられぬまま、一方的に責め立てられることに辟易していた。ちゃんと話し合いたいという彼女の訴えをいい加減に聞き流してしまったのだ。

――陽介は産んでほしくないんだね。

その言葉を最後に、妻は一方的に会話を打ち切った。怒りや苛立ちに混じって強い悲しみを宿す彼女の眼差しは僕を打ちのめし、逃げ場のない袋小路へと追いつめた。しかし、それでも僕は事実を事実として受け止められなかった。父親になるという決断がどうしても出来なかったのだ。

そういった問題を棚上げにして僕が皆方村へとやってきたことも、彼女にしてみれば問題から逃げ出すための口実としか映らなかったことだろう。

「どうした、陽介？」

押し黙ったままの僕を心配したのか、隣を歩く宮本が声をかけてきた。

「さっきから黙り込んでるけど、何かあったのか？」

「いや別に。なんでもないよ」

笑顔を取り繕い、平静を装う。せっかくの楽しい雰囲気を、僕の個人的な悩みのせいで台無しにはしたくなかったし、何より、僕の結婚をあんなに喜んでくれた友人にこんな情けない話を聞かせたくはなかった。

「そうか。ところで親父さんはどうしてる？」

宮本はさほど気にする様子もなく、何気ない調子で訊(き)いてきた。

「死んだよ。少し前に三回忌が終わったばかりなんだ」

「そうか……大変だったな」

「ああ、ありがとう」

型通りのお悔やみを述べる宮本に曖昧(あいまい)な苦笑を返す。

「宮本こそ大変なんだろ。お父さん、残念だったな」

「まあ大変は大変だけど、おふくろも介護疲れで今にも倒れそうだったから、悲しいっていうより安心したっていう気持ちの方が強いんだよ。おふくろもあっさりしたもんで、今じゃほとんど親父の話なんてしなくなったな」

宮本はどこか自嘲(じちょう)気味に笑って肩をすくめた。

「辛気臭い話はこれくらいにして、ほら、行こうぜ」

腕を引かれ、小走りに前を行く四人の元へと合流すると、懐かしい思い出話からそれぞれの近況へと話題は発展していた。

芽衣子は高校卒業後に村を出て札幌でモデル事務所に所属しており、いくつかの大きなファッションショーにも出演しているそうだ。松浦と篠塚は協力して事業を起こし、経営は軌道に乗り始めているらしい。昔からつるんで悪さばかりしていた二人だが、この十二年の間にまともな大人に成長したということだろうか。品のない言動を見る限り、そうは思えないというのが本音ではあるが。

紗季はというと、東京で大手商社に勤めていたが二年前に寿退社し、今は専業主婦。子供の世話をしながらママ友と一緒に優雅なランチを楽しみ、夫の帰りを待つという生活に満足しているらしい。

「それにしても、やっぱり田舎はいいよなぁ。時間がゆっくり流れているっつうかさ。空気もきれいだし、ごみごみした都会と違って面倒な諍いも少ないだろ。これが生まれ故郷ってやつかぁーなんて、改めて実感したよ」

しみじみと語る松浦に篠塚が相槌を打つ。

「夏目さんはああ言ってくれたけどさ、皆方村はこのままであってほしいよな」

「今更そんなこと言っても仕方ないわよ。三門神社がなくなっちゃったんだから、村に人が来なくて過疎化が進んじゃうのも当然でしょ」

紗季の発言により、穏やかだった空気にわずかな亀裂が入る。当の紗季はまるで頓着する様子もなくマイペースに話を続けていた。

「あのレジャー施設建設計画が進んでいれば、きっとこんなことにはならなかったのよ。三門神社がなくなっても、注目される何かがあればこの村だって少しは大きくなったかもしれない。結局、あの時の判断ミスがこの村の命運を分けたのよね」

反論する声は上がらなかった。誰もが紗季の言葉を肯定しながらも、その一方で居心地の悪そうな顔をしている。

「そのおかげでお祖父ちゃんは名実ともに村のボスになれたわけだから、結果オーライなんでしょうね。合併後も町議のポストを狙ってるみたいだし。つくづく業突く張りなじいさんだわ」

自分の祖父を貶めるような発言をしれっと口にして、紗季は鼻を鳴らした。

九条家は村から見渡す限りの山々を所有している、いわゆる資産家の一族である。それだけを聞けば、この村の支配者であるかのようにも思えるが、少なくとも僕が村を出る十二年前まではそうではなかった。かつてこの村の頂点に立ち、住民たちの羨望を集めていたのは九条家ではなく、たった今話題に上った三門神社とその一族だった。

僕らが中学に上がる少し前、どこかの企業がこの地方の山を買い取り、レジャー施設を作るという計画が持ち上がった。土地を所有する九条家も乗り気で、観光客が往来すれば村おこしにもなるだろうと、多くの住民たちが期待に胸を膨らませた。ところが計画は直前で白紙に戻されてしまった。件の三門神社が反対したのだ。

当時、村の顔であったこの神社は、全道各地から参拝者がやってくる高名な社でもあった。僕たちが生まれるずっと前から、この村は神社に対する信仰心が特別強かった。各家には三門神社から賜った神棚が必ずあったし、何か吉報があれば神社に参拝し、悪いことがあれば厄を祓ってほしいと頻繁に足を運んだ。災害が起きぬよう常に祈りを捧げ、それこそ三門家の人間を神が如く崇めたものである。それくらい当時の三門神社はこの村で絶対的な力を持っていた。

その一族の当主である三門実篤が、レジャー施設建設計画に待ったをかけた。人の手の入らない神聖なる山。豊かな恵みをもたらす森林や河川。それらを破壊し、人集めのために利用するなど自然に対する冒瀆であると声を上げ、そんなことをしては必ず障りがあると危機感をあらわにした。その一声によって住民たちの意見は百八十度反転。賛同を得られなくなったリゾート建設計画は断念せざるを得なくなってしまった。

小さな村である。たとえ村長と言えど身勝手な意見を押し通すことはできず、最終的にはその意見に賛同はしたが、実篤の邪魔さえ入らなければという気持ちは強かったのだろう。このことをきっかけに九条家と三門家、かねて微妙なバランスを保っていた二つの家の間には決定的な亀裂が入った。いわゆる村長派の人間が三門家を目の敵にし始めたのもこの頃からだった。

しかしながら、僕たちは互いの家がどうなろうがさほど気にすることもなく、紗季ともごく普通に接したし、神社の境内で遊ぶこともよくあった。小さなコミュニティで静いを起こそうとする父親や祖父の行いには彼女自身、嫌気がさしていたのだろう。それはある種のコンプレックスのように紗季の心に深く根を下ろし、大人になった今でも変わらずに存在しているようであった。

「神社が火事になんてならなければ、今頃、霧絵もここにいたかもしれないのにね」

重苦しい空気に触発されたのか、芽衣子はひどく沈んだ声で呟いた。

「そうね。まさか、あの子が死んじゃうなんてね……」

次いで放たれた紗季の言葉に、僕は思わず立ち止まり、素っ頓狂な声を上げた。

「ちょっと待った。それってどういうことだよ」

「どうって、何が？」

虚を衝かれたように、紗季は首をひねる。

「霧絵が、死んだ……？」

訊き直すと同時に、居合わせた全員がタイミングを計ったかのように息を呑んだ。しばしの間、奇妙な沈黙が漂う。

「そうか。陽介は知らないんだ。あの火事が起きたのはお前が村を出た後だった。ほら、さっき夏目さんの娘が失踪したって話をしただろ。あれと同じ時期だよ」

真っ先に沈黙を破ったのは宮本だった。

「三門神社が火事で焼け落ちたのは新聞にも載ったから知ってるだろ。その時に、三門家の人たちはみんな煙に巻かれて亡くなった。その中には霧絵の遺体もあったんだよ」

亡くなった……霧絵の遺体が……？

「三門家はその時、代替わりの儀式の最中だったらしい。霧絵がお母さんの役目を引き継ぐって話してたの、覚えてないか？」

「覚えてるよ。でも……」

「出火の原因は電気系統の不具合だったらしい。拝殿も家屋も全焼だった。火の勢いが強くて逃げられなかったんだ」

悲痛に表情を曇らせた宮本の言葉を、松浦が引き継いだ。

「あの夜のことはよく覚えてるよ。篠塚と一緒に近くまで見に行ったんだ。前日まで続いた台風の影響で峠道に土砂崩れが起きて、別津町の消防隊も間に合わなかったんだよな」

どうして。なんで。そう繰り返す自分の声が頭の中でこだましている。彼らの言葉が、まるで異国の言語のように感じられ、僕はまともにうなずくことすら出来なかった。

「俺の家、三門神社と特に仲が良かっただろ。村の祭りはもちろん、ことあるごとに神社に出入りしてさ、頼まれて祭祀用の道具を作ったこともあるって親父はよく自慢してたよ。あの頃は神社の人間と親しいってだけでも一目置かれる雰囲気があったからな」

宮本は乾いた笑いを浮かべて眼鏡の位置を直した。

「三門神社が火事で焼け落ちたって聞いた時、おふくろは目も当てられないほど取り乱した。あの火事を境に、この村は何かが変わっちまったって気がするよ」

「あたし、霧絵が死んじゃったなんて信じられなかった。何かの冗談だって思ったもん」

芽衣子は潤んだ目をしばたたかせ、目尻を指で拭った。

「私も同じ。最後に会った時のあの子の顔が忘れられないわ」

紗季は下唇を嚙みしめ、瞬きを繰り返す。その表情に虚実が入り混じっているとは考えられず、彼らが紛いようのない事実を口にしていることは明白に思えた。

三門霧絵は、三門実篤とその妻、雫子との間に生まれた一人娘だった。芽衣子ほどの活発さはなく、紗季ほど大人びた様子もない、二人のちょうど中間といった感じの性格をしていて、外に出るよりも家の中で静かに本を読んでいるのが好きな子供だった。蠟のように白い肌と艶のある長い黒髪が印象的で、日本人形を彷彿とさせる愛らしい顔立ち。子供ながらに三門一族の跡取りであるということを理解していたようで、小学生の頃から神社の手伝いをしている姿をよく見かけた。

だからといって壁があるかと言われると決してそういうことはなく、僕たちと一緒にいる時にはよく笑ったし、子供らしく泥だらけになって遊ぶことだってあった。レジャー施設の問題があった後で神社派と村長派が対立していた時にも、霧絵は以前と変わらない調子で僕たちとの関係を築いていった。

僕たちはみんな霧絵のことが大好きだった。当時、背が低かった芽衣子は霧絵を姉のように慕っていたし、紗季はある種のライバル意識を持つ一方で、複雑な家庭環境の悩みを相談していたようだった。松浦や篠塚はそれぞれ、紗季と霧絵のどちらがかわいいか、なんて話を飽きることなくしていたし、いつも冷静でみんなのまとめ役だった宮本でさえも、霧絵の前では形無しになる場面がいくつもあった。もちろん僕だって同じようなものだ。いつも何気ない風を装っては霧絵の横顔を盗み見ていたし、彼女の一挙一動がいちいち気になって仕方がなかった。

だからこそ村を離れる時は霧絵と会えなくなることが何より悲しかった。村を出ていく日、最後に目にしたのは三門神社の境内で参拝者を出迎える霧絵の姿だった。目が合った時の霧絵の寂し気な眼差し(まなざし)は、今でも鮮明に覚えている。

「霧絵に会いたい。ちゃんとみんなで集まりたかった」

切れ長の目から一筋の涙を流し、芽衣子は胸の辺りで両手を握りしめた。

「私だってそうよ。こうして思い出すだけで、すごくつらいもの」

紗季は視線を伏せ、薄い唇を噛みしめた。

「みんな同じだろ。あれ以来俺たち、どことなく疎遠になっていったよな。会えば嫌でも霧絵のこと思い出しちまうからさ」

淡々と告げる松浦の声はしかし、隠しきれない物悲しさを滲(にじ)ませていた。

「今回、皆に集まってもらったのも、実はそれが一番の理由なんだ。この村がなくなったらきっと俺たち、もっと疎遠になるだろ。そうなる前にもう一度、霧絵のことを思い出してほしかったんだ」

それが僕たちを呼び寄せた本当の動機。宮本の横顔に今も乗り越えられない深い悲しみの色を感じ取り、僕は口にしかけた言葉をぐっと飲みこんでしまった。

「霧絵がみんなを繋いでた。なんていったら大げさだけど、そういう面は確かにあった気がするよな。まあ、そうはいっても俺は紗季派だけどさ」

「はいはい、嬉しくないわよ」

篠塚の軽口に紗季が呆れ声で返すが、笑いは起きなかった。

霧絵のことを思い出せば思い出すほど、みんなの心に大きな穴が広がっていくかのようで、気が付いた時には場の空気はひどく重苦しいものになっていた。僕はひとり置いてけぼりを食らったような心地で、彼らにどんな言葉をかけるべきか見当もつかなかった。下手なことは口に出せない。でも、だからといってこのまま黙っていていいのだろうか。

そんな葛藤に苛まれ、頭をかきむしりたくなる。

「なあ、今から行ってみないか」

だしぬけに明るい調子で松浦が指差したのは、村の裏手の山へと続く坂道だった。その先にはかつての三門神社がある。

「あんた何言ってるの？　黒焦げになった三門神社にお参りでもするつもり？」

紗季が批判的な声を上げた。

「そうじゃないって。たしかすぐそばにもう一つ神社が建っただろ」

「もう一つの、神社？」

繰り返した僕に答えたのは宮本だった。

「火事の半年後くらいかな。村長が主導になって新しく神社を建てたんだよ。三門神社とは比べ物にならないくらい小さな社で、皆方神社って名付けられたんだ」

長く神社を信仰してきた皆方村の人々が唐突に崇拝する対象を失くして落胆しないよう、対立派でありながらも配慮した結果だろうか。あるいは、不慮の事故で命を落とした三門一族に対する供養の意味を込めたのかもしれない。

「そうそう、そこにお参りでもしに行こうぜ。考えてみれば俺たち、揃って霧絵の供養ってのをしたことなかっただろ」

鶴の一声とばかりに松浦が言うと、篠塚も芽衣子もすぐに賛同した。

だがその時、

「ダメよ」

間髪を容れずに、紗季が待ったをかける。

「なんでだよ紗季。霧絵の供養なんてしたくないってのか？」

「馬鹿ね、そんなわけないでしょ。別の理由があるのよ」

「別の理由って？」

篠塚の問いかけに答えたのは紗季ではなく宮本だった。

「皆方神社の神主には、別津町で神主をしている岸田さんって人に兼務してもらっていたんだ。月に一度、定期的にやって来て管理してくれてたんだけど——」

そこで一呼吸挟み、宮本は僕たち全員に視線を巡らせた。

「——その岸田さんが、皆方神社で亡くなったんだ」

「なんだよそれ。事故か、それとも病気か？」

松浦から外した視線をわずかに伏せて、宮本は頭を振った。

「殺されたんだよ。本殿の中で」

「ちょ、ちょっと待てよ。殺されたって、それいつのことだよ？」

一度はほぐれかけた空気が再び凍りついた。

「二週間前かな。別津町の警察が来て捜査していった。まだ犯人は捕まってない。村の人間かよその人間かもわからないって話だ。警察は強盗目的の犯行だろうって言ってたけど……」

「けど、なんだ？」

促すと、宮本は確認するように紗季の方を窺ってから、

「なにも盗まれてなかった。そもそも常時無人の神社だから、金目のものなんて置いてないんだよ。それに、強盗がやったにしては殺され方が異常だったそうだ」

異常。その言葉にただならぬものを感じ、僕は呼吸すら忘れて宮本を凝視していた。

ごくり、と喉仏を上下させた宮本は声のトーンを落とし、神妙な顔つきでこう続けた。

「身体じゅうの骨が砕かれていたんだ。折られた骨や飛び出した内臓が散らばって辺り

は血の海。顔も潰されてて、服装以外に岸田さんだと判断する手段はなかったらしい」

骨が砕かれて……内臓が散らばって……。

現実離れしたそれらの表現に軽い眩暈を覚える。松浦や芽衣子、篠塚も同様に、にわかには信じがたい殺人事件の話に驚きを隠せない様子だった。

「う、ウソでしょ……？　あたしたちのこと、からかってるんだよね？」

芽衣子が青ざめた顔で問いかけたが、宮本は黙したまま首を横に振って否定した。

「冗談じゃ、ないんだ……」

芽衣子は消え入りそうな声で嘆く。

「わかったでしょ。だからあそこには近づけないのよ」

強引に話を打ち切った紗季に対し、異を唱える者はいなかった。

第二章

1

村内をあらかた見て回った僕たちは、最後に村のはずれにある旧道へとやってきた。曲がりくねった坂道を下り、舗装されていない砂利道を進んだ先には立ち入り禁止を示す柵が巡らされていて、その向こう側には開通前に断念されたトンネルが残されている。

明治の開拓時代に着工されたというそのトンネルは、地盤の緩さが原因で掘削工事中に落盤事故が相次ぎ、大勢の作業員が犠牲になったいわくつきの場所であった。もしもこのトンネルが完成し、山を越えた先にある北見市までの道が開通していたら、皆方村の歴史も大きく変わっていたことだろう。

陽が傾き、徐々に薄暗くなってくる時刻にあって、ぽっかりと口を開いたトンネルはどこか異界的ともいえる薄気味の悪さを感じさせていた。

「うわあ、相変わらず気味悪いなぁ」

感じる印象は同じらしい。しかし、言葉とは裏腹に篠塚の声色は心なしか弾んでいた。

「小学生の頃、親に内緒でよく遊びに来たよな」

「あたしは近づくのも怖かった」

芽衣子がふるふると肩を揺らす。

「みんな同じだよ。強がってたけど、ホントは怖くてたまらなかった」

苦笑する宮本に全員が同調した。

ここは昔、僕たちの遊び場の一つだった。村はずれに位置し、周囲に明かりらしい明かりもないため大人たちには近づくなと言われたけど、そんなことはお構いなしだった。そうまでして足しげく通った絶好の遊び場所だったのだが、日が暮れる頃になると、このトンネルは異様な雰囲気を纏い始める。仄暗い穴の中から今にも得体の知れない何かが這い出してきそうで怖くなり、いつも逃げるように家に帰るのだった。

「霧絵だけは、この場所を怖がってなかったよね」と芽衣子。

「確かにそうね。まあ、あの子ってちょっと変わってたし」

呟いた直後、紗季は自分の発言に対してふっと笑みをこぼし、

「さっきから口を開けば霧絵の話になってる。私たち、よっぽどあの子に未練があるのね」

「そうだね。でもあたし、不思議とまた霧絵に会えるような気がしてるんだよね」

「どういうこと？」

芽衣子の言葉の意味を測りかねてか、紗季は首をひねった。

「霧絵ってさ、少し不思議なところあったじゃない？　なんかこう、ちょっと人間離れしてるっていうか。うまく言えないんだけど、何かすごい存在に守られてるみたいな、

そういう神々しい雰囲気みたいなものがさ」

芽衣子の言わんとしていることは理解できた。僕自身、霧絵にはある種の神聖さを強く感じていた。

「だからさ、死んじゃったっていうのもどこかしっくりこなくて、今この瞬間にもあのトンネルからひょっこり出て来たりするんじゃないかなって——」

芽衣子が唐突に言葉を途切れさせた。それと同時にひゅっと息を呑み、その目を大きく見開いた。

「おい、急に黙り込んでどうした。何かあったのか？」

松浦の問いに答えようともせず、芽衣子は細い指をトンネルの方に向ける。塗りつぶしたような漆黒の闇の中からおぼろげに姿を現した何かが、ゆっくりとこちらに近づいてきていた。

「嘘でしょ……」

紗季がうわごとのように呟いた。彼女だけではなく、この場に居合わせた誰もが同じことを考えたに違いない。薄闇に目を凝らして様子を窺っていると、徐々にその姿が鮮明になっていった。

「いや違う。人だよ。男か？」

「なんでこんなところに……？」

それぞれ呟きながら、友人たちは現れた男を凝視する。すぐそばにまでやってきたその男は、黒いスーツに濃紺のネクタイをきっちりと締め、暑さなどものともしない涼しげな表情を浮かべていた。やや不健康にすら感じられる青白い肌の色をしていて、平均的な身長の僕が見上げるほど上背が高い。体形はシャープですらりとした印象。年齢は三十代くらいだろうか。戸惑う僕たちに対し敵意を向けるでもなく、だからといって好意的でもない。よく言えばフラットな、悪く言うなら何を考えているのかわからないといった表情。その奥に何か抱えていそうな底知れぬ雰囲気を纏わせていた。

「やあ、はじめまして。君たちはこの村の人かな？」

開口一番に問いかけられ、僕たちは互いの顔を見合わせた。

「そうですけど……あなたは……？」

慎重に問いかけると、男は「おっと」と小さく呟き、スーツの上着の内ポケットに右手を滑り込ませた。そこから四角く黒い紙を取り出し、僕に押し付けた。

「私は那々木悠志郎。このトンネルにはちょっとしたリサーチを兼ねてやってきた。実物を前にして好奇心を抑えられず中に入ったはいいが、懐中電灯の類がなくて右も左もわからなくてね。仕方なく引き返してきたところ、君たちに出くわしたというわけさ」

怖いもの見たさにやってきた間抜けな観光客、といったところだろうか。

「そうでしたか。それは大変でしたね」

お決まりの言葉を当たり障りなく返した時、那々木と名乗ったその男はそこで初めて感情らしい感情をあらわにした。ずいと一歩前に踏み出し、僕の顔をまじまじと見下ろす。

「聞こえなかったようだから、あえてもう一度言おう。私は那々木悠志郎だ」

「いや、聞こえてますけど……」

「それは私の名刺だ。刷りたてだよ」

促され、改めて視線を落とすと、名刺には名前の他に『作家』と記されていた。

「はぁ、それはどうも。那々木さんは作家をされているんですか」

あえて名前を繰り返す理由が理解できず、僕は戸惑いつつも警戒心を丸出しにした視線を名刺と那々木との間で往復させた。

「まさかとは思うが、君は私を知らないのか？」

「え、ええ、まあ……そうですね。全く知りません」

「私の名前に聞き覚えがない？」

「はい、全然」

「なん、だと……」

素直にそう答えると、那々木はかっと両目を見開いてその身を仰け反らせた。それから、どこかすがるような目をして友人たちへと視線を移す。僕は気を利かせて宮本、芽衣子、紗季、松浦、そして篠塚と順番に名刺をまわして見せたが、誰一人として彼の名前に聞き覚えはないようだった。そのことがよほどショックだったらしく、那々木は腐りかけた木の柵に摑まり、崩れ落ちそうになるのを堪えていた。

「なぜだ。なぜこうも私を知らない連中とばかり出くわすんだ。この村には光回線が届いていないのか？　つい先月に新刊が出たばかりだというのに、別津町の書店に私の著作は一冊も置いていなかった。一冊もだ。クソ、いったいどうなっている？　今回はネット記事にインタビューまで掲載されたのに……」

わけの分からないことを一人で呟きながら、那々木は眉間の辺りを指で押さえた。

「それであの、あなたは……？」

「私は作家だ！　それもただの作家じゃない。日本を代表するホラー作家だぞ！　君たちはそんなことも知らないのか。んん？」

突然、沸点を超えた那々木の怒りが爆発した。だがそんな風に罵られたところで、知らないものはどうしようもない。半ば白けたように黙り込む僕たちをよそに、那々木は上着の内ポケットから何かを取り出した。それは一冊の文庫本で、表紙には世にも恐ろしい獣じみた怪物が描かれ、血の滴るような文字でタイトルらしきものが記されている。

「これは発売されたばかりの私の新作だ。図らずもポケットに滑り込んでいたようだから、幸運な君たちに進呈しようじゃないか」

勝手に話を進め、更に取り出したペンですらすらとサインを書き込み、那々木は文庫本を僕の胸に押し付けた。

「残念ながら人数分は持ち合わせていない。今はこれで我慢してくれ」

「はぁ、どうも……」

受け取った文庫本の見返しには崩した書体で『那々木悠志郎』の文字があった。あまり本を読まない僕でも聞き覚えのある有名な出版社から発行されているところを見ると、そこそこ名のある作家なのだろうか。

「こんな名前、聞いたことねえな。本当に有名なのか？」

「さあ、デビューしたてなんじゃないの？」

僕の肩越しに文庫本を覗き込んだ松浦が怪訝そうに言い、紗季がそれに同調する。

「——何か言ったかね？」

二人のやり取りを耳ざとく拾って、那々木は鋭い声を放った。有名かどうかはさておき、かなりプライドの高い人物のようだ。

那々木がこのトンネルを探訪しているのは、作品作りのインスピレーションを得るためだろうか。それにしてもずいぶんとマイナーなスポットを巡っているものだ。北海道を舞台にした怪奇現象を特集した雑誌記事や書籍は多く存在するだろうが、そうしたものに皆方村やこのトンネルのことが掲載されているのは見たことがない。僕が知らないだけで、その道の人たちにとっては興味深い場所なのか、それとも単にこの作家が興味を持っているだけなのだろうか。

「それで、えっと——那々木さんはここで何をなさってるんですか？」

僕と同じ疑問を抱いたのか、宮本は相手の反感を買わぬよう慎重な口ぶりで尋ねた。

「ふふん、やはり気になるのかね？　知らないふりをして、本当は私のファンだったたんだろう？」

　きらりと目を光らせた那々木に問い返され、宮本は「いや別に……」と口ごもる。その反応を都合よく解釈し、那々木は満足そうに口元をほころばせていた。

「照れる必要はないさ。これも何かの縁だ。幸運な君たちには私のライフワークを少しだけ教えてあげよう」

　頼んでもいないのに鼻息を荒くした那々木は腕組みをして僕らに背を向け、トンネルへと向き直った。

「古い地方紙を調べてみた所、十六年ほど前にあのトンネルからいくつもの人骨が発見されるという奇妙な出来事があった。そのことは知っているかい？」

　もちろん、と肯（うなず）いた宮本は斜め上を見上げ、記憶を辿（たど）るようにして続ける。

「確かこの辺り一帯で発生した地震の影響でトンネルの一部が崩落して、そこから何体もの白骨が発見されたとか」

　なあ、と同意を求められ、僕を含む全員が揃って頷（うなず）いた。皆方村の出身者にとって、その話は周知の事実である。

　今から十六年前、僕たちが小学五年生だった頃、北海道東部地方を襲った地震によって皆方村の裏手にある山の一部が地滑りを起こし、その影響からトンネル奥に広がる未整備の洞穴で落盤が起きた。更にトンネル内部のコンクリート壁の一部が剝（は）がれ落ち、かなり危険な状態になっていたという。後日、別津町役場の職員などがその被害状況を調べたところ、はく離したコンクリートの奥の土壁から大量の白骨が発見された。

その知らせを受けた警察や消防、その他関係各所から大勢がやって来て、トンネル内部の調査が本格的に開始された。崩れたコンクリートの壁の奥を少し掘っただけで八体もの人骨が見つかると、いよいよ大騒ぎとなりマスコミがこぞって集まってきた。だがその後、洞穴を調査しようとしていた最中に小規模ながら更なる崩落が続き調査は中止された。

見つかった白骨の状態から、死後数十年が経過していることがわかり、事件性は薄いと判断され警察の捜査も打ち切られた。結局、白骨はトンネル工事の際に起きた事故の被害者のものであるという結論に至ったのだ。

このことを契機に、村の子供たちはこのトンネルに近づくことを更にきつく禁じられ、僕たちも素直に従った。怖いものが出そうだという好奇心は、実際に人の骨が見つかったことで冗談では済まないという危機感にとってかわった。

「でも、どうしてそんなことを調べに？」

宮本の率直な問いかけに対し、那々木は得意げに鼻を鳴らした。

「私は作家であると同時に各地の怪異譚を蒐集していてね。これはその一環なんだ」

「怪異譚を、蒐集……？」

芽衣子が怪訝そうに繰り返す。松浦や篠塚も不思議そうに首をひねっている。

「科学では証明できないような怪奇現象や奇怪な出来事に遭遇した、あるいは目撃したという情報を元に現地へと足を運び、それが怪異——つまり超常的な存在によるものかどうかを見極め、その起源や成り立ちを調べているんだよ。そして時には私自身が怪異と遭遇し、じかに見聞きし触れることで、より詳細な情報を得るというわけさ」

「それって、ネットでよくある肝試し動画みたいな感じですか？　もしかして、那々木さんって幽霊が見えるとか？」

冗談めかした芽衣子の言葉が、またしても那々木の逆鱗（げきりん）に触れた。

「そんな低俗なものと私の作品を一緒にするんじゃない！　肝試し動画なんてものは低俗でやらせじみた詐欺商法だ。ただそこにあるものを撮影し、それを流したところで何になる？　たとえそこに怪異が映り込んでいたとしても、大抵の場合はその正体が何なのかという点には一切言及しようとしないじゃあないか。私はそんなものを認めはしない。なぜならばストーリーがないからだ。私はね、誰もが恐れ慄（おのの）くストーリーを作っているんだよ。誰にも真似できない、この私だけが作り出せる重厚なストーリーをっ！」

一緒にされたことがよほど気に入らなかったのだろう。肩を怒らせた那々木は心底不愉快そうに表情を歪（ゆが）め、「これだから一般人は……」などと毒づいていた。気持ちはわからないでもないが、この作家は少し情緒不安定すぎやしないだろうか。

面食らった様子の芽衣子が「ごめんなさぁい」と形だけ詫（わ）びる。納得のいかないような顔をしながらも、那々木は軽く咳払（せきばら）いをして表情を取り繕い、先を続けた。

「各地を渡り歩き、メディアで取り上げられていないような怪異、あるいはそれにまつわる習俗、伝承などを紐解き、そこで得た知識を自らの作品に反映するというのが私のライフワークなんだ」

息つく暇もなく言い終えると、那々木は再びトンネルに視線をやった。

「今回はあのトンネルともう一つ、かつてこの村に存在したという三門神社を調査しにやってきた。なんでも、その神社では死者を呼び出し、参拝者に救いを与える儀式が行われていたというじゃないか」

那々木がそう告げた瞬間、一同の間に鋭い緊張が走った。

三門神社の『神がかりの奇跡』については、僕はもちろん、ここにいる全員が周知の事実だった。幼いころから三門一族の起こす奇跡について大人たちに教え込まれ、僕らはほとんど盲目的にそれを受け入れて成長してきた。世間一般の常識で考えるなら、それは荒唐無稽ともいえる超常現象の類なのだろう。世俗的な先入観が邪魔をして、最も重要な点が村外の人間には理解できないのだ、というのが大人たちの言い分だった。そのため、村外の人間を相手に三門神社の起こす奇跡をみだりに口にしてはいけないという暗黙のルールが形作られたのだ。人は理解できないものを恐れ、毛嫌いするものである。中学に上がり村外の人間と親交を深めることになる僕たちが受け入れてもらえなくなったら、という親たちの心配も、そこには多分に含まれていたはずである。

だからこそ、よそ者にその奇跡について問い質された僕たちが反射的に身構えてしまうのも無理のないことであった。

「そんな伝承のある土地に多数の白骨が発見されたトンネルが存在するとくれば、私としては調査しないわけにはいかない。少し見て回っただけでも、このトンネルがそこらのいかがわしい心霊スポットとは違う何かを孕んでいるということは明白だ」

　どう反応するべきかを考えあぐね、困惑をあらわにする僕たちを置いてけぼりに、那々木はひとり話を進めていく。

「かつて、北海道を開拓するために多くの罪人が道路整備やトンネルの掘削工事に携わった。その過酷な作業によって命を落とし、遺体は埋葬されることもなく放置されるという事態がいくつも起きた。北見地方周辺では、鎖塚と呼ばれる場所があり、そこには手枷、足枷をつけたままの白骨死体が近代にいたるまで放置されていたり、半端な埋葬をされていたりしたという。これを一種の強制労働とみなした国は罪人ではなく、一般の人々を作業に当たらせることにして道内外から希望者を募り衣食住の面倒を見た。だがその実態は狭い部屋に大勢を詰め込み、ろくに栄養の摂れない最低限の食事を与えるだけの粗末なものだった。栄養不足と過酷な労働によって脚気になり歩けなくなる者が出たが、それでも作業を止めることは許されず、怪我人や病人は座ったままでの作業を強いられた。やがて限界を迎え、あちこちで倒れては動かなくなる者が次々に現れると、彼らの遺体は埋葬されることなく捨て置かれ、時にはトンネルの壁や地面に掘った穴に埋められるという非人道的な措置が取られた。臭いものには蓋をする精神が根付いている日本人らしい、愚かな行為だよ」

そこまで一気に話すと、那々木は僕たちの反応を窺うかのように、注意深く視線を巡らせた。

「君たちが暮らすこの土地は、そうした人々の命をかけた犠牲の上に成り立っている。そして今もこの土地のどこかに遺体が眠っているんだ。北見市と遠軽町を結ぶ常紋トンネル付近では、近年でも有志による捜索活動が行われ、作業員の遺骨が発見された例もある」

「このトンネルで発見された白骨も、そういう人たちのものだと？」

問いかけると、那々木は軽く肩をすくめ曖昧に頷く。

「大半はそうしたもので間違いないだろう。だがそれだけならば、私がわざわざ足を運ぶまでもない」

どことなく含みを持たせた言い方が引っかかる。この時、僕はこの男に対して一言では表せない奇妙な感覚を抱いていた。彼は何かを知っている。あるいは何かに気がついている。それが何なのかは想像もつかないが、那々木はその仮説を確かなものにするべく、調査と称してこの場所を訪れたのではないか。

少しおかしなところもあるが、頭は良さそうである。こうして僕たちに声をかけてきたのも単なる偶然ではなく、那々木なりに目的を持っての行動なのだろう。そう思うと目の前のこの人物の、一筋縄ではいかない底知れなさみたいなものがより強調される気がした。

「そうはいってもまだ調査は始めたばかりで不確かなことが多い。ここから先は企業秘密とさせてもらうが、もし君たちが協力してくれるというのなら、調査で得た情報を教えてあげよう。君たちが知りえなかったこの土地のルーツを知るいい機会じゃあないかね？」

「別に俺たちは……なあ？」

宮本に同意を求められ、僕は曖昧に頷いた。彼の困惑はもっともであり、いきなりやってきた正体不明の人物に対し、そう簡単に警戒を解けるものではない。もちろん、必要以上に警戒心を持つべきでない気もするが、それはあくまで相手が普通の人間である場合だ。この那々木という男は多分、いろいろな意味で普通ではない。

「ふむ、しかし私の調査に興味がないわけではないだろう？　ごく最近でも、この村で人が一人死んでいるじゃないか。それも、酷く残忍な手口でね」

「それってまさか、皆方神社の事件のこと？」と芽衣子。

唐突に話題が飛んだことに対する困惑と、そんなことにまで言及してくるのかという素直な驚きが僕たちを翻弄した。

「その通り。つい二週間前に岸田公晴さんという男性がこの村で不可解な死を遂げたそうだね」

「でもそれは、あなたのいう怪異譚とは何の関係もないんじゃありませんか？」

宮本がやや語気を強めて訊いた。

「警察は岸田さんが強盗目的で襲われたと言っています。おかしなことなど何も――」

「まさかそれを鵜呑みにしているわけじゃあないだろう？」

那々木はその口元を歪め、意味深げな笑みを浮かべた。いびつな視線にからめとられ、宮本はうっとたじろぐ。

「不審な点はいくつもある。だが警察の公式発表というのは、そうしたことをすべて解明したうえで出されるものではない。重大な問題は今も宙づり状態なんだよ」

那々木はその顔に浮かべた不敵な笑みを更に深めた。

やはりこの男は何かを知っている。悪だくみをする凶悪犯のような表情を前に、僕はそう確信した。言い知れぬ不安と戸惑いに苛まれ、僕たちはしばしの間、居心地の悪い沈黙にさらされる。

ところが那々木は不意に脱力すると、その端整な顔に張りつけた邪悪な笑みをあっさりと取り払った。

「というわけで、明日からはそういったことを調べていくつもりだ。今日はもう陽も陰ってきたことだし一休みしたいと思っているんだが、この村に宿はあるのかな」

那々木はひょうひょうとした口ぶりで話題を断ち切ると、別の方向へと舵を切った。その変わり身の早さに、こちらもつい毒気を抜かれてしまう。

「宿なんてありませんよ。小さな村ですし、観光地とは違うので」

宮本の返答に那々木は「それは困ったな」と顎に手をやって考え込む。今からでは別津町へ向かうバスもないし、夏とはいえ夜は冷える。見たところ、野宿などして平気そうなタイプにも思えない。素性の知れない赤の他人とは言っても、このまま放っておくのは気が引けた。

紗季と宮本を除く面々――もちろん僕を含めて――は既に自宅がないので、今夜は村一番の広さを誇る九条家の屋敷に泊まらせてもらうことになっていた。田舎とは言え、那々木のような不審人物を受け入れてくれる住民などいるとは思えないから、必然的に選択肢は一つに絞られる。

僕たちの視線を一身に受け、紗季はさも面倒くさそうな表情をして溜息（ためいき）をついた。

「わかりました。部屋ならありますから、祖父に相談してみます」

「それは助かる。心配しなくてもお礼はしっかりとさせてもらうよ」

あらかじめ用意されたようなセリフを口にして、那々木は微（かす）かに顔をほころばせた。

2

那々木を伴い、僕たちは来た道を戻っていった。再び村に足を踏み入れ、いくつかの民家を通り過ぎたところで僕は不意に足を止める。

通りから外れた路地の先で忘れ去られたように佇（たたず）む一軒の家。それを見つめ、我を忘れたみたいに放心していると、篠塚が「どうした陽介？」と問いかけてくる。声は耳に入っているのに反応を返すことが出来なかった。僕はただひたすらに、まるで視線がそこに固定されてしまったかのように、朽ちて廃屋じみた外観の家を見つめていた。

「陽介、大丈夫か？」

宮本が僕の肩に手を置き、心配そうに顔を覗き込んできた。僕は曖昧に頷き、みんなの輪から外れて路地を進み、崩れた塀の脇を抜けて軒先へと足を踏み入れた。

板の腐りかけた玄関扉。脇に嵌め込まれた磨りガラスは黒ずんで曇っている。風雨にさらされて変色した外壁、一部が崩れた屋根。背の高い雑草で埋め尽くされた狭い庭。

ここはかつて、僕が暮らしていた家だった。長らく住む人間がいなかったせいか、目も当てられないほど荒れている。当然のことだが、僕が住んでいた頃はここまでひどくはなかった。もともと、所有者の厚意で安く借りていた家だったが、親子三人で住むのに困らない広さはあったし、風通しも良く日当たりも抜群だった。夏は涼しく、冬は暖かいしっかりとした造りの家だ。

僕はこの家で生まれ、ここで両親と共に暮らした。まだ関係を良好に保てていた頃の両親は互いを想い合い、まだ幼い僕の目から見ても良い夫婦だった。父さんは宮本の父親が経営する会社で働き、母さんは村に一軒だけあるスーパーにパートに出ていた。仕事を終えて家に帰ると、母さんは僕の世話をしながら夕食の支度をして父さんの帰りを待った。日が暮れる頃に父さんが帰宅し三人で夕食を囲んだ。代り映えのしない毎日だったけれど不満はなかった。両親の笑顔が常にそばにあったから兄弟がいなくても寂しさを感じずに済んだ。こうして思い返してみると、この村で過ごした記憶は決して悪いことばかりじゃなかった。

少なくとも、母さんが家を出ていく日までは。

僕が中学に上がる少し前、父さんは職場の同僚とトラブルを起こした。金銭関係が原因のつまらない諍いだった。そのことをきっかけとして同僚たちを敵に回した父さんは職を失った。狭い村だから、こちらに過失がなくとも寄ってたかって悪い噂を流されれば、それが事実として受け止められる。父さんがこの村の出身ではなく、よそからやってきた人間であることも大いに関係していただろう。そうして僕たち一家は大黒柱の支えを失ったのだった。

最初のうちは母さんがパートの時間を増やして家計をやりくりしていたが、この村で新たに職を探すのは困難を極めた。父さんは再就職の口が見込めず、また周囲の村人に対して鬱屈とした敵意のようなものを抱き孤立していった。そのストレスからか次第に酒に手を出すようになり、やがて一日中酒瓶を手放さなくなっていった。心配して家を訪ねてきてくれていた友人も次第に距離を置くようになり、ますます村での立場が悪くなると、父さんの澱んだ怒りは母さんに向けられた。夜、僕が寝入った頃に両親は罵り合いを始め、時には父さんの振るう拳が母さんを痛めつけた。二人とも翌朝には何事もなかったように僕に接したが、あんな風に怒鳴り合っていれば、どんなに深く眠っていても目を覚ましてしまう。そうでなくても身体のあちこちに痣を作っている母さんの姿を見れば察しが付くというものだ。

そんな暮らしが続いたある日、母さんは家に帰ってこなかった。待てど暮らせど連絡の一つもなく、やがて風の便りに勤めていたスーパーの従業員と駆け落ちしたと聞いた。出ていく日の朝、学校に行く僕を見送ってくれた母さんは涙の一つも流すことなく、普段とまったく見分けのつかない笑顔で僕との別れをかわしたのだ。

一方的に、何の説明もしないままに。

僕は母さんに捨てられ、酒浸りで口を開けば誰かの悪態をつく父親と二人きりの生活を余儀なくされた。その頃になると、普段話すらしないような村の人たちが、まるで腫れ物に触るかのように僕に優しく接するようになった。それは感謝すべき対応だったのかもしれないが、同時にひどく惨めな気持ちにもさせられた。

唯一、親しい友人たちだけが変わらず接してくれた。当時の僕は周りの友人——特に霧絵に対して弱さを見せるのが嫌で、とにかく強がっていたから、彼らの変わらぬ接し方は素直に嬉しかった。それに母さんがいなくなってしまったことよりも、父さんが見る影もなく落ちぶれてしまったことよりも、霧絵と一緒にいられることの方が僕にとっては重要だった。いつか彼女に気持ちを伝えたいという目標もあったし、何より彼女と毎日肩を並べて登下校できる村での生活にはつらいながらも満足感があった。

だが結局、そんな暮らしは長く続かなかった。母さんがいなくなってから三年が経過した頃、父さんはこの家を引き払い、僕を連れて村を出た。一つの相談もなく、僕の意見を聞こうともせず、札幌に住む祖父母を頼って引っ越したのだ。

　唐突に訪れた皆方村との別れ。友人たちとの別れ。そして霧絵との別れ。僕は強い怒りに苛まれた。当時僕と霧絵は友人関係の枠を超えてはいなかったし、彼女が僕にどのような関係性を望んでいたのかも見当がつかなかった。しかし肝心なのは僕が霧絵のそばにいたかったということだ。そしていつの日か、彼女に思いを告げるその時まで、この村を離れたくなんてなかった。

　父さんの身勝手さが僕から母さんを奪い、温かな家庭を奪い、村での暮らしを奪い、そして霧絵をも奪っていった。そう、何もかも父さんのせいだった。僕たちの間にかすかに存在していたであろう親子の絆はあの時、完全に断ち切られた。

　祖父母の家は僕にとって快適な生活を提供してくれたが、ぽっかりと胸に空いた穴を埋めることはできなかった。それどころか職を見つけて働きに出た父さんを事あるごとに敵視し、口も利かず目も合わせないことで、やりようのない怒りを発散する毎日だった。そんな僕に対して父さんは何も言わなかった。慣れない仕事で疲れ果て、僕なんかに割く気力など残っていなかったんだろう。しかし、やりがいも得られず、これといった楽しみを見出すこともできず、ただ時間と体力を浪費するような仕事に向かう父さんの背中は無言で僕を責めているように感じられた。

　お前さえいなければと言外に僕を罵る父さんに嫌気がさし、僕は高校卒業と同時に祖父母の家を出た。

もしあの時、父さんが職を失わなかったら、母さんが家を出ていかなかったら、僕はずっとこの村で暮らせていたのだろうか。課せられた使命を全うしたかのように、静かにそこに存在している家屋を眺めながら、僕は詮のない考えに思いを巡らせる。物言わずこちらを見下ろすかつての住処は、僕のことなど記憶にないとでも言いたげに、薄闇の中でじっと佇んでいた。

屋根の上では、数羽の鴉が何事か訴えかけるような声で鳴いていた。その姿があたかもこの家が自分たちのものであるという主張に感じられ、たまらず苦笑した。それから視線を戻し、最後にもう一度玄関の方を向いたところで、僕ははっと息を呑んで立ちすくんだ。

玄関脇に嵌め込まれた磨りガラス。その向こうに誰かがいた。じっとその場に立ち尽くし、ガラス越しにこちらを覗き込むような体勢で僕の様子を窺っている。

ぼやけたシルエットから察するに男だろうか。冷静に考えれば村の人間が何らかの用事でこの家に立ち入っているのだろうし、そうだとしたら不審者は僕の方である。だが、それならどうして声を上げて誰何しないのか。ガラス越しに僕の様子を窺うばかりなのか。

「あの……」

僕が声をかけようとしたその時、ばん、と音がしてその人物が磨りガラスに手を当て顔を寄せた。咄嗟のことに身動きが出来ず、僕は意味もなく息をひそめて成り行きを見守る。

男はべったりとガラスに顔を密着させ、かっと見開いた目で僕を凝視していた。

「……あ」

その時、だしぬけに僕の口から間の抜けた声が出た。ガラスの向こうにいる人物に見覚えがある。そんな感覚に襲われ、同時に強く当惑した。

そんなはずはない。そんなのありえない。と頭に浮かんだ考えを自ら否定しようと、僕はいやいやをするみたいに首を横に振っていた。

だって、あいつはもう……。

自分を納得させるように頭の中で呟きながら、気づけば瘧にかかったように震えていた。そんな僕を嘲るように、正体不明の人影は身じろぎ一つせず僕を凝視している。明らかに異常だ。そんな相手とガラス一枚を隔てて見つめ合っている状況がとにかく恐ろしくて、僕はぐっと目を閉じた。こめかみの辺りに汗が伝い、膝が笑っている。

頭上の鴉がけたたましく鳴いて飛び立った。バサバサと羽ばたく音がやたらと大きく感じられ、僕は閉じた目を反射的に見開いた。

その間わずか数秒。再び磨りガラスに視線を転じると男の姿は忽然と消え去っていた。家の奥へと戻っていったのか、それとも……。

「陽介、大丈夫か？」

背後から声を掛けられ、飛び上がらんばかりに驚いた。宮本がさっきと同じ心配そうな顔をして塀の向こうに佇んでいる。

「ああ……なんでもない。大丈夫だよ」

そうか、と静かに応じた宮本が踵を返し通りへと歩き出した。後に続いた僕は、数歩進んだところで立ち止まり最後にもう一度振り返る。

夕闇に浮かぶかつての我が家はまるで見覚えのない、得体の知れぬ建物のように感じられた。

3

その夜、九条家の座敷では紗季の継母、九条薫が腕を振るって僕たちをもてなしてくれた。ウニやカキ、マグロにサーモン、鯨の刺身といった海の幸を中心に、タケノコの炊き込みご飯やカニ鍋など、テーブルに載りきらないほどの豪勢な料理を前に、僕はただただ圧倒されてしまった。

用意するだけ用意して座敷を退席した薫と入れ替わりに、紗季の祖父であり皆方村の村長でもある九条忠宣がやってきた。十二年前に比べ少しだけ身体が縮んだかな、という印象を受けはしたが、それでも人の好さそうな赤ら顔は相変わらずだった。

仲間内の思い出話にも飽きてきた頃だったので、話題の中心は自然と那々木の仕事関係に集中していた。名前を知らないといってもプロの小説家と話をする機会など、普通に生きていればそうそうあるものではない。松浦や篠塚、紗季、芽衣子は次から次へとぶしつけな質問を繰り返し、その都度返される那々木の言葉に感心していた。

「やっぱり、小説家ともなると稼ぎの方もすごいんでしょ？　一作出せば左団扇って感じすか？」

篠塚の歯に衣着せぬ下衆な質問にも、那々木は表情一つ変えることなく答えてくれる。

「世間一般の認識ではそうなのかもしれないな。実際、数十年前にはそういう時代もあったようだが、今は世にいう出版不況の真っただ中だ。一冊書いてそこそこ売れたとしても、筆一本で暮らしていけるのは一年か二年がいいところさ。もちろん、その作家の暮らしぶりにも左右されるだろうがね」

「またまた、謙遜しちゃって。一作で足りないなら、どんどん書いて出版すればいいだけでしょ。いいよなぁ。俺も一発当てて優雅に暮らしたいよなあ」

「お前が何を当てるってんだ。小学生の頃、作文用紙一枚も埋められなくていつも居残りさせられてたくせによ」

松浦に突っ込まれ、篠塚は「それを言うなよぉ」と形だけ拗ねてみせる。楽しい雰囲気に乗せられて僕の酒も進み、一時は暗く沈みかけていた気分も束の間紛らわすことが出来た。

「ところで那々木さんは、この村に何をしに来られたのかな？」

茹で蛸のように顔を紅潮させた忠宣が、ふと思いついたように声を上げた。

「村長という立場でこう言うのもなんだが、この村にはさほど人目を惹くような、ましてや作家先生の興味をそそるようなもんはないように思うがね」

ちびちびと日本酒を舐めていた那々木が、よくぞ聞いてくれたとばかりに目を光らせた瞬間、隣に座る芽衣子が「それはね」と強引に割り込んだ。

「那々木さんは、ホラー作家であると同時に怪異譚を蒐集して回る怪異警察——じゃなくて怪異探偵なのよぉ。その辺の作家と違って、もうとにかく、すっごい優秀なんだからぁ」

呂律の回らない怪しげな口調で、勝手な解釈を交えつつ説明する芽衣子を、那々木は困り顔で一瞥する。

「まあ、そんなところです。もちろん警察や探偵とは無関係ですが」

「ふぅむ。確かに村はずれにあるトンネルはいわく付きの場所として語られることもあるが、何もこの土地に限った話ではない。北海道の各地でああいった類のものはいくらでもあるだろう。怪異譚などと呼ぶには、少々物足りないのではないかね」

「そんなことはありません。あのトンネルを抜きにしても、この村にはちゃんとあるじゃないですか。誰もが首をひねる不可解な出来事が」

那々木は猪口をテーブルに置き、怪訝そうに眉を寄せる忠宣と正対した。

「二週間ほど前、皆方神社で殺された岸田公晴さんの話ですよ。警察の調べによると、岸田さんが負った傷には生体反応があったそうです。つまり、生きたまま身体中の骨を砕かれて殺害されたことになる。これはどう考えても異常です。犯罪率の高い都会ならいざ知らず、このような田舎町で起こる事件としてはあまりにも物騒だ」

「ほう、よくご存じですな」

やけに詳しい情報を口にする那々木に対し、忠宣のみならず座敷に居合わせた全員が訝し気な眼差しを向けていた。宮本や紗季までがそうした反応を見せるということは、地元住民にも知らされていない事実を那々木が口にしているのだろう。

「岸田さんは皆方神社に一人でいるところを何者かに襲撃された。犯行が起きたのは午後一時から午後四時までの間で、付近の住民は怪しい人物が行き来する姿を見ていないとのことですね」

「そう聞いておる」

那々木はそこで腕組みをし、わざとらしく首をひねって見せた。

「おかしいですね。そうなると犯人は誰の目に留まることもなく神社を訪れ、いつ誰がやってくるかもわからぬ状況にありながら、たっぷりと時間をかけて岸田氏を痛めつけ殺害し、再び誰に見咎められることもなく姿を消したことになる。ずいぶんと度胸の据わった犯人だと思いませんか」

忠宣は何も答えなかった。那々木は先を続ける。

「犯人は岸田さんを痛めつけている間、神社に誰も来ないことを知っていたのではないでしょうか。彼が月に一度この村にやって来て、一人で皆方神社に籠ることも知っていた。そのうえで犯行に及んだのでは？」

「さあ、わしには何とも言えんが」

素っ気ない対応にもめげることなく、那々木は身を乗り出して、

「実はここへ来る前に別津町で御遺族に話を聞いてきたのですが、岸田さんは非常に人柄の良い温厚な方だったそうですね」

「おっしゃる通り、岸田が人に殺されるような人間でないことは、わしもよく理解しておる。しかし那々木さん、それがあなたの言う怪異譚とどう関係しているのかね？」

忠宣がわずかに語気を強め、もどかしそうに訊いた。それでも那々木はあくまで冷静に、淡々とした語り口を崩しはしない。

「私の経験上、異常な出来事と怪異譚というものは密接に関わっている場合が多いのです。岸田さんの事件を詳しく調べてみたくなったのも、そういった理由からなのですよ。そこであのトンネルに行く前に事件のあった皆方神社を見に行こうとしたんですが、村の方に止められてしまいましてね。現場を見せてほしいと言ったら怒られてしまいました。確かその方も九条と名乗っていた気がするのですが」

「それはきっと修だろう。わしのせがれで、そこにいる紗季の父親でもある」

なるほど、と那々木は紗季に視線をやった。

「父は誰に対しても優位に立ちたがるから、気に入らないことがあるとすぐに喧嘩腰で突っかかっていくんです。相手がよそ者だと尚更。那々木さんが無事で良かったわ」

仏頂面で告げると、紗季はグラスのビールを一気に飲み干した。父親の話題になると機嫌が悪くなるのは昔から変わらない。

九条修は村の消防団の団長を務める人物でもある。忠宣が村の長であることに対し息子である彼は村の男衆を束ねる重要な役割を担っていた。僕がこの村にいた頃から、九条修は村内の見回りなどに積極的に乗り出し、特によそ者には厳しく目を配っていた。故に那々木のような不審人物を放っておくはずがないのも納得である。

「現場となった皆方神社というのは、十二年前に焼け落ちた三門神社の代わりに建てられたものだそうですね。建設を決めたのは村長さんですか？」

「ああ、そうだが」

「被害に遭った三門神社の人々を思ってのこと、というわけですか」

「もちろんだ。あの火事はひどかった。当時は新聞記事にもなった」

「ええ、記事は拝読しました。確かに目を覆いたくなるほど嘆かわしい内容でした。村長さんが新たに社を建てて供養したくなるという気持ちも大いに理解できます」

そこで不自然な間をおいてから、那々木は「しかし」と続ける。

「そのような場所で凄惨な殺人事件が起きたとなると、これは穏やかではありません。犯人はなぜ、わざわざその場所を選んだのでしょうか」

「それは単なる偶然だ。警察も強盗目的だと発表しておるわけだしな」

「しかし、実際は何も盗られていない。岸田さんの財布すら手つかずだったのですよ」

「ねえ、ちょっと待って那々木さん。さっきから聞いてると事件のことに詳しすぎませんか？　どうしてそこまで知ってるんですか？」

二人のやり取りを遮って、紗季が疑問を口にした。

「それについては、善意の協力者がいるとだけ言っておこう」

那々木はあくまで曖昧な返答で誤魔化そうとする。

「那々木さんは、岸田さんの殺害に三門神社が関係していると言いたいんですか？　二つの神社がすぐそばにあるという理由だけで？」

やや批判的に問いかけた宮本に、那々木は口元に笑みを浮かべて肯いた。

それに対して忠宣が異を唱える。

「それはあり得んな。岸田は三門神社と何の関係もないどころか三門一族と面識すらない」

「なるほど、では岸田さんの件はひとまず置いて、その三門神社について詳しく教えていただけませんか」

一応は納得した様子を見せて、那々木は勝手に話題を移した。警戒する忠宣をじっと見つめ、那々木は言葉を紡いでいく。

「かつて三門一族はある儀式によって『神がかりの奇跡』を起こしたそうですね。そのうわさを聞きつけて、多くの参拝者がこの皆方村にやってきた。彼らが求めたその奇跡とはいったい何なのか。私が知りたいのはそこなんですよ」

相手の反応も待たず、那々木は次々に言葉を重ねていった。

「実はここへ来る前に調べられることはすべて調べてみたんです。別津町の郷土資料館にも行ってみましたが、三門神社に関連する記述は驚くほど少ない。ごく限られた人間にのみ語られる口伝形式の伝承なのでしょう。となると、村の人間でも詳細を知る者は限られる。その点あなたはこの村を長らく治めてきたわけですから、何も知らないということはないはずだ。こうしてお宅にお邪魔できたのも何かの縁ですしね」

　忠宣はしばし押し黙った。問われるがままに答えるのは気が進まないようだ。だからといって強く拒絶するわけでもなく、たっぷりと悩んだ挙句に「仕方がない」と溜息混じりに呟き、成り行きを見守る僕たちに視線を巡らせると重々しく口を開いた。

「儀式についての詳細はわしにもわからん。だが話せることはある。この機会に、お前たちも三門神社と村の歴史とのつながりを理解しておくべきかもしれんな」

　那々木に向けてというよりは僕たちに向けた口調で、忠宣は語り始めた。

「明治の時代にこの土地が開拓され、村にも徐々に入植者が増えてきた頃、三門一族は居を構えた。彼らは村の成り立ちに関わる最古参の村民であり、当時の村のリーダーとして住民たちを引っ張っていく存在でもあったのだ。まだ土地も肥沃ではなく、山には多くの獰猛な獣が生息していた。とりわけ冬の厳しさは筆舌に尽くしがたいほどだった。当時は村民の生活を支える資源も道具も不足していた。希望を求めて新天地へと入植してくる者たちは過酷な現実を突きつけられ、それでもこの土地で生きていくしかなかった。道なき道を切り開き、開墾し、田畑を耕して作物を育てていく。そんな彼らを精神的に支えるための拠り所が神社への信仰だった。土地の神を崇め感謝を忘れずにいれば、神様は悪しきものを退けて村に富と繁栄をもたらしてくれる。三門神社はそう村民に説いて聞かせ、生活の基盤を徐々に築いていった」

くいと猪口を呷り、忠宣は小さく息をついた。

「その言葉の通り、長い時間をかけて村の生活が安定していくと、三門神社に対する村民の信頼は揺るぎないものとなっていった。その頃から三門神社には多くの参拝者が詰めかけるようになる。彼らは住む土地も生活基盤も別々だが、ある共通点を持つ者たちだった」

「彼らが求めた救いというのが『神がかりの奇跡』なのですね？」

「いかにも。この村の人間ならば、それが何を指すのかはわかるな？」

その問いかけは那々木ではなく、僕たちに向けられていた。異を唱える声は上がらない。

「三門一族が説いた教義の中で特筆すべきは『罪』と『死者』に関することだ。人の道を外れるような罪を犯した人間は等しく死者によってその報いを受ける。この土地はそうした秩序によって守られているのだと」

死者。その言葉を耳にした途端、意図せず背筋に冷たいものが伝った。

「一方で信仰を持ち清く正しい生き方をすれば死者が応えてくれると語り、彼らはある儀式を行うことによってそれが真実であることを証明した」

「その儀式というのは？」

それまで冷静さを失わなかった那々木の声が、心なしか熱を帯びている。

「死者との再会だ。大切な家族や想い人を失った人々が死者との再会を通して新たに生きる希望を見出すことこそが『神がかりの奇跡』の本質なのだ」

忠宣の話を一言一句聞き逃すまいとするように耳を傾け、那々木は感嘆の息を漏らしていた。

「なるほど。非常に興味深い。どうやら三門神社は一般的な神社とは一線を画していたようですね」

何がどう違うのかと疑問を抱く僕たちに向けて、那々木は解説を始めた。

「そもそも日本の神社は明治の時代まで婚姻などの祀りごとを扱いはしても、死に対し密接に関わろうとはしなかった。それは寺院――つまり仏教の役割であり、日本古来の神道において死は忌避すべき『穢れ』とされてきたからだ。奈良時代以降、神仏習合が掲げられ、神社と寺院は一体となって人々の中に根付いていったが、明治維新後の神仏分離令によってきっぱりと切り離されてしまう。これを契機に神社と仏教寺との共存は難しくなってしまうんだ。神道において死は穢れを孕む忌みもの。極楽往生や輪廻転生を掲げ、死後の世界を積極的に説いた仏教との大きな違いはそこにある。死者との再会という概念は、言ってみれば神社の在り方と大きく矛盾するんだよ。だが三門神社はその矛盾を肯定し、『罪人を裁くのは死者』であるという。これは非常に特異な例だ。単なる比喩としての表現なのか、それとも本当の意味での死者が……」

那々木はそこで尻すぼみに声の調子を落とし、ぶつぶつと呟きながら考え込み始めた。話などそっちのけで、思考をまとめるのに夢中という感じだ。

正直な所、僕はこれまで生きてきて三門神社の教えに対し、違和感など覚えたことはなかった。ただそういうものだという漠然とした理解のもと、いうなれば三門神社の決まりがすべての神社の決まりであるとさえ思っていた。だが那々木の話によって、これまで信じてきたものが異端である可能性に初めて気付かされたのだった。

何も知らず、深く考えもせず、盲目的に信じてきたものに対して生じた違和感。それは僕の中で急速に膨れ上がりつつあった。

「その三門一族が行う『神がかりの奇跡』ですが、実際に目にしたことは？」

ひとしきり考え込んだ後で、那々木はそう尋ねた。

「一度もないな。わしにはお目通りをかなえたい死人などおらん。そうでなくとも三門が儀式を行う回数は極端に少なくなっていった。それこそ十二年前などは年に一度か二度あればいい方で、参拝者がやって来ても門前払いをすることが多くなっていた」

「それはまた、何か事情がありそうですね？」

やや前のめりになって、那々木は食い入るように忠宣を凝視している。暑苦しい視線を煙たそうにしながら、忠宣は溜息混じりに頷いた。

「やむを得ぬ時代の流れ、というのが的確な理由だろう。文明の発展と共に神社に対する畏敬の念は薄れていった。信仰を持ってこの土地に移り住んでくる者も減り、村の人間も都会へ移り住んでいった。神社主導の古い習慣からの脱却を望む者も増えていた。事実、神頼みなどで人は救われんのだ。栄華の果てに衰退がある。それが世の常というものだろう」

忠宣の口ぶりからは、三門一族の死を惜しむ気持ちよりも、その支配から村が逃れられたことに対する安堵の気持ちが勝っているように感じられた。

あたかも、三門神社が消え去ったことが自明の理だとでも言いたげに。

「いずれにせよ三門の者はもはやこの村にはおらん。当然、岸田の事件との間に何の因果もありゃせん。あなたの書く小説とは違うのだよ那々木さん。あのトンネルも、三門一族も、そして岸田の死も、すべて何の関わりもない。それが答えだ」

そう言い含めるようにして、忠宣は言葉を結んだ。それに対し、那々木はただ一言「そうですか」と述べただけだった。形の上では納得したように見えるが、その実、内心では何かを考え続けているようでもあった。忠宣の話の中から、自らが必要とする情報を的確に集め、求める答えに近づこうとしているかのように。

その研ぎ澄まされたような鋭い眼差しは、いったい何を見据えているのか。

僕には想像もつかなかった。

4

深夜零時を前にして長く続いた酒宴はお開きとなり、各々が用意された部屋で休むことになった。

着替えもそこそこに布団に寝転ぶ。酒の回った頭がぼーっとして水中にいるみたいな心地よい感覚に包まれた。そのまま眠りに落ちるつもりでいたが、思いのほか目が冴えていて寝付けなかった。日頃あまり酒を飲まない僕は酔うとすぐに眠くなる体質なのに、これはどういうことだろうと自問する。枕が違うからか、それとも久しぶりに訪れた故郷で色々と感じることがあり、精神的に落ち着かないからか。いずれにせよ明日にはこの村を後にし、いつもの生活に戻らなくてはならない。疲れを溜め込んだまま帰宅して、不機嫌な妻と喧嘩になるのはごめんだ。

思考の糸がそのことに触れた途端、妻のお腹の中にいる新しい命と、そこに関連する複雑な気持ちが鎌首をもたげた。

僕が親になる……あの父親のように……？

考え始めると心がどんどんざわついて、余計に眠れそうになかった。それでも辛抱強く目を閉じ、睡魔がやってくるのを待っていると、身体は徐々に脱力していき、やがてゆるゆると眠りの世界へ落ちていく。

そして夢を見た。

僕はまだ子供で、今は存在しないはずの三門神社の境内にいる。視線の先では、僕と同じ年頃の友人たちが走り回ってはしゃいでいる。僕は拝殿の階段に座り、彼らを遠巻きに眺めていた。その隣、やや間を空けた石段に一人の少女が腰かけて、僕と同じように友人たちを見ていた。少女の黒髪は長く、木々の合間から差し込む陽光を受けて輝いていた。白い袖なしのワンピースからのぞく二の腕は、少しのはずみで折れてしまいそうなほど華奢で弱々しかったが、健康的なしなやかさをも感じさせた。その横顔は息を呑むほどに白く、頰にはほのかに赤みがさしていた。零れ落ちそうなほど大きな瞳と長い睫毛がとにかく印象的だった。

僕は瞬きすら忘れて彼女——三門霧絵の横顔を見つめていた。すでに意識のなかに友人たちの姿はなく、僕と彼女だけの閉じた世界で、その存在をひと時たりとも見逃さぬようにと彼女をじっと見つめ続けた。

と、その時、霧絵が思いついたように視線を巡らせて僕を見た。僕の方も彼女を見つめているのだから、視線がぶつかるのは当然のことである。

互いに見つめ合う形で僕たちは硬直し、しばし気まずい沈黙が流れた。

「どうしたの？」

霧絵が口元をほころばせた。柔らかそうな唇が品の良い笑みを形作る。その笑顔を直視できず、僕はしどろもどろになった。照れ隠しに居住まいを正し、視線を明後日の方向へと押しやった。

「変な陽介くん」

ふふ、と小さく微笑し、霧絵は立ち上がった。腰の辺りにまで達する黒髪がふわりと揺れ、甘い香りが漂った。

「ねえ、どうしたの。早くいこうよ」

次に視線を向けた時、制服姿の霧絵がそこにいた。僕らが通った別津町の中学校の制服だ。十代の少女へと成長した霧絵は見違えるほどに大人びていたが、同時にあどけなさを残す面立ちをしており、切りそろえられた前髪がそのことを際立たせていた。

「陽介くん」

霧絵が優しく僕の名を呼ぶ。それだけで僕は心が浮き立つような感覚に陥った。彼女の声、僕を呼ぶ口の形、温かな眼差し。そのどれもが愛(いと)おしく、僕を満たしてくれる。彼女さえいれば他に何もいらないと思えるほどに、一緒に過ごす時間は何より至福の瞬間だった。

それがずっと続くのなら、何を捨ててもいいとさえ思った。

「ねえ、陽介くん」

そう呼びかけられたのを最後に、霧絵の姿がふっとかき消えた。その直後、僕の視界はまばゆい閃光(せんこう)に包まれ、次の瞬間にはこの身を焼き焦がすような熱気を感じた。気が付くと辺り一面が火の海と化していた。境内はおろか、三門神社の拝殿までもが炎に包まれ、黒い空に火の粉が舞っている。

「霧絵……霧絵……！」

「こっちよ、陽介くん」

声のする方へ振り返った瞬間、燃え盛る炎に包まれた霧絵の姿が飛び込んできた。

「そんな、霧絵！」

思わず叫んだ。ごうごうと音を立てる炎が彼女の言葉をかき消し、服や髪の毛、そして肌が黒く焼けただれていく。

「ようすけくん……」

低くくぐもった異様な声。肉の焦げる臭いが鼻を突く。ぶすぶすと音を立てて長い髪があっという間に焼き切られ、骨だけを残した無残な焼死体が僕の前に転がっていた。

周囲を見渡すと、他にも炎に焼かれた遺体が境内のあちこちに投げ出されている。

「よ……す……け……よ……よう……け……ん……」

いくつもの黒く焼けただれた頭蓋骨(ずがいこつ)が剝(む)き出しになった歯を鳴らし、存在しないはずの喉(のど)を引き絞るようにして、口々に僕の名を呼ぶ。

「やめろ！　やめてくれ！」

訳も分からず、ただひたすらにそう叫んでいた。空の眼窩(がんか)がじっと僕を見上げている。

炎上する神社。黒い骨と化した多数の亡骸(なきがら)。それらの光景を前に、僕は助けを求めて泣き叫ぶ。

すべてを焼き尽くす炎が、まるでそれ自体意思を持っているかのようにうねり、頭を抱えて叫び続ける僕を飲み込んでいった。


「――け、陽介、ねえってば」

目が覚めた。暗い室内には月明かりが差し込んでいる。その光に誘われるようにして、意識がゆっくりと浮上してくる。

そうだ。ここは九条家の客間で、僕はここに泊めてもらっていて、と頭の中で整理していると、すぐそばから再び声がする。

「すごくうなされていたけど、大丈夫？」

「ああ、大丈夫だ。ちょっと変な夢を見て……」

そこで言葉が途切れた。寝転んだ僕の隣に何故か芽衣子の顔がある。

「な、なんで……？」

困惑する僕をよそに、芽衣子はさも当然のように微笑んでいた。寝巻代わりのTシャツ姿で僕の布団に潜り込んでいるらしく、太ももの辺りには生温かい肌の感触があった。

「何してるんだよ。どうして僕の部屋にいるんだ」

「いいじゃない。昔はみんなでよくお泊り会とかしたでしょ。あたしたち何度も枕を共にした仲なんだから」

「それは小学生の頃の話だろ。それに僕は――」

慌てて布団から這い出そうとする僕を逃がすまいと、芽衣子は腕を伸ばしてしがみついてきた。

「ねえ陽介。あたし本当にあなたに会いたかったんだよ。分かる？」

「それは分かるけど、でもこの状況はまずいだろ。とにかく手を放せって」

僕の話を聞いているのかいないのか、芽衣子は摑んだ手を放そうとしない。

「たくさん手紙書いたのに、陽介ってば返事もくれなかったよね」

「それは悪かったよ。でも僕だってあの頃は色々あったんだ」

新しい土地にうまく馴染めず、多感な時期をひたすら鬱々として過ごしてきた僕にとって、村でのことを思い出させる相手と積極的に連絡を取ることには抵抗があった。そうしているうちに芽衣子からも連絡が来なくなり、関係は自然に風化していったと思っていた。

「しかも久しぶりに会えたと思ったら結婚してるなんてさ。ひどいよ、ホント」

「それは……」

「――でもやっぱり、会えて嬉しい」

呟いた芽衣子の表情にわずかな陰りが生じる。悲しみに彩られた感情の欠片が潤んだ瞳の中に見え隠れしていた。

「連絡を返さなかったのは悪いと思ってるよ。本当に――」

「ねえ、陽介」

弁解めいた言葉を遮り、芽衣子は僕の耳元で囁（ささや）いた。

「あたし、知ってるんだよ」

その意味深げな一言に思考を停止させられた。

いったい何を知っているというのか。その言葉の真意を探るうち、やがて脳裏に浮かんだ疑惑を僕は慌てて取り払った。それは芽衣子が知るはずもないこと。いや、芽衣子だけではなく今日再会した誰にも話していないことだった。

表情は硬直したまま、しかし頭はすさまじい速度で回転していた。そんな僕の姿がおかしかったのか、芽衣子はやがてぷっと噴き出した。

悪戯（いたずら）めいた笑みを満面に浮かべ、さも愉快そうに肩を揺らす。

「今日、会った時からずっと、いやらしい目であたしのこと見てたでしょ？」

「……はぁ？」

危惧（きぐ）していたこととは全く違う答えに拍子抜けする一方で、僕は更なる混乱に見舞われた。

芽衣子をいやらしい目で見ていた？　馬鹿な。そんなことあるはずがない。

「ちょっと待てよ。何言ってるんだ」

「あたし昔はチビで女らしいところなんて一つもなかったけど、ちゃんと大人の女になったでしょ？」

上目遣いに僕を見て、芽衣子は同意を求めるように問いかけてきた。

あの頃、僕や霧絵の後を追いかけてばかりだった芽衣子は確かに見違えるほど美しく、大人の女性へと成長した。そのことは認めざるを得ないのだが……。

「だからって、僕が芽衣子をそんな目で見るわけ……」

「誤魔化さなくてもいいよ。陽介は昔から気が弱くて、言いたいことも言えなくて、見てるこっちがもどかしいくらいだったもんね。でもあたしは陽介のそういうところ嫌いじゃなかったよ」

「だからそうじゃないんだって。勝手な解釈するのはやめてくれよ」

「しー。いいの。陽介なら全然オッケーだから」

僕の口を人差し指で塞ぎ、芽衣子は勝手な解釈で話を進めていく。

「いいからじっとしててよ、ほらほら」

「や、やめろ！　おい！　うわっ！」

芽衣子の手が僕のズボンにかかり、あわてて布団から転がり出たが、芽衣子は僕の足首を摑んで引き戻そうとする。その細い指のどこにそんな力があるのかと驚かされるほどの怪力が僕の足首を容赦なく締めつけた。

「いいから、こっちおいでよ陽介」

「やめろ。放せって！」

力任せの誘惑から逃れようと無我夢中で畳に爪を立てていた時、部屋の外にいくつかの足音が聞こえた。ほどなくして勢いよく襖が開き、ぱっと明かりが灯る。

「うるさいわね。こんな時間に何してるのよ……って、あら」

紗季が最初は苛立たし気に、後半は驚きと関心が入り混じったような声を上げた。

「あんたたち、人の家で何してくれてんのよ」

「おい、陽介。いくら何でもお前……」

次いで顔をのぞかせた篠塚が呆れ顔で僕を非難する。一歩遅れてやってきた松浦もすぐに状況を察したのか、「へえ、やるな陽介」などと見当はずれな感想を述べた。

「陽介、あんた奥さんに申し訳ないとかいう気持ちはないわけ？」

「別にいいだろ。結婚してたって恋愛は自由だ。もちろん俺だって、人妻でも全然オッケーだぜ」

この状況に便乗するみたいにして紗季の肩に手をまわす松浦。紗季はすぐさまその手を払いのけ、うんざりした様子で溜息をついた。

「馬鹿じゃないの。ほんと男ってクズばっか」

冷ややかな眼差しが松浦と、それから僕に注がれる。

「ち、違うんだよ。なあ芽衣子。お前も何か言ってくれよ」

「ちぇ。せっかく二人で楽しもうとしてるのに、みんなもう少し空気読んでよね」

芽衣子は口を尖らせてそっぽを向く。これで僕が彼女を部屋に連れ込んだという図式は盤石になってしまったようだ。何か言い訳したくても、それが許されるような空気ではなかった。恨めしい気持ちで芽衣子を見ると、彼女はしぶしぶ布団から這いずり出て、脱ぎ捨ててあった服を身に着け始めた。

その時、あらわになった彼女の内腿に大きな痣のようなものと小さくて丸い火ぶくれのような痕を見つけて僕ははっとした。恥をしのんで目を凝らすと、シャツの襟元からのぞく胸元にも同じような痣がある。更に腕時計を外した左腕の手首には、引きつれたような細い傷跡まであった。

「なあ、もう放っておこうぜ。こいつらだってガキじゃねえんだし」

思いがけぬものを見つけて動揺する僕をよそに、松浦は欠伸を噛み殺し部屋を後にしていく。

「いや、ちょっと待っ……」

慌てて追いすがろうとしたその時、室内の明かりがチカチカと瞬き、そのまま音もなく消えた。同時に廊下の明かりまでが消失し、僕たちは揃って驚きの声を上げる。

「停電か？」と松浦。

「嫌になるわね。何なのよ、このボロ家は」

紗季が大きな声で毒づいていても、誰かが駆けつけてくる気配はなかった。このままじっとしているわけにもいかず、僕たちは揃って階下へと降りることにした。

「確かブレーカーは玄関脇の物置の中だったと思うんだけど」

紗季が記憶を辿るように言った時、先頭を歩いていた松浦が急に足を止めた。その背中にぶつかった篠塚が「何で止まるんだよ」と抗議する。

「何か、聞こえないか？」

松浦はいつになく真剣な口調だった。それを合図に全員が息をひそめ耳をそばだてたが、特に何も聞こえてこない。仮に聞こえたとしても、屋敷の中には僕たち以外にも人がいるわけだから不思議はないのだが。

「何も聞こえないよ」

芽衣子が不満げに漏らした直後、りぃん、と金属的な音がどこからともなく響いてきて、僕らは一斉に凍り付いた。

「これは、鐘の音……？」

口中に呟きながら音のした方へ視線を向ける。鐘の音は家の外から聞こえてくるようだった。長く余韻を残した鐘の音が完全に消え失せた頃、磨りガラスの向こうを青白く揺れる光のようなものが横切った。

「お、おい……今の何だ？」

篠塚が声を震わせ、飛びのくようにして後ずさった。

「誰かが通りかかったんでしょ。別に驚くようなことじゃないわ」

九条家は大きな通りに面していて、普段は街灯の明かりに照らされている。ところが今はどういうわけか真っ暗で、ガラスの向こうは深淵の闇に支配されていた。紗季が言うように誰か通りかかっても不思議はないが、都会ならいざ知らず、こんな田舎の村で夜中に歩き回る人間などそうそういないのではないだろうか。

　誰もが同じことを考えたのだろう。違和感を抱きながらも、その正体を確かめようと行動を起こす者はいなかった。どうしたものかと考えあぐねていると、背後から階段を下りてくる足音がして、まばゆい光が僕たちを照らした。

「おい、みんなそんな所に突っ立って何してるんだよ」

「宮本か？」

　声で判断し光に向かって問いかけると、宮本は手にした光――携帯電話のライトを顎の辺りにもっていって自らを照らした。宮本のすぐ後ろには那々木の姿もある。昼間と変わらずスーツをしっかりと着込んでいて、見ているこっちが暑苦しく感じてしまう。

「何かあったのか？」

　端的に問いかけられ、僕たちはほとんど無意識に互いの顔を見合わせた。一言で説明できるほど簡単なことではないが、だからといって騒ぐほどの事態でもないというのが本音だった。

「とりあえず明かりをつけようぜ。話はそれからだろ」

　言うが早いか松浦が玄関脇の物置の扉を開き、手を伸ばしてブレーカーを探り当てた。彼はそこで間の抜けた声を上げる。

「ブレーカーじゃないな。ちゃんと電源は入ってるぞ」

　その言葉を信じないわけではないだろうが、それでも一応、と宮本が携帯電話の明かりで松浦の手元を照らした。

「本当だ。ブレーカーじゃないなら、どうして明かりが消えたんだ？」

「そんなの、俺に訊くなよ」

「外の明かりも消えてるから、この辺り一帯が停電になったってことかしら」

紗季の発言に、全員が揃って玄関の方を向いた。そんなやり取りの中で、僕は人知れず胸中に渦巻く嫌な予感に苛まれていた。

停電。それ自体は大したことではない。気になるのは何故このタイミングなのかということだ。それに、さっき家の前を横切ったあの光は何だったのだろう。懐中電灯の光とも、街灯の明かりとも違う、冷たく凝った虚ろな光。

鬼火。人魂。そんな言葉が頭をよぎる。この世のものではない何かが自分たちの前を通り過ぎていったのではないか。そんな考えに取り憑かれ、ぞわぞわと背中が粟立った。

それを誰かに言い出すこともできず、行き場のない疑問がわだかまるばかりだった。

「とにかく、お祖父ちゃんかお父さんでも起こして事情を――」

紗季の言葉はしかし、突然外から響いてきた大きな悲鳴によってかき消された。

「い、今の、悲鳴だよな？」

「もしかして助けを求めてるんじゃないか？」

そう言って真っ先に飛び出したのは宮本だった。一瞬遅れて那々木がそれに続く。残った僕たちも後に続いた。外に出ることに抵抗はあったけれど、こんな暗闇の中にわけもわからず取り残されるよりはましだった。

通りに出ると、そこには想像した通りの暗闇が広がっていた。近隣の家屋にも一つとして明かりは灯っていない。異常なほどに輝きを放つ月光に照らされた村の光景に、まるで異世界に迷い込んでしまったかのような不安をかき立てられた。

「誰かいるのか。何があったんだ」

宮本が数メートル先も見通せないような暗闇に向かって呼びかけた。返事はなかったが、少し先の路地にぼんやりと青白い光が灯った。それはライトでも炎でもなく、喩えていうならホタルが放つような淡く弱々しい光だった。

それが本当にホタルのものであったなら、どれだけ良かっただろう。光と共に路地の角から現れたのは、目も当てられないようなボロボロの作業着姿に帽子をかぶった中年の男だった。ひどくやせこけた身体を丸めるようにして前かがみになり、一歩、また一歩と亀のように鈍重な足取りで歩いている。どういう仕組みなのかはわからないが、男の身体はそれ自体が淡い光を放ち、漆黒の闇の中でやはり鬼火のように揺らめいていた。

頬はひどくこけていて、半開きにした口からはだらりと垂れた舌が覗いている。骨に皮を張っただけのような表情からは、まるで生気が感じられない。それに加えて男の姿はうっすらと透けているようにも見えた。

「おい……あ、あんた……」

松浦は呻くような声を絞り出した。男は虚ろな眼差しで中空を見つめたまま、おぼつかない足取りで通りを横切っていく。

「ほう、これはまた面妖だ」

僕のすぐ隣に立っていた那々木が誰にも聞こえないような小さな声で、しかしはっきりと呟いた。それから口元を歪めて彼は笑う。くくく、という押し殺した笑みと共に、那々木の横顔はどこか陰気で邪悪めいたものへと転じていた。

「なんだよあれ、なんなんだよ！」

男の去っていった方を指差して松浦が声を荒らげた。当然ながら答えられる者などいない。

「やだ、なんか変だよ。早く戻ろう」

芽衣子が僕たちを促して踵を返した途端、甲高い悲鳴が響き渡った。通りを横切っていった男と同じ格好をした連中が複数、僕たちのすぐ背後にまで迫っていたのだ。

全部で何人かなど数える余裕はなかった。一様に虚ろな表情を浮かべた集団を前にして、ひっと声を上げた芽衣子が脇に飛びのく。彼女に倣い、僕たちも道を譲るように移動し息を詰めた。青白い光を断続的に放つその群れはたっぷりと時間をかけ、肩が触れそうなほどの距離を通り過ぎていく。

生きた心地がしないというのは、まさにこのことだった。

「なにあれ……。幽霊……？　まさか……ね」

幸いにも、奇妙な集団は僕たちに目をくれることもなく通りの向こうへと去っていった。その姿が完全に見えなくなってから、芽衣子は誰にともなく問いかける。

「そ、そんなわけ……ねえよ……」

篠塚が激しく身震いした。

「だったら今のは何？」

紗季が鋭い口調で問い質す。篠塚は「あうぅ」と情けない声を出すばかりだった。

――その時。

「ひぃっ！　来るな、来るなぁ！」

必死に何かを訴える男性の声が、男たちが歩き去っていった通りの先から響いてきた。

「あっ……うあぁぁ！　俺じゃない！　俺はなにも……あああ！」

再び同じ声がして、僕たちはまたしても身体を硬直させた。ただ一人、那々木だけは臆することなく前方の闇の中へ向けて走り出す。

「あ、那々木さん！」

呼び止める声も聞かずに那々木は行ってしまった。残された僕たちは二の足を踏んだが、結局は後に続いて走り出す。

「ひぃあああっ……あ……やめろ。たすけ……」

男の声が不自然に途絶えた。テレビの電源を落としたみたいにぶっつりと。

通りを駆け抜け角を曲がると、目の前に那々木の背中があった。

「那々木さん、何が……」

問いかけようとした言葉が途切れた。那々木が携帯電話のライトを前方へ掲げる。その光がうらぶれた路地を頼りなく照らすと、そこに佇(たたず)む一つの影——闇よりも深い黒衣を纏(まと)った女の姿が浮かび上がった。

女の横顔や首筋、袖(そで)の先からのぞく両手はぞくりとするほど白かった。腰まで達する長い黒髪を夜風になびかせながら俯(うつむ)いている。片方の手には柄が短く頭の部分が人間の頭部ほどもある木槌(きづち)を、もう一方には柄の先が三叉(みつまた)に分かれた鐘を所持していた。そして足元には、大型犬ほどの黒い塊が転がっている。

地面の上に横たわり、手や足があらぬ方向を向いて歪(いびつ)に折れ曲がった黒い『何か』。皮膚を突き破った白い骨があちこちからのぞき、本来頭があるべき場所にはそれらしいものがなく、アスファルトの地面にはすり潰(つぶ)されたような肉片が散らばっていた。凄惨(せいさん)さを物語るかのように、あたり一面が黒く濡(ぬ)れている。

「人なのか……なあ、あれ、人なのかよ……？」

松浦の取り乱した声には誰一人として応(こた)えなかったが、全員がその事実を理解してもいた。そこにある黒い塊こそがあの悲鳴を上げていた人物だということに。

僕は耐え難い吐き気に見舞われ、思わず口元を手で覆った。

「う、うわあああ！」

篠塚が腰を抜かして地面に尻(しり)もちをついた。地面に両手を突き、すぐさま立ち上がって走り出そうとする彼を鋭い声が制する。

「待て、動くな！」

声を荒らげたのは宮本だった。彼にしては珍しい、逼迫した様子で言い放ち、路地の先をじっと凝視している。篠塚は凍り付いたように動きを止め、僕たちも宮本の指示に従い身動き一つせずに成り行きを見守っていた。

「これは……」

那々木が静かに呟く。瞬き一つせずに黒衣の女を見据えるその瞳には、異様なものを目の当たりにしながらも決して冷静さを失わない強い意志の光があった。

助けを求めていた男の変わり果てた姿。その傍らで黒衣の女は帯や着物を夜風にはためかせ、ただじっと立ち尽くしていた。長い黒髪と闇の深さに隠れてその表情を見て取ることはできない。作業着姿の男たちと同様に存在の不安定さを感じさせる一方で、たとえようのない威圧感が僕たちをその場に縛り付け、逃げ出すことすら許さなかった。

ゆらりと首を傾げて女がこちらを向く。その瞬間、更なる怖気が僕の全身を押し包んだ。女の表情は見えないが、見られているという感覚は痛いほど伝わってくる。そこにあるのはごく平凡な人間らしい感情などではない。これ以上ないほど直情的で剝き出しの悪意。膨大な怨念の塊だった。

わずかな膠着の後で女の腕が動き、直後にりぃん、と鐘の音が鳴り響いた。汗ばむ肌に張り付くような余韻を残し、長く尾を引いたその音が闇に吸い込まれて消えていく。それをきっかけに僕たちの頭上で街灯が明滅し、次の瞬間には眩い光が辺りを照らした。

「——おい、あの女どこに行った？」

真っ先に声を上げたのは松浦だった。

黒衣の女の姿はどこにも見当たらなかった。街灯の光に視界を奪われ、ほんの一瞬目を離した隙に女は跡形もなくかき消えてしまったのだ。残されているのは悲惨な亡骸とむせ返るほどの血の臭いだけだった。男の頭部は跡形もなく粉砕され、もはや人間であったことすら疑わしい。破壊しつくされた哀れな遺体を改めて見せつけられ、僕たちは正気を保つので精いっぱいだった。

半ば呆然とした状態で那々木へ視線を転じると、彼は顎の辺りに手をやって、何かを思案している様子だった。感情が欠落したような冷たい表情をして、目の前に広がる異様な光景に取り乱すこともなく、むしろ意気揚々として思考を巡らせている。

そんな那々木の姿に対し、僕はこの悲惨な光景とは別種の、身体の内側から沸き立つような薄気味の悪さを感じていた。

第三章

1

深夜の皆方村は混乱を極めていた。

忙しなく行き交う警察関係者を横目に、僕たちはいまだ冷めやらぬ不快な興奮に翻弄されつつ事情聴取に応じていた。数人の警察官に代わる代わる同じ質問をされ、そのたびに一から話をするのだが、まともな受け答えなど出来るはずもなかった。

また、さまよい歩く作業着姿の男たちや遺体の傍に佇んでいた黒衣の女について話したところで、信じてくれる警察官は一人もいなかった。もちろん、信じろと言う方が無理な話だということくらい分かってはいたが。

意外だったのは那々木である。彼は警察に対し、

「助けを求める男が何者かによって殺され、傍らには異様な風貌の女がいた。その女は目を離した隙に逃げてしまった」

という最低限の証言しかしなかった。怪異譚を蒐集しに来ている以上、あの異様な光景の数々を単なる夢や幻で片付ける気はないはずだ。それは作業着の男たちや黒衣の女

を見た時の反応や表情からも明らかである。あの時、那々木は自分が求めるものに巡り合えたという幸運を噛みしめ、人知れず歓喜していたはずなのだから。

話したところで信じてもらえるわけがないという諦め。あるいは最初から頼りになどしていないという達観めいたものがあるのかもしれない。

もう一つ気になったのは、警察関係者が離れた隙に、那々木が電話で誰かと話をしていたことだった。声を潜めてはいたが、そばにいた僕にはその内容がかすかに聞き取れた。

「私だ。今どこにいる？　地元警察はとっくに現場検証を始めているぞ」

口調から推測すると友人だろうか。その人物も彼のライフワークに同行する予定だったが何らかの理由で到着が遅れてしまったのかもしれない。いずれにしても那々木からは何の説明もなかった。

夜が白々と明ける頃、僕たちは一旦解放されて帰宅を許された。ただし、殺人事件の第一発見者である以上、担当刑事から許しがあるまで村から外には出ないようにと厳命された。拘束しない代わりに自由にもしないつもりなのだろう。

宮本は自宅に帰り、それ以外のメンバーは九条家に戻った。全員の顔に明らかな疲れが浮いており、ろくな会話もなくそれぞれの部屋で休むことにした。乱れた布団に横になる。身体は疲れているのに意識だけが昂って眠れない。それでも三十分ほど過ぎると、うたた寝程度には眠ることができた。

夢と現実の境界が曖昧な意識のなか、思考が一つの記憶へと繋がっていく。あの女が身に着けていた闇よりも深い漆黒の着物。僕はあれに見覚えがあった。その答えが知りたくて、暗い意識の底にしまい込んでいた記憶を掘り起こしていく。

やがて浮かんだ光景は、この村を去る最後の日、三門神社の境内で目にした霧絵の姿だった。何も言わずに立ち去ろうとする僕の姿に気づき、寂しげな表情をした霧絵。その顔ばかりが記憶にこびりついていたが、その時の彼女の服装が今、唐突に思い出された。

あの時、霧絵は漆黒の和装に身を包んでいた。小袖、袴、祭祀の際に羽織る千早に至るまで、すべてが塗りつぶされたかのように黒かった。

はっと目を見開いて身体を起こす。間違いない。あの黒衣は十二年前に霧絵が着ていたものと同じ、三門神社の巫女装束だ。

そう思い至ったところで、僕は更なる疑問に頭を悩ませた。その事実は何を意味するのか。あの黒衣の女と霧絵との間にどんな関係があるのか。

しばらくそうやって、終わりのない思考の糸を手繰っては手放し、また手繰るという行為を繰り返していた。気が付くと窓の外から小鳥のさえずりが聞こえ、差し込む陽光が眩しかった。すっかり眼が冴えてしまってこれ以上は眠れそうにない。仕方なく顔でも洗いに行こうかと立ち上がりかけた時、枕元の携帯電話が鳴動した。

『今日、何時に帰ってくる？』

妻からのメッセージだった。短い文面を確認し、僕はこれまでとは別種の憂鬱さを覚えて溜息を漏らした。本当なら今日の午後には身支度をして帰路につく予定だった。しかし事情は変わり、村からは出られない。さすがに犯人扱いされるようなことはないと思うが、事態が収拾されるまではこの村に足止めされると考えておいたほうがいいだろう。

問題は、それを彼女にどう説明するかである。出来る限り相手を刺激しないよう何度も試行錯誤してメッセージを返信した。

『ごめん、色々あってあと数日こっちに滞在する。詳しいことは帰ってから話すよ』

昨夜の出来事を馬鹿正直に話したところで、到底理解されないというのはもちろん、余計な心配をかけてしまうのが嫌だった。妊娠初期の大事な時期に不安を与え、お腹の子に障りがあってはいけない。

と、そこまで考えて僕はハッとした。僕はまだ妻の妊娠を心から喜べてはいない。にもかかわらず、そのことを第一に考えて判断を下しているのが我ながら滑稽に感じてしまったのだ。

彼女のお腹の中には僕たちの子供がいて、やがて生まれてくるその子を育てていかなくてはいけない。一人で生きていくのではなく家族となって共に歩んでいく。それがどんなに大変なことか、少なくとも僕は自分の幼少期を振り返るたびに思い知らされる。

同時に、その覚悟が持てない人間が親になってはいけないとも思う。

世間を見れば、我が子を虐待したり、真夏の車内に置き去りにしたりして殺してしまう親が信じられないほどたくさんいる。そうした報道を見るたび、僕は親になる覚悟がどれほど大切か、そしていかに難しいことなのかを考えさせられる。いつか、自分にもその覚悟が出来る日が来るのだろうかと考えていたが、いざその状況に直面した時、自分でも笑ってしまうほど覚悟なんて出来ていなかった。

そのことを妻に見透かされ、この村にやってきたのも単なる時間稼ぎ、あるいは現実逃避だと思われても、文句が言えないのは当然だった。

携帯電話をしまおうとした時、再び電子音が鳴った。

『そう、わかった。けど、そろそろちゃんと話がしたい。お父さんやお母さんにも話したいし。お姉ちゃんもきっと喜んでくれるから』

文字の上で何度も視線を往復させた。僕と違い、彼女の中に『産まない』という選択肢がないことは予想がついていた。本当は話したくてたまらないのに、家族に打ち明けるのを待っていてくれるのは僕の気持ちを慮(おもんぱか)ってのことだろう。

結婚してまだ半年だが、妊娠を境に妻はいつも不機嫌になった。それまでの優しく朗らかだった彼女の顔などもうずっと見ていない。そのせいで忘れかけていたが、僕が彼女を大事に思っているように、彼女もまた僕のことを大切に思ってくれているのだ。彼女の家族だって、きっと新しい命の誕生を喜んでくれるに違いない。

それはわかっている。わかっているはずなのに……。

『帰ったら、ちゃんと話そう』

それだけ返信して、僕は抗いようのない事実から目を背けるように部屋を後にした。

屋敷の中でじっとしているのもなんだか息苦しく感じられ、少し外の空気が吸いたくなった。階段を下りると座敷の方に人の気配があり、台所からはやや遅い朝食の香りが漂ってくる。かすかにではあるが話し声も聞こえてきた。

昨夜、夕食を共にしたのは忠宣だけで、紗季の父親である修や後妻の薫とはまだろくに会話もしていない。昔からあまり関わりがなかったことも手伝って、顔を合わせるのを気まずく感じてしまった僕は挨拶もせず外に出た。

どこへ向かうともなく、気の向くままに通りを歩く。昨夜の出来事があったせいか、村の人々はどこか落ち着きがなく、誰もが陰鬱な表情をしていた。スーパーの店先で立ち話をする主婦たち。公園で日向ぼっこをする老人。飼い犬を散歩させている女性。彼らは昨夜、不気味な光を身体から発する男の集団を目撃しているのだろうか。全身の骨を砕かれて死亡した男性の知り合いだったりするのだろうか。彼の死は、住民たちにどのように受け止められているのだろうか。

僕にはその判断がつかなかった。かといって彼らに声をかけ、情報を収集しようなどという気になるはずもなく、僕もまた陰鬱な気分でこの小さな村をあてどなく歩いた。

特別意識したわけではなかったが、気が付けば男性の死体を発見した路地に差し掛かっていた。警察の姿こそなくなっていたが、現場には規制線テープが張られ、立ち入りが禁じられている。そのテープの手前に立ち、現場を覗き込むようにしている後ろ姿があった。

声をかけるより先に、その人物が振り返る。

「おや、君はたしか——井邑くん、だったかな。どうかしたのか？」

「那々木さんこそ、ここで何をしているんですか？」

徐々に日が高くなり、気温は上昇する一方なのに、那々木は相変わらず黒いスーツに身を固めていた。体感温度はかなり高いはずだが、その顔はいたって涼しげである。

「ちょっと昨夜のことが気になってね。様子を見に来てみたんだが、遺体も何もかも片付けられてしまったようだ」

ははは、と能天気に笑いながら、那々木は顎をしゃくって路地の先を示す。あんな惨いものをいつまでも放っておくわけにいかないだろうと、僕は内心で突っ込みを入れた。

「気になる、というのは？」

「昨日の連中は、どこからやってきたのかと思ってね」

那々木は軽く視線を持ち上げ、周囲をぐるりと見渡した。その言葉の意味するところが理解できず戸惑う僕に対し、那々木はなにもかも納得ずくといった調子で「まあ聞いてくれ」と話を進める。その表情はどこか生き生きして声の調子も弾んでいた。話し相手が出来たことが嬉しいのかもしれない。

「昨夜、我々の前に現れた作業着姿の男たち。あれはこの村の住民などではないし、そもそも生きた人間ですらない」

「幽霊だっていうんですか？」

「そうだな。さまよえる魂、という意味では共通している。そう表現するのが一番てっとり早いだろう。だが厳密には彼らは幽霊ではないと私は考えている。あれは亡者の類だよ」

「亡者……」

繰り返した僕に軽く肯き、那々木は説明を続けた。

「この世に強い想いを残して死んでいった人間の魂。その残渣を幽霊とするならば、彼らはそこに当てはまらない。何故なら彼らは、通常であればこの世に舞い戻ってくることのない、しかしどこかへ旅立つことも出来ない哀れな犠牲者たちだからさ」

犠牲者、の部分を強調して、那々木はややクセのある黒髪をかき上げる。

「彼らはあのトンネル工事に携わった作業員たちだ。ある者は過酷な労働に耐え切れず身体を壊して命を落とし、またある者は落盤事故により命を落とした。死後も冷たいトンネルの中から出られず、進むことも戻ることも出来ないでいる魂たち。それが彼らの正体だよ」

僕はこの時、疑心に満ちた表情を隠すことが出来なかった。あの男たちが正常な人間でないことは理解できるが、幽霊や亡者だなどと言われて、はいそうですかと即座に納得できるほど僕の頭は柔軟ではない。

「ちょっと待ってください。いくらなんでもそんなこと……」

「あり得ないか？　しかし現にあのトンネルで多くの白骨死体が発見されたじゃないか」

「だとしても、どうして今になってその人たちの幽霊——いや、亡霊だか亡者だかわかりませんけど、そういうのが出てくるんですか？」

「おかしいと思うかい？」

不思議そうな顔で問いかけられ、僕は当惑する。

「おかしいに決まってるじゃないですか。ご存じでしょうけど僕はこの村の出身です。中学の頃まではこの村で生活していたんです。少なくともその間に、昨晩のような出来事は一度も起きたことがありません。もしあなたの言う通り、昨夜のあれが死者の魂なのだとしたら、これまでに村に現れるチャンスはいくらでもあったはずです」

「ふむ、それは当然の疑問だな」

那々木は感心したように頷き、少々大げさに肩をすくめた。

「だが今まで現れなかったものが昨夜突然現れたとしても、何もおかしいことなどないんだよ。そもそも天変地異と同じように、怪異というものはある日突然起こるものさ。そしてそれは何の理由もなく唐突に発生しているわけじゃない。君やこの村の住民たちが知らないだけで、怪異の起源はずっと前から存在しているんだ。誰も気が付かないうちに事態は進み、いよいよ許容値を超えた段階で災禍が噴出する。ダムのこちら側で目を凝らしても、向こう側にどれだけ水が溜まっているかなんてわからないだろう？」

　那々木は手持ち無沙汰にネクタイを締め直し、「それと同じことだよ」と付け加えた。その仕草や口調には寸分の迷いも感じられず、また僕を謀ろうとでたらめを言い連ねている様子もなかった。彼が口にする言葉、その一つ一つには奇妙な説得力があり、否応なしに僕の常識を覆しては新たな事実として定着させようとしていた。

「もちろん、私にだって今この村で何が起きているのかはさっぱりわからない。あの亡者たちが本当にトンネルからやって来たのか。あの男性が不可解な死に方をしたのは何故なのか。そこにどのような因果関係があるのか。そして極めつきが黒衣の女だ」

　那々木の声が、わずかに熱を帯びる。

「あれは亡者たちとは明らかに一線を画する存在だった。生者なのか死者なのかすら曖昧なその姿からはこの身が引き裂かれんばかりの怨念を感じたよ。あれが生きた人間でないとするなら、そうそうお目にかかれない強力な怪異に違いない」

　那々木の主張を否定する気にはなれなかった。黒衣の女が村人を殺害したというのは状況から判断しても間違いないと思うし、一瞬のうちに姿を消したことからも普通の人間ではないと考える方が自然かもしれない。だがそんなことよりも僕が気になったのは、そう語る那々木の様子だった。決して感情を表に出すような喋り方ではなかったが、それでも湧き上がる感情を抑えきれずに彼は笑みを浮かべていた。僕たちの身に起きた奇怪な現象と、残忍なやり方で人を殺した女のことを考えながら、不敵に笑っているのだ。

何が楽しいのか。どうしてそんな風に笑っていられるのか。そう問い質したいのをぐっと飲みこみ、那々木を軽蔑しようとする気持ちを隠したまま会話を続ける。

「それで、何かわかりましたか？」

「残念ながら手掛かりになるようなものは何もない。やはり、岸田さんが殺害された現場を先に見ておくべきだったな」

独り言のように呟く那々木だったが、僕はつい反応してしまう。

「またですか。まさか昨夜のことにも岸田さんの事件が関係していると？」

「それを調べるためにだよ。少なくとも昨夜殺された男性――確か名前は山際さんといったはずだが、彼と岸田さんとの間には動かしがたい共通点があるじゃないか」

「二人とも同じ死に方をしてるってことですよね。でも手口が同じだからといって必ずしも同一犯の仕業というわけではないと思います」

「もちろんそうだ。しかし同時に、違うという確証も持てない。だからこそ気になって仕方がないんじゃないか」

那々木は再び口元を歪め、楽しみを見つけた子供みたいに笑ってみせた。

「山際さんを殺したあの巫女は岸田さんを殺した犯人でもある。那々木さんはそう思っているわけですね」

先回りして告げた瞬間、那々木は信じられないものでも見るような目でこちらを凝視し、次いで僕の両肩に強く掴みかかってきた。

「——なんだって？」

「え？　え？　ちょっと那々木さん、痛い、痛いですって！」

　肩に食い込む那々木の指には信じられないほどの強い力が込められていた。そのまま骨を折られるのではないかと怖くなり、僕はたまらず身をよじって彼の手を振りほどく。

「すまない。だがもう一度聞かせてくれないか。さっき君はなんて言ったんだ？」

「何かおかしなことでも言いましたか？」

　僕が問い返すと、那々木は神妙な面持ちで、

「巫女、と。確かにそう言ったな。君はあの黒い着物を着た女が巫女に見えたのか？」

　そこでようやく、那々木の言わんとしていることが理解できた。

「あの黒い着物を見て巫女を連想するというのはどうにも不自然じゃあないか。巫女と言えば白の小袖に緋袴が定番だ」

「いや、それはその……」

「君が何故あの黒衣の女を巫女だと思ったのか、詳しく教えてくれないか」

　取り繕おうとしたところで遅かった。この男が付け焼刃の言い訳が通用する相手でないことは火を見るより明らかである。どことなく猛禽類を彷彿とさせる那々木の瞳。その異様な眼光に気圧され、僕はしぶしぶ要求に応じた。

「三門神社が『神がかりの奇跡』を起こす儀式を行うためには、神主の他に巫女となる

女性が必要だと聞いたことがあるんです。詳しい内容は知らないし、そもそも僕は儀式なんて見たこともないんですけど……」

昔、何かの会話の流れで霧絵から聞きかじっただけの不明瞭な情報である。確かな根拠があるわけではないので、僕の口調も自然と弱々しくなる。

「ふむ、神社における祭祀では神主が祝詞を唱え巫女が舞を披露するのが通例だ。三門神社に巫女がいたとしても不思議はないな」

那々木は僕の話に割り込むようにして、頼みもしないのに解説を始めた。

「そもそも現代の神道における巫女というものは女性の祭祀補助者を指していることが大半だ。邪馬台国の卑弥呼を代表とする最初期の巫女は古代神道において重要な役割を担っていたが、男権社会が確立されると共にその立場は弱まっていった。同時に古代の巫女に求められたシャーマニズムは排除され、神の妻としての処女性が強調されて、次第に『神聖なる存在』であることだけが求められるようになる。そのため巫女を務めるのは若い女性に限られ、基本的には結婚と共に引退するならわしだ。ただ、場所によっては年齢に関係なく巫女役を担うという資料も残されているから、これは一概には言えないがね」

注意を促すみたいに人差し指を立て、那々木の講義は続く。

「ちなみにこの巫女が神の妻となる祭祀を『聖婚儀礼』という。聖婚を描いた神話は世界的に数が多く、日本では蛇神が人間の女性と結婚する三輪山伝説でも聖婚神話が語られているな。また、古事記に登場するアメノウズメは衣を脱ぎ、半裸になって天岩戸の前で踊るという、非常にセクシャルな一面を見せている。こういった伝承はやはり仏教の伝来と共に徐々に排除されていき、巫女には神聖かつ清楚な処女性が最も重要視されるようになったんだよ」

「はぁ、なるほど……」

僕に話せと言っておきながら、那々木は自分のペースで意気揚々と語り続けている。このまま放っておいては、一向に話が進まない。

「そして、さらに詳しく言うと――」

「あの那々木さん、せっかくなんですけど、そろそろ本題に戻りませんか?――」

延々と続く話を強引に遮ると、那々木はようやく我に返った様子で軽く咳払いをし、

「これは失礼。少し話がそれてしまった。悪い癖だな」

自嘲気味に言いながら、那々木はおもむろに取り出した煙草のパッケージを僕にかざす。

「一息ついてもいいかな?」

「ええ、どうぞ」

僕が応じると、那々木は引き抜いた煙草をくわえた。それから耳に心地よい音を響かせてオイルライターの蓋を開き点火させようとするのだが、何度試しても小さく火花が散るだけで一向に火は点かなかった。

「オイル切れですか？」

「ああ、年代物だからか、なかなか点いてくれないんだ。これは叔父の形見でね。使い勝手は悪いが手放せない。私にとっては御守りみたいなものなんだよ」

　那々木は少しばかり気恥ずかしそうに笑って、そのライターを見せてくれた。かなり使い込んでいるらしく、あちこちくすんで細かい傷もついている。表面に満月と狼のデザインがあしらわれ、裏にはいくつかの図形、あるいは記号のようなものが組み合わされたマークが刻印されていた。

「叔父も私と同じ作家でね。とはいっても、生涯で一作しか発表されていないから、実績で言えば私の方がはるかに上ということになるが」

「那々木さんの師匠、という感じですか？」

　さりげなく交えてくる自慢話を聞き流して尋ねると、那々木はどこか不満げに眉根を寄せ、

「師匠か。そう呼ぶには程遠いが、私が大きく影響を受けた人物なのは間違いない。こうして怪異譚を蒐集しているのも、叔父との約束を果たすためでもある」

　気恥ずかしそうに語る一方で、どこか寂し気な表情を浮かべていた。

　何度か試してようやく火が点くと、那々木はうまそうに紫煙を吐き出した。ふわりと立ち上る煙がそよ風にあおられて霧散していくのを見送りつつ、那々木は再び無感情の仮面をかぶり直す。

「話を戻そう。いま私が説明した巫女と、君の知る三門神社の巫女との間には何か違いがあるのか？」

「厳密に何がどう違うのかと言われると自信がないんですけど……」

曖昧に濁した僕に対し、那々木は首肯して先を促す。

「三門神社の巫女は黒い巫女装束を着るんです。昔、一度だけ見たことがあって」

話しながら、僕の脳裏には在りし日の霧絵の姿が浮かんでいた。全身を黒い巫女装束に包み、参拝者を出迎えていた霧絵の姿が。

「山際さんの遺体のそばにいた女を見た時、すぐには思い出せなかったんです。でも後になって考えてみたら、あれは三門神社の巫女装束だと気が付きました。だからさっきはつい、あの女が巫女だと思い込んでしまって……」

合点がいったように、那々木はほう、と小さな声を漏らした。

「黒い巫女装束か。それは非常に有意義な情報だ。君たちにとっても黒い装いをした巫女というのは一般的ではないという認識なんだね？」

「そうですね。他の神社のことは詳しくは知りませんが、巫女といえば白い着物に赤い袴（はかま）という認識はあります。でもたかが服の色でしょう。それほど重要なこととは思えませんけど」

那々木は腕組みをし、指で鼻の先を軽くこすった。

「ふむ、確かに一般的に認知されている巫女装束の白と赤の組み合わせは、実は正式に定められているものではない。巫女の服装は所属する神社の自由とされていて、あくまで一般的なものがあの組み合わせなのさ。その証拠に香川県の金刀比羅宮に所属する巫女は濃い紫色の袴を用いている。だがその一方で資格を持つ神職には正式な服装規定があり、中でも使ってはならない色——禁色と忌色が定められている。また大祭では正装として衣冠単という装束を身に着けるが、一番上に着る袍の色は身分によって決められており、最上級の神職に限って黒い袍の着用が許されている。このことを踏まえて考えてみると、漆黒の巫女装束というものがどれほど異質であるかがわかるだろう？」

長々と語り、那々木は改めて僕を見下ろした。

「いくら規定がないと言っても、よほどの理由がない限り黒い装束を身に着ける巫女などいない、ということですか」

「その通りだ。それがどのような理由なのか、という点に関しては私にもまだわからないがね」

那々木はそこで思案顔を作り、探るような口調で続けた。

「おそらく三門神社における巫女の存在は、一般的な『神社巫女』とは違うのではないだろうか」

「なんですか、その『神社巫女』というのは？」

ダメだとわかっているのに、つい質問してしまった。案の定、僕が話に乗ってきたと勘違いした那々木は水を得た魚のように生き生きと、その目を輝かせた。

「かの民俗学者、柳田國男は著書の中で巫女を大きく二種類に分けた。神社に奉仕する『神社巫女』と、憑依による口寄せを行う『憑依巫女』にね。三門神社の巫女はその『憑依巫女』に近いと私は考える」

憑依、口寄せ。馴染みのない言葉が羅列され、理解が追いつかない。何なら、柳田國男という人が何者かすら僕にはわからなかったが、更に長くなりそうなので、あえて訊かないでおく。

「神社以外にも巫女がいるんですか？」

「もちろんだ。巫女というのは何も、神社の専売特許というわけではないんだよ。たとえば恐山のイタコなんかが分かりやすいだろう。イタコとは霊を呼び寄せてその身体に憑依させる『口寄せ』を行う霊能者を指す言葉だ。基本的には女性で、憑依させた霊の言葉を代弁し相談者と対話する。そうして死者と生者を繋ぐ役割を果たすんだ」

そこまで言って、那々木はあっと思い出したように付け加えた。

「ちなみに、元来恐山にイタコはいない。一般的に知られる恐山とは『恐山菩提寺』といい、曹洞宗の寺院を指す。そこにイタコを名乗る霊能者たちが集まり、彼女たちに相談を持ち掛ける参拝客が『恐山』とはイタコのいる場所を指す名称であるという認識を持つようになったわけだ。イタコはなにがしかの宗教団体に所属しているわけではなく、言うなれば民間宗教者であり、曹洞宗とは何の関係もない。にもかかわらず一般的な認識のせいで、イタコを名乗る詐欺師に騙されたという苦情の電話が恐山に殺到することもあるという。要するに恐山（寺）とイタコ（民間宗教者）が混同されて『恐山のイタコ』と呼ばれるようになったということさ」

「はぁ……勉強になります……」

「ふふふ、そうか。そうだろう」

満足げに笑う那々木だったが、自身の知識を僕にひけらかした後でようやく気が付いたらしく、「また話がそれたな」などとぼやいて、わざとらしい咳払いを何度か繰り返した。

「とにかくここで重要なのは、イタコが『死者を呼び寄せ、生者との間を取り持つ』という性質だよ。彼女たちは相談者が会いたいと願う死者をその身に降ろし、生前に伝えたかった思いや別れの言葉を交わす手助けをする。これを『神がかり』ともいうんだが……はて、どこかで聞いたことがある気がしないか？」

問いかけられる前から、ずっと何かが頭の中で引っかかっていた。

ワンテンポ遅れて頭蓋（ずがい）の中を稲妻が駆け巡り、点と点が線で繋がった。

「三門神社の『神がかりの奇跡』……」

「そうだ。三門神社が参拝客に対して行ったものとよく似ているだろう。呼び寄せた霊をその身に憑依させる『憑依巫女』はイタコの他にも青森県ではカミサマ、沖縄のノロやユタ、韓国では巫堂（ムーダン）といったように、国内外に多く見られる習俗でもある。これらに共通するのは女性が圧倒的に多いこと、そして降霊の際は一種のトランス状態に陥り、神霊との交信を行うということだ。三門神社の黒衣の巫女がそれらと同じ性質を持っているとしたら、『神がかりの奇跡』によって参拝者が死者と再会できるというのも理にかなっているのだが――」

那々木はそこでわずかに言いよどみ、険しい表情をしてみせた。

「――なにかが足りていない気がする。漠然とした感覚だが、三門神社の儀式は憑依巫女による単純な降霊術とは一線を画する、まったく別の要素がある気がするんだ。そして、それこそが岸田さんや山際さんが殺された理由に繋がっている」

「別の要素というのは？　何か思い当たる節があるんですか？」

那々木は首を横に振り、重く息をつく。

「さっぱりわからない。そのために必要な情報が今は致命的に足りていないんだ」

口惜しそうに話を結んだ那々木は、フィルターすれすれにまで達していた煙草をもみ消し、携帯灰皿を閉じて一息ついた。

那々木が語る話。そのすべてを理解できたわけではない。だが、有り余る知識とそれを素人の僕にもわかる範囲ですらすらと語る彼の言葉の力みたいなものには、素直に舌を巻いた。何より僕が提示した些細な情報からここまで考察を進めてしまうのだから、素人目にも大したものである。それは作家としての彼の地力なのか、あるいはもっと別の、言い知れぬ力に突き動かされてのことだろうか。

「もっと情報を集めたいところだが、三門神社はとうに滅んでしまっている。一族に生き残りはなく建物も焼失。こうなると手掛かりを探すのは骨が折れるな」

　那々木は皮肉めいた口調で独り言ちた。

「あのトンネルで白骨が発見されたのが十六年前。そして三門神社が焼け落ちたのが十二年前。それぞれに端を発する亡者と黒い巫女が今、この村にやってきた理由がどこかにあるはずなんだ。怪異が存在するからには必ず起源がある。それを突き止めない限り、この先も昨夜と同じことが起きるだろう」

「また誰かが殺されるということですか？」

　おずおずと尋ねた僕を鋭く見据え、那々木は無言のままに首肯した。その瞬間、僕の脳裏に昨夜の光景がつぶさに甦り身体中に怖気が走る。それは僕自身、頭から否定していたはずの怪異の存在を認めてしまっていることを意味していた。

　たった一晩の間に起きた出来事と那々木の語りによって、僕の価値観は見事に覆されてしまったらしい。その証拠に僕は今、この村に現れる怪異の正体を突き止めなくてはならないという、使命感にも似た強い思いに駆り立てられていた。

2

「――――ん？」

　九条家へと戻る道すがら、那々木は小さく呟いて足を止めた。

「どうかしたんですか？」

問いかけると、那々木は視線で通りの先を示した。いくつかの家が密集する通りの角に、数人の村人の姿があった。一見するとそこで立ち話をしているように見えるが、どこか様子がおかしい。いずれも男性で四十代くらいの三人組が談笑する傍ら、視線は僕たちの方へと固定されている。その陰険な眼差しから、こちらに対して敵意を抱いているのがすぐに理解できた。

「我々に何か用事でもあるのかな？」

「さあ、どうなんでしょう」

用事というより、因縁でもつけてきそうな雰囲気である。

「ちょうどいい、話を聞いてみようじゃないか」

「え、ちょっと、那々木さん？」

どう対応すべきか悩む僕を残して、那々木は颯爽と男たちの元へ歩き出す。迷いのない足取りでどんどん距離を詰めていく那々木に気圧されたのか、男たちは急に落ち着きをなくし、そそくさと立ち去っていった。

声をかける暇もないほど男たちの行動は迅速で、それは同時に彼らが何らかの理由で僕たちを監視していた事実を証明してもいた。

「行ってしまった。残念だな」

ぼやく那々木をよそに、僕はひとり考え込んでいた。彼らは僕たちを見張ってどうするつもりだったのだろう。さっさとこの村から追い出したいのか、それとも、よそ者が我が物顔で歩き回ることが気に食わないだけなのか。

いずれにせよ、不穏な空気が漂っているのは確かだった。僕は視線を上げ、辺りを見渡す。

見知っているはずの村の光景が、今はどこか別世界のように感じられた。

すっきりしない気持ちを抱えたまま九条家へ戻ると、座敷に集まった友人たちは昼食に用意されたそうめんをすすっていた。

「陽介、どこに行ってたの？　那々木さんとデート？」

能天気に訊いてくる芽衣子に「まあ、ちょっと」と曖昧(あいまい)に応じて腰を下ろす。当たり障りのない会話で談笑する友人たちを見回してみると、宮本の姿だけがなかった。

そのことを紗季に問いかけると、

「昨日殺された男の人、宮本の所で働いている社員だったらしいのよ。だから葬儀の準備とか、諸々(もろもろ)の手伝いをしなきゃいけないらしくて」

まだ来られないのだという。都会ではいざ知らず、皆方村のような過疎地では不幸があった時、親族だけだと葬儀などの手配が難しい。そこで近隣住民が一体となって取り仕切り、面倒を見合うものなのだ。

村八分という言葉があるが、あれは要するに十ある共同行為のうち、火事の消火活動と葬儀の二分だけは放置しておくと他の人間に迷惑がかかる場合があるため、周りが協力して対処するという意味がある。そうでもしないと極端に人口の少ない村での生活は成り立たないというわけだ。村内に葬儀社や寺がない皆方村も例外ではなかった。

「お祖父ちゃんも今朝から忙しそうにしてるわ。あんなことがあったんだから、暇な連中が盛り上がるのも無理はないかもしれないけど」

やや不謹慎な発言をたしなめる声は上がらなかった。意識して昨夜の話題を避けようとしているのか、誰もが互いの顔色をうかがうような気まずい空気に息苦しさを覚え始めた頃、さっと襖が開いて宮本が顔をのぞかせた。

「あら、ちょうど噂してたところよ。お腹すいてる？」

「いや、軽く食ってきたから」

額に浮いた汗を拭いながら、宮本は手にしたバッグを下ろし僕の隣に座った。

「大変なのか、葬儀の準備」

そう訊くと、宮本は眼鏡の奥の瞳に疲れを滲ませて頷いた。

「状況が状況だからな。病気や事故ならともかく、あんな死に方じゃあ家族も受け入れるのに時間がかかるんじゃないか」

これには誰もが納得した。家族でなくとも、そう簡単には受け入れられないはずだ。

再び、座敷内に重苦しい空気が降りようとしていた時、

「遺体の確認をしたのは息子さんだそうだ。頭部を完全に破壊されて、顔は判別できな

かったが、特徴的な黒子があったおかげで父親だとわかったらしい」

那々木が唐突にそんなことを言い出して全員の注目を集めた。

「家族の嘆きようは目も当てられない程だそうだ。山際氏は六十歳になったばかりで、もうすぐ初孫が生まれる予定だった。孫の顔を見られず、さぞ無念だったことだろう」

「――ちょっと那々木さん」

そうめんを食べながら淡々と語る那々木に待ったをかけ、僕は疑問を投げかけた。

「何故そんなことまで知ってるんですか？」

質問の意味を測りかねたのか、しばしの間きょとんとして僕たちを見比べていた那々木は口の中のものを飲み下し、

「信頼できる筋からの情報というやつだよ。今はそれしか言えないな」

そう言い切った。紗季や松浦は納得がいかない顔をしていたが、ここで食い下がったとしても、那々木が詳細を語るとは思えなかった。

そのことに対する苛立ちも手伝ってか、松浦は「ったく、どうなってんだよ」などと毒づき、荒々しく息をついた。

「本当なら今頃、帰りの電車に揺られてる頃じゃねえかよ。なんだってこんな風に足止めされなきゃならねえんだ？」

「説明されたでしょ。私たちが殺人事件の第一発見者だからよ」

紗季がうんざりした口調で返す。

「そんなことわかってるけどよ、これじゃあただの容疑者扱いだろうが。こっちにゃ帰ってやらなきゃならない仕事が山ほどあるってのに」

「あたしだって同じだよ。せっかく、いいお仕事まわしてもらえそうだったのに他の子にとられちゃう。ホントついてないよぉ」

芽衣子が便乗し、それぞれの苦境を嘆く。二人が黙り込んでしまうと、座敷はひときわ重く気だるげな空気に支配された。

「なあ、昨日のあれって何だったのかな」

ぽつりと呟いたのは宮本だった。

「あれって、どっちのこと？」

紗季が尋ねる。さまよい歩く男たちか、それとも黒衣の女かという意味だ。

「どっちも訳が分からないけど、俺が気になってるのは山際さんを殺した犯人の方だ」

「女の人だったよね？　やっぱりあの人が犯人なのかな？」

芽衣子は訊かずにはいられないといった調子だ。

「凶器を持って死体のそばにいたんだから犯人に決まってる。でなきゃ他にどんな理由があるっていうんだ？」

「でもあんな背格好の人間、この村にいたっけ？　なんていうかその、普通じゃないっていうか、近寄りがたいっていうか……」

奥歯に物が挟まったような喋り方で篠塚が割り込んだ。その顔は昨夜と同じように青ざめている。

「そもそも、あれは人間だったのかな」と宮本。

「え……？　人間じゃないなら何だっていうのよ」

「幽霊、とか……」

自信なげに語尾を濁した宮本に対し、否定する声は上がらなかった。きっと誰もが同じ疑問を抱いているからだろう。

「俺さ、思い出したことがあるんだよね」

周囲の反応を気にしながら、篠塚が手を軽く掲げた。

「あの女が着てた黒い服って三門神社の巫女装束だよな。ほら、みんなも見たことあるだろ。神社が火事になる少し前に霧絵が着てたやつ……」

そこで勢いを失い、篠塚の言葉は尻すぼみに消えていく。誰もが気まずそうに、どこか陰鬱な面持ちで口をつぐんだままだった。その沈黙こそが、ここにいる全員が同じ結論に至っていることを物語っている。

「三門神社の黒き巫女が、怨霊となって現れ山際さんを殺害した。それが最も可能性の高い結論だ」

快刀乱麻を断つがごとく放たれた那々木の言葉は、電流のように僕たちの間を駆け巡った。

「え？　えぇ？　なに、怨霊？」

「三門神社の巫女って、そんなことありえないだろ。だってあそこはもう……」

「やだ、それってオバケってこと？」

友人たちは半ばパニックを起こし、口々に喚きたてる。

「まさか、霧絵が……？」

そんな中、宮本の発した一言が全員の注目を集めた。

「宮本、何言ってるの……？」

「そうだよ。なんであれが霧絵なの？　霧絵があんなひどいことするわけないよ」

紗季と芽衣子が揃って異を唱え、宮本の意見を否定した。

「でも現に俺たちは見てるじゃないか。山際さんの死体のそばに立つ黒い巫女をさ。神社が焼け落ちる前、霧絵は代替わりの儀式を行う予定だって言ってただろ。お母さんがもう役目を続けられないから自分が巫女になるんだって。だとしたらあの黒い巫女は霧絵ってことにならないか？」

「ちょっと待てよ宮本、いくら何でも飛躍しすぎじゃないか？　第一、霧絵は――」

「――待って」

誤った方向に話が進まぬよう修正しようとする僕を紗季が遮った。

「――そういえば私、霧絵から直接聞いたことがあるわ。霧絵のお母さん、ずっと具合が悪かったって。神社のお役目を務めるのもつらいから、霧絵がそのお役目をやらなくちゃならないって」

「そういや俺たち、霧絵のお母さんに会ったことなかったよな。なんか複雑な事情があるとかで」

「お祖父ちゃんが言うには、昔から病気がちであまり表に出なかったって話よ。霧絵が生まれてからは更に悪化して、ずっと家から出ない生活だったって」

篠塚と紗季が沈痛な面持ちで頷きあった。

「ということは、君たちの中の誰も三門霧絵の母親を見たことがないんだな？」

那々木の問いかけに芽衣子が肯いた。

「あたしたちが神社に遊びに行っても顔を合わせるのは霧絵のお父さんかお手伝いさんみたいなお婆さんだけ。そのほかにお祖父ちゃんもいたはずだけど、お母さんを見たことは一度もなくて……」

そこには少々複雑な事情がある。僕は一度だけ、霧絵本人からそのことについて聞いたことがあった。

霧絵の母、三門雫子は霧絵が幼いころから身体が弱く、人前に出ることはおろか、家族の前に姿を現すこともなかったという。霧絵を産んでからは更に体調だけでなく精神的な面でも不安定になったらしく、子育ては乳母に任された。ゆえに霧絵には母親と過ごした記憶がない。まともに顔を見て話したことすらないと、寂しそうに語っていた。

霧絵は同じ家に暮らしながら顔も合わせない母親との関係を持て余していた。そんな彼女に対し僕はかける言葉が見つからず、励ますことすらできなかった。

「でもさ、仮にあの黒い巫女が霧絵の幽霊だったとして、なんで山際さんを殺すの？」

「それは……」

紗季の厳しい追及に宮本は表情を曇らせる。

「――いや、そんなのありえない」

我慢できずに呟くと、全員の視線が僕に集まった。

「だって霧絵は……彼女はそんな風に誰かを恨んだりなんて……」

「ありえなくなんてないさ。三門神社は死んだ人間を呼び寄せる『神がかりの奇跡』をずっと続けてきたんだぞ。昔はみんな当たり前のように信じてただろ。三門神社の儀式があれば死んでしまった人間に会える。だから死を悲しむことはないってさ。その奇跡を求めてたくさんの参拝者が村に来てた。あれだけたくさんの人が信じたんだ。詐欺でもペテンでもなく、三門一族は実際に死者を呼び寄せて奇跡を起こしていたんだよ。黒い巫女装束も、木槌や鐘を持っているのも、儀式と何らかの関係があると考えれば説明がつくし」

「そうかもしれないけど、でも霧絵は――」

なおも食い下がろうとする僕を制するように、宮本は強く頭を振った。

「俺だって霧絵が人を殺すなんておかしいと思ってる。その理由だってさっぱりわからない。けど昨日の彼女は俺たちが知っている霧絵じゃないとは考えられないか？」

「生きている頃とは別人ってこと？」と紗季。

「あるいは死を境にこの村に対する強い恨みが顕現し、豹変してしまった可能性もある」

次いで那々木が口を挟んだ。どちらの説が正しいのかなんて判断するのは難しいが、みんなはすでにあの黒衣の巫女が霧絵であると信じかけている。そうやって不可解な現象に納得のいく答えを出そうとしているのだ。

これ以上僕が異を唱えたところで、誰も耳を貸してくれそうになかった。

「けど、三門神社はとっくになくなってるのに、どうやって霧絵を呼び出したんだ。誰がそんなこと出来るんだよ」

「そうよ。死者を呼び寄せる奇跡だか儀式だかのためには巫女が必要なんでしょ？　その巫女が死んでるんだから、そもそも儀式なんて出来ないはずよね」

篠塚と紗季が立て続けに放った疑問に対しまともな解答が浮かばなかったのか、宮本は考え込むように押し黙ってしまう。

代打を買って出たのはやはり那々木だった。

「正しい形で儀式が出来ないなら、やや変則的な方法で呼び寄せたということだ。その結果、現れた黒衣の巫女が山際さんを殺害した。そう考えれば一応の筋は通る」

「誰かが霧絵の霊を呼び出して人を殺させた？　どうしてそんなことするの？」

自身の二の腕をさすりながら、芽衣子が尋ねた。

「そうされるだけの理由が彼にはあったと考えるのが妥当だろうな。怨霊とはいえ、理由もなく手当たり次第に人を殺すよう仕向けるなど不可能だ。よほど強力な呪術を施すか、被害者自身にそうさせる何かがなければ」

その理屈は理解できる。だが肝心の理由というのは一体何なのだろう。

「那々木さんの言う通りだ。ほら、村長も言ってただろ。三門神社の教えには『罪を犯した人間が死者によって裁かれる』っていうのがあったって。つまりそういうことなんじゃないか？」

宮本が今思いついたとばかりに膝を打った。

「そういや昔ばあちゃんに言われたよ。悪いことをしたら、死んだじいちゃんが叱りに来るぞって」

「あたしも言われた。死んだ両親がいつもあたしを見守ってる。だから他人を傷つけたりしたら、お父さんとお母さんが悲しむって」

「この村の人間ならみんな知ってるわよ。大人が子供をしつけるための都合のいい戒めだと思ってたけど……」

篠塚に芽衣子、そして紗季までもが便乗し、宮本の発言を肯定した。僕自身、幼い頃から聞かされてきたその教えを、今は恐ろしく感じている。

「なるほど、非常に興味深い」

徐々に高まりゆく興奮を抑えられないのだろう。那々木の声は明らかに弾んでいた。

「罪人を裁くのは古より死後の世界、あるいは冥途の世界の役目だ。仏教において人は死後、冥途の王庁で裁判にかけられる。かの有名な閻魔大王を含む七人の裁判官がそれぞれ七日間かけて生前の罪を見定め裁きを下す。そうして魂はその罪に見合った世界へと転生する。悪事を働けば地獄に、善を為したなら天界へと生まれ変わる。これが因果応報であり、輪廻転生という概念だ。つまり、人が犯した罪の裁きを受けるのは死んだ後であり、それを為すのは死者などではないはずだ」

突然開始された那々木の講義に、僕たちは半信半疑で耳を傾ける。

「一方、神道においての『あの世』とは黄泉の国を指し、イザナギという男神がお産で死んでしまった妻イザナミを迎えに行くエピソードが有名だ。また根の国とは狼藉を働いたスサノオノミコトが放逐される地下世界であるという。そのほかにも海の向こうには常世の国と呼ばれる世界がある。常世の国は一種の理想郷として考えられており、死後の国というよりは異世界という意味合いが強い。先程の地獄と違う点は、これらの世界が我々の棲む地上と何らかの形で繋がっているという所だ。イザナギが黄泉の国から逃げ帰る際に、黄泉平坂に大きな岩を置いたことで行き来が出来なくなったことからも、それまでは行き来自由だったとわかる」

那々木は麦茶で喉を潤し、小さく息をついて先を続ける。

「人は死後、これらの国の住人となる。この場合、罪を裁かれたり責め苦を受けたりすることは基本的になく、あくまで地続きの異世界、という側面が強調されている。その背景には、古代日本人の死生観、すなわち『死後、魂はこの世界を漂うものである』という観念が大きく影響している。そしてここでも死者が何者かを裁くという考え方は登場しないんだよ。仏教が伝来するまで日本人において死は不浄なものとされ、穢れを孕む忌避すべきものだった。特別な身分にある者を除き、風葬や土葬にされるのが常だった。人々が埋葬地に赴き死者に手を合わせるようになったのは、聖徳太子の活躍があってこそというわけさ」

　そこでひと呼吸を置き僕たち全員を注意深く見渡してから、那々木は畳みかけるように言葉を紡いでいった。

「以上のことを踏まえ、三門神社についてわかっている情報を照らし合わせてみると、驚くほど従来の日本的な宗教観とは異なる点がいくつも見えてくる。例えば死者の魂を呼び寄せる『神がかりの奇跡』だが、これは神道というよりもシャーマニズムの範疇だ。神社は神に祈禱を捧げて怒りを鎮めたり、無病息災、五穀豊穣を祈願したりするものであり、死んだ人間を呼び寄せるなんてことは万が一にも行わない。そもそもジャンル違いなんだよ。

　次に『死者が生者を裁く』という概念。これも言ってしまえばナンセンスだ。死後、人間を裁くのは神であり、生きているうちで言うなら役人の仕事だ。少なくとも神社が請け負うべき事柄ではないし、ましてや穢れとして忌避される死者が人を裁くなんて行為を容認するはずがないんだよ。

　そして三つ目が、儀式に必要とされる巫女の装いだ。通常、神聖さを体現する白を纏う巫女が何故、真逆の意味を象徴する黒の装いをするのか。今話した二つの事柄を踏まえて考えると、三門神社の巫女に求められるものが従来の『神聖さ』とは異なる、もっと別の何かであることを示唆している。やはり三門神社は極めて異質で異端的な独自の宗教観を持っていたに違いない。この村で生まれ育ち、幼い頃からその習慣に触れてきた君たちには理解できないかもしれないが、第三者たる私ならばはっきりと断言できる」

那々木はそう結び、僕たち全員の顔を注意深く観察した。

紗季や芽衣子、宮本は那々木の話になにかしら感じるものがあるようで、神妙な顔を崩そうとしない。篠塚に関しては、途中で理解することを諦めたらしく、ついていけないやとでも言いたげに苦笑していた。さっきからずっと黙りっぱなしの松浦はというと、まるで興味がなさそうにそっぽを向いている。

「なんだか難しくて頭がこんがらがっちゃいそうだけど、那々木さんはご存じなんですか？　今、このタイミングで霧絵の霊が現れる理由が」

「ふむ、それは――」

紗季の問いかけに対し、那々木はしばしの黙考の末、

「――さっぱりわからないな。困ったものだ」

ははは、と他人事のように笑う。張り詰めていた緊張の糸が思わず緩んだ。

「結局、話は振り出しに戻ったってこと？」

「そうでもないんじゃないか。那々木さんの見解がどうであれ、山際さんが何かしらの

罪を犯していたのだとしたら、三門神社の伝承通りに罪人が死者によって裁かれていることになる。そうだろ？」

宮本が念押しするみたいに問いかけた時、

「いい加減にしろ！　もうたくさんだ！」

何の前触れもなく、怒号めいた叫びが座敷に響き渡った。

それまで会話に参加せず、不機嫌そうに押し黙っていた松浦が突然、感情を爆発させたように声を張り上げたのだ。

「俺は違う、違うぞ。そんなんじゃねえ……」

「どうしたんだよ、急に」

啞然とする宮本の問いに答えようともせず、松浦は小刻みに肩を震わせ、血走った眼でテーブルの一点を凝視していた。

「なあ、少し落ち着けって松浦」

肩に置かれた篠塚の手を、しかし松浦は強くはねのけた。

「うるせえ！　お前こそなんでそんな風にくっちゃべっていられるんだ！　お前だって俺と同ざ――」

言い終える前にはっとして言葉を切り、松浦は呆気にとられる僕たちの視線から逃れるようにして立ち上がった。

「クソ、もういい。くだらねえ話を続けたいなら勝手にやってろ！」

「おい、松浦」

一方的に吐き捨てて座敷を出ていく松浦を追いかけ、篠塚がそそくさと席を立った。

後味の悪い静寂が座敷を満たす。

「どうしたのよ、あれ」

「さあ、大丈夫かな」

紗季と芽衣子が苦笑いしながら首をひねった。

眉を吊り上げ、がなり立てる松浦の目には強い恐怖の色が滲んでいた。何かにひどく怯え、それを払拭するために彼は憤然と怒りをぶちまけていたのだ。

いったい何が彼をあそこまで動揺させ、感情を駆り立てたのか。

僕には見当もつかなかった。

3

松浦は夕食の席に現れず、何があったのかと篠塚に聞いても曖昧な返事しかされなかった。こんな状況だからナーバスになって思いつめることがあってもおかしくはない。詳しく問い詰めるのも逆効果な気がするので、今はそっとしておくしかないだろう。

昨晩のように酒を飲む気分になれず、夕食を終え早々に部屋に戻ると、妻からメッセージが届いていた。

『声が聞きたい。話がしたい』

彼女らしい端的なメッセージ。電話しようと思い携帯電話の画面をタップしたが、すぐに思い直した。いま話をしてもきっと何も変わらない。話は平行線だし、僕は上手に嘘をつくことが出来ないだろう。どんな言葉をかけて彼女を気遣い、未来の話をすればいいのか、まるでわからないのだ。

――ごめん。

心の中で詫びて携帯電話を置いた。息苦しさを感じて窓を開けると、目を見張るような月が僕を見下ろしていた。その周囲には、満天とまではいかなくとも、無数の星々がきらめいている。夜風に肌寒さを感じながらも、僕は意識して村を襲う怪異についての考えを巡らせた。

『罪人は死者によって裁かれる』

幼い頃、母さんに繰り返し教え込まれたその言葉が、まさかこんな形で関わってくるとは思ってもみなかった。

あの日、『あの出来事』が起きるまで、僕は自分が罪人だなんて疑いを持ったことは一度もなかった。けれど今は違う。罪というものを考える時、僕は真っ先にそのことを思い出す。それは父さんとの記憶の中でも最も重く陰惨なものだった。

父さんがいなくなってから二年経った今でも、言い逃れようのない罪悪感が僕を捕らえて離そうとしない。まるで昨日のことのように記憶は鮮明で、きっとこの先何十年経っても、忘れることなんてできないのだと思う。

赤く染まった狭い部屋。苦悶に満ちた表情。冷えきった父さんの身体に触れた感触が

今もこの手に残っている。

僕は罪人だ。けれどそのことをみんなに打ち明けることはできない。

僕が父さんを殺してしまったなんて、絶対に言えるわけがないのだ。

トイレに行こうとして部屋を出た時、斜め向かいの部屋から紗季が顔をのぞかせた。

「陽介、どうしたの。ひどい顔色してるけど」

僕を見るなり、紗季は心配そうに訊いてきた。

「何か思いつめてるみたいね」

「いや、そういうわけじゃないよ。ただ……」

「ただ？」

さらに一歩踏み込まれ、僕は平静を装いながらも戸惑いを隠せずにいた。

普段はあまり他人のことをしつこく詮索したがらない紗季が、珍しく僕のことを案じてくれている。その心遣いはありがたいが、この身を苛む息苦しいほどの罪悪感や、その原因となる事実を打ち明ける勇気はまだ持てそうになかった。

「奥さんと喧嘩でもしたの？」

「まあ、そんな所かな」

「私をほったらかして、昔の友達とよろしくやってるなんて許せない、とでも言われちゃった？　それとも芽衣子とのことがバレたとか？」

「いや、だからそれは誤解なんだって」

慌てて弁解する僕をからかうように笑い、紗季は右手をぱたぱたと振った。

「分かってるわよ。ちょっと冗談言っただけ。でも陽介、やっぱり相手の尻に敷かれてるのね。昔から優柔不断っていうか、誰に対しても強く言えない性格だったもんね」

「別にそういうわけじゃないけど……」

「いいじゃない。その方が夫婦はうまくいくのよ。それで子供の予定は？」

不意打ちとばかりに問いかけられ、咄嗟に言葉が出てこなかった。

そんな僕の反応を見て、紗季は全てを察したように表情をほころばせる。

「──そっか、おめでとう。陽介もパパになるのね」

「ああ、ありがとう……」

こういう時、女性は鋭い。今更隠し立てしたところでどうにもならないと判断し、素直に礼を述べた。だがそんな僕の態度に疑問を感じたらしく、紗季は不思議そうな顔をして、

「どうしたの。嬉しくないの？」

「もちろん嬉しいよ。けど正直、自分が親になると思うと、なんだか妙な感覚でさ」

「それが普通じゃないの。男なんていざって時頼りにならないものだから」

どこか達観したような言い方をして、紗季は前髪をかき上げた。

「まあ、あんたの所は特に大変だったもんね。あの頃の陽介、いつ死んでもおかしくないような顔してたじゃない」

苦笑せずにはいられなかった。ある程度予想はついていたが、こうして面と向かって言われると、今更ながら自分が情けなくなる。

「経験則から言わせてもらえば、誰だって最初は怖いものよ。でも、子供はこっちの事情なんてお構いなしに育っていくから、結局は慣れるしかないの」

東京に残してきた子供のことを思っているのだろうか。紗季の瞳がほんの少しだけ愁いを帯びて揺れていた。

どこか寂しげに、痛みをこらえているみたいに。

「とにかく、しっかりしなさいよ。あんたがそんな顔してたら奥さんだって不安になるじゃない。男はどっしり構えてるのが一番なんだから」

肩を小突かれ、僕は弱々しく呻く一方で懐かしくも感じていた。内向的で落ち込むことが多かった僕は、こんな風によく紗季に元気づけられていた。他の誰かに言われたら不快になるような言葉でも、紗季が口にすると不思議と素直に受け止められる。普段は高飛車で鼻につくところがあるかもしれないが、彼女のこういう所に僕は何度も救われてきた。

顔を上げると、紗季はいつものように微笑んでいた。つられて笑い、不思議と心が軽くなるような、どこか清々しくもある安堵感に浸りかけた時、廊下の明かりが瞬きをするみたいに明滅し始めた。

「え、なに……」

一転して声を震わせ、紗季は周囲に視線を走らせる。彼女の不安をあおるように、頭上の電球は何度も明滅を繰り返し、やがて音もなく消えた。

突如として訪れた無音の闇。不安と焦りが執拗に僕を苛んだ。

「ねえ陽介、あれ……」

暗がりの中、かすかに見て取れる紗季の指が通りに面した窓を指し示す。そっと身を寄せて見下ろしてみると、その身体から青白い光を放つ作業着姿の男たちが見て取れた。

「やめてよもう……なんでまた……」

紗季が今にも泣きだしそうな声を漏らす。僕だって同じ心境だった。通りの先からやってくる不気味な男たちは、視界に入るだけで十人以上いる。

「数が増えてる。昨日よりもずっと多いぞ」

束になって歩く男たち――那々木の言葉を借りるなら亡者たち――は、焦点の合わぬ視線を中空へ向け、枷をはめられたように足を引きずっては窮屈そうに身体を揺らしていた。その姿から生気はまるで感じられず、光を求めて歩き続ける死者の一団であることはもはや疑いようがなかった。

「とにかく、皆に知らせないと――」

そう独り言ち、根を張ったように動こうとしない足に鞭を打って踵を返した時、だしぬけにりぃん、と尾を引くような音が響いてきた。

前日の悪夢のような光景を想起させる音の出所を探ろうと、仄暗い廊下に視線を巡らせた次の瞬間、今度は耳をつんざくほどの絶叫が闇を引き裂いた。廊下の先、一番奥の部屋の襖が鋭い音を立てて開かれ、一つの影が転げるように飛び出してきた。

「ひぃぃ、ひぃあああ！」

紗季が携帯電話のライトを点灯させると、影の正体は松浦だとわかった。悲痛な声を上げながら壁に背中を押し当て、それでもなお後退しようと手足をばたつかせている。

「松浦、何があった？」

そこでようやく僕たちの存在に気づいた松浦が、小刻みな呼吸と悲鳴を繰り返しながら這い寄ってくる。一方、彼が飛び出してきた部屋の中では、別の誰かが断末魔の叫びと呼ぶにふさわしい、聞くに堪えない絶叫を繰り返していた。

「み……巫女……巫女が……！」

ひどく息苦しそうに喘ぎながら、松浦はしきりに何かを訴えかけてくる。

「松浦、しっかりしろ。とにかく落ち着いて……」

「それだけじゃない！　あれは……本当……きり……か……がはっ」

激しくむせ返り、うずくまって咳き込む彼の要領を得ない言葉の意味が理解できず、僕と紗季は余計に混乱した。

「ねえ、どうしたのよ。ちゃんと説明してよ」

紗季が感情的に声を上げた時、けたたましく響いていた悲鳴が唐突に途切れた。それと同時に重い物を床に落としたような鈍い振動が床を伝って響いてくる。

「霧絵……霧絵だ……いきなり……篠塚の身体が……」

それ以上は言葉にならず、松浦は首を左右に振るばかりだった。その意味することに察しはついたものの、僕はそれを素直に受け止めることができなかった。

「何言ってるんだよ。そんなことあるわけ――」

「だったらあれは何だっていうんだ！」

松浦は声を荒らげ、奥の部屋を指差した。開かれた襖の陰から音もなく現れた黒衣の女が、虚ろなその姿を月明かりに浮かび上がらせる。黒い袴、黒い小袖、その上に黒の千早を羽織った黒衣の巫女。長い黒髪が風もないのにゆらゆらと蠢いていた。

そんなはずはない。そう内心で言い聞かせながらも、自分が目にしているものが信じられなかった。背格好から髪型、どす黒い血を滴らせる大ぶりな木槌を握る細い腕。そして漆黒の巫女装束。細かい違いはあれど、最後に見た霧絵の姿に瓜二つだった。

「そんな馬鹿な……霧絵がこんな……」

喉の奥から、かろうじて絞り出せたのはそれだけだった。

黒衣の巫女と僕たちは数メートルの距離を置いて向かい合い、互いに身じろぎ一つしない膠着状態に陥っていた。巫女から発せられる強烈な威圧感は、怒りや憎しみ、そうして猛烈な怨みを彷彿とさせ、それらにさらされた僕の身体は今にも押しつぶされてしまいそうだった。長く垂れた髪のせいで巫女の顔は判別できないが、恨めしげな視線をこちらに向けているのは間違いないだろう。

階段を駆け上がる足音が遠くで聞こえた。背後から「井邑くん」と名前を呼ばれなければ、僕はいつまでも立ち尽くしていただろう。数秒経ってようやく我に返ると、すぐ隣に那々木が並んでいることに気が付いた。

「やはり、今夜も現れたか」

小さく、しかし確かな響きでもって那々木は呟いた。笑みこそ浮かべていなかったが、その目は明らかな期待と興奮に彩られているようだった。

那々木と共に階段を上ってきた芽衣子は紗季に身を寄せ、不安げな表情をしている。更に一歩遅れて階段脇の部屋の襖が開き宮本が、階下からは忠宣と修、そして薫が騒ぎを聞きつけてやってきた。宮本を除く三人は黒衣の巫女を目にするなり凍り付いたように立ち尽くし、不審と困惑の入り混じった声を上げた。多くの視線にさらされるなか、黒衣の巫女はゆっくりと足を踏み出す。

「どうなってんだよこれ。おい松浦、早く立つんだ」

駆け寄ってきた宮本が松浦の腕を摑み抱え起こそうとする。すぐに手を貸し、協力して立たせたまでは良かったが、歩き出そうとした瞬間に松浦はぎゃっと悲鳴を上げて崩れ落ちた。

「大丈夫か？　しっかり――」

言いかけた宮本がはっと息を呑む。それに続けて芽衣子が悲鳴じみた声を上げた。

「お、折れてる……脚……」

松浦の左脚、脛の辺りがあらぬ方向を向いてねじ曲がっていた。白い骨が皮膚を裂いて飛び出し、周囲の組織からは鮮血が噴き出している。

「嘘だろ。転んだだけで……」

「いや、そうじゃない」

宮本の嘆きを那々木が否定した。

「今の今まで、彼は自分の足で立っていたじゃあないか。だがほんの一瞬のうちに異変が生じ、彼は声を上げて転倒した」

「転んで脚を折ったってことでしょ」と紗季。

「違う。よく考えてみるんだ。転倒して折ったなら、その時に声を上げるはず。だが彼は転倒する前に悲鳴を上げた。つまり何かしらの力が彼に作用し、脚を負傷させた結果転倒したと考えるのが自然だ」

確かに松浦は自分の足で部屋から飛び出し、僕たちの元へやってきた。ひどく取り乱してはいたが、肉体的な問題はなかったように思う。それより先に骨折していたのだとしたら、あんな風に動くことは不可能だ。となると彼の脚はいつ、どうやって折れたのか。いったい誰が危害を加えたというのか。

「とにかく、手当てしないと」

「わかってる。さあ」

紗季に促され、再び松浦の腕を掴もうとした時、彼の身体のどこかで、ぱき、と乾いた音がした。その瞬間、松浦は電流でも流されたみたいにその身をよじり、獣のような唸り声を上げる。彼の右腕、肘から先が叩き潰されたように平たく変形していた。

「そんな……どうして……？」

反射的に手を引っ込め、僕は愕然と呟く。この目で見たものが信じられなかった。

「あ……うぅあぁ……」

息も絶え絶えに呻きながら、松浦は自由の利く左手を伸ばした。誰かがその手を掴もうとするより早く、五本の指が立て続けにでたらめな方向へ折り曲げられていく。それぞれの指が意思を持って動き出したかのようにめきめきと音を立ててひしゃげ、一際大きな音を立てて弾けた。変わり果てた己の手を愕然と見つめる松浦の悲痛な叫びはもはや、慟哭と呼ぶにふさわしかった。

「……じゃない……わざとじゃないんだ……」

何かに追い立てられるみたいに、松浦は震える声でまくしたてた。

「金になるからって誘われて空き巣に入ったんだ。けど留守じゃなかった。じいさんがいた。俺たち、顔を見られたから……」

「お前、まさか……」と宮本。

「……殺しちまった。だから俺も殺される。なあ、そうなんだろ？」

思いがけない罪の告白を前に、誰もがかける言葉を失っていた。昼間、急に様子がおかしくなったのにはそういう理由があったのかと、今更ながらに納得する。

甘く濃厚な死臭を漂わせ、黒衣の巫女が松浦の背後に立った。掲げられた手がひゅっと横なぎに一閃（いっせん）される。

「た……助けふぇ……」

首をひねって巫女を見上げた松浦の下顎（したあご）が粉砕された。凄（すさ）まじい量の血と砕けた歯の欠片（かけら）が音を立てて飛び散り、壁や床を黒く染める。

黒衣の巫女は長い漆黒の髪を振り乱し、ひどく緩慢な動作で木槌を頭上へと掲げた。

「やめ――」

咄嗟（とっさ）に放った声はしかし、いくつもの悲鳴でかき消された。巫女はためらう素振りすら見せずに木槌を振り下ろす。重く鈍い音を響かせて松浦の頭部が弾けた。

辺り一面が血の海だった。湿った肉や組織が潰れた果実のように床に張り付いている。

黒衣の巫女が身体を起こすと、木槌の先から粘つく液体が音を立てて滴った。

月明かりに浮かぶその姿は、闇より這い出した『死』そのものだった。

……え…………え……

何事か囁く声がする。細く弱々しい声だった。

暗く淀んだ闇の中、巫女の髪は意思を持っているかのように蠢き、木槌の先から滴る血の音だけが空虚に響いていた。

少しでも身動きしようものなら身体のあちこちで骨が砕け、松浦と同じように殺されてしまう。そんな絶望的な妄想が頭を駆け巡っていた。この場にいる全員が同種の恐怖を感じていたに違いない。その証拠にパニックを起こしてもおかしくない状況にありながら、誰一人として悲鳴すら上げずにその身を凍り付かせているのだから。

どれほどの時間そうしていただろう。身じろぎ一つせずに佇む黒衣の巫女を前に、限界を迎えつつあるのは肉体ではなく精神の方だった。今すぐ声の限りに叫びたいとすら思った。

やがて月が雲間に隠れ、深さを増した闇が黒衣の巫女を覆っていく。

――りぃん。

長く尾を引く鐘の音。それに呼応するかたちで廊下の電球が瞬き、光が灯った。一面を血に染めた二階の廊下。そこに黒衣の巫女の姿はなかった。

物言わぬ骸と化した松浦の姿をまざまざと見せつけられ、僕たちは激しく取り乱した。悲痛に泣き叫ぶ紗季と芽衣子の声。その後ろでは忠宣と修が何事か喚いている。

那々木は松浦の遺体を避けて廊下を進み、突き当り右手にある部屋の前に立った。僕は引き寄せられるように彼の後に続き、開け放たれた襖の向こうにある部屋を覗き込む。

室内には身体中の骨を打ち砕かれ、頭部を粉砕された篠塚の遺体が投げ出されていた。

第四章

1

警察が現場検証をしている間、事情聴取を待つ僕たちは一階の座敷で待機していた。紗季を除く九条家の三人は別室にいて、そっちはそっちで聴取を受けているようだった。

現場のあまりの惨たらしさに加え、村のあちこちでおかしなものを見てパニックを起こしている村民の対応も重なったらしく、座敷に刑事がやってきたのは陽が昇る頃だった。

「またお前たちか。今度は犯行を目撃したって？」

別津署の善亀と名乗る中年の刑事が鬼瓦のような顔をしかめて僕たちを見下ろした。丸い体形に薄くなった頭髪。だぶついたスラックスにノータイの半袖のシャツという、田舎刑事丸出しの風体をして、片方の手には扇子まで持っている。

「どうしてこう立て続けに人が死ぬのかねぇ。人殺しとは無縁そうな村だってのに」

ぼやきながら扇子を開く善亀に、若い刑事が何やら耳打ちをする。

「なにぃ？　鹿を轢いたぁ？　それで到着はいつになるんだ？」

若い刑事が再び声を潜めて何事か告げると、善亀のしかめ面はさらに険しくなった。

「もういい。これだからよそ者は信用できないんだ。鹿を避けて走るくらいできなくて、何が道警だ。温室育ちの小僧めが」

煙たそうに手を振って若い刑事を追いやると、善亀は僕たちの向かいにどっかりと腰を下ろす。

「それであんたたちは、犯人の姿を目撃したんだね。その女に見覚えは？」

単刀直入に問いかけられ、僕たちは答えに窮した。

「どうなんだ。知っている奴なのか？　被害者はそいつの恨みを買っていたのか？」

善亀はじれったそうに質問を重ねる。

「——巫女よ」

重苦しい沈黙を破り、そう告げたのは紗季だった。

「なに？」

「犯人は黒い服を着た巫女です。名前は三門霧絵」

善亀は驚いたように表情を変えて若い刑事を一瞥してから、再び紗季に視線を戻す。

「その霧絵という女が、君らの友達を殺したのか？」

「ええ、昨日の夜、山際さんを殺したのも彼女です」

紗季の強い口調を受け、善亀は拍子抜けしたように口元を緩めた。

「そこまでわかっているなら、どうしてもっと早く言わなかったんだ」

「昨日はわからなかったんです。でも今日みんなで話して、あれが霧絵じゃないかってことになって……」

「そうか、まあいい。時間が経つと思い出すこともあるからな。とにかくその女の住所は？　どのあたりに住んでいる？　おい、すぐに一台向かわせろ」

善は急げとばかりに若い刑事へ指示を出し、善亀は僕たちの方へと向き直った。だが誰も答えようとしないのを見て怪訝そうに首をひねる。

「どうした？　早く教えるんだ。その三門霧絵って女はどこにいるんだね？」

「いませんよ」と宮本。

「なにぃ？」

「三門神社は十二年前に火事で焼け落ちて、みんな死んでしまったんです。だから霧絵はこの村にはいないんですよ」

善亀は血走った眼を泳がせて数秒間硬直した。それからわなわなと身体を震わせ、

「ふ、ふざけるな！　警察をバカにしおって」

顔を真っ赤にして怒鳴り散らした。

そうなるのも無理はない。予想した通りの反応である。

「でも俺たちは本当に見たんですよ。あれは霧絵でした」

「死んだ人間がどうやって人を殺すんだ。そんな馬鹿な話があるわけ――」

「その馬鹿な話が実際に起きたから、我々も混乱しているんですよ。市民を守る立場の

警察官がそんなことで取り乱してどうしますか」

　不意に投げかけられた冷淡な声が善亀の横っ面を張った。

「お前、たしか那々木とかいう作家だな？　昨日も言ったが、これはフィクションじゃなくて現実の事件なんだぞ。余計なことに首を突っ込もうとするんじゃない」

「首を突っ込むも何も、私は彼らと同じ事件の目撃者です。完全なる関係者ですよ刑事さん。意見するのは当然では？」

　一切の感情を取り払った冷たい眼差しで、那々木は至極真っ当な意見を述べた。

「ふん、揚げ足を取りおって。貴様やっぱり、探偵気取りで捜査をかき回すつもりだろう。だが残念だったな。そんなものは二時間ドラマか推理小説の中だけで、現実に探偵が警察の捜査に協力して事件を解決なんてことはあり得んのだ」

　見当違いな敵意を剝き出しにする善亀に対し、那々木は鼻を鳴らして迎え撃った。

「事件を解決しようなんて心づもりはこれっぽっちもありませんよ。そもそも私は探偵ではなく作家であり、この村で起きている怪現象に興味を持ち個人的に調査しているだけなのです。決して捜査の邪魔をしているわけではない。ただし、その過程で警察の方々よりも先に真実に辿り着いてしまうことはあるかもしれませんが」

　丁寧な口調の中に、あからさまな嘲りが込められている。善亀は怒りで紅潮した四角い顔をこれでもかとばかりに引きつらせていた。

「つまり何か、死んだ人間が甦って連続殺人を行っているという妄想じみた作り話が、貴様の言う真実だと、そういう事なんだな？」

「いろいろと雑なまとめ方ではありますが、概ねそういうことです」

「馬鹿な！　そんな戯言を信じられるほど、こっちは暇じゃない！」

「だから、信じてくれなんて言ってないでしょう。ただ我々は嘘偽りを申しているわけではないと言っているんです。それをあなた方が信じられないということだって理解している。いい加減な嘘で取り繕い捜査を攪乱させるよりも、正直に話した方がいいと判断しただけですよ」

「いい加減にしろ！　もう付き合ってられん。おい、こいつらを屋敷から追い出せ」

「え、いいんですか？　まだ聴取が……」

「捜査の邪魔だ。早く出ていけ！」

若い刑事が引き留めるのも聞かず、善亀は一方的に僕たちを追い立てた。


時刻は午前七時。屋敷を追い出された僕たちは、行く当てもなく村内をさまよった。連日の睡眠不足のせいか、全身がだるく足取りは重い。

村のあちこちで住民たちが寄り集まり何やら話し込んでいる姿がうかがえた。幽霊、夢じゃない、トンネルの方からやってきた、など。漏れ聞こえてくるワードからも話題が昨晩の事であることは間違いなさそうだった。

「村の人たちも、あの亡霊を見たのね」

紗季がぼそりと呟いた。

「そういえば、一昨日よりも数が多くなってた気がしないか？」と宮本。

「うん、それになんとなくだけど様子が違った気がする……」

わずかな逡巡の後で、芽衣子は意を決したように話し出した。

「あたし昨日眠れなくて、縁側のところでぼーっとしてたのね。そしたらいきなり電気が消えて、塀の向こうにあの男の人たちが現れた。あたし怖くて動けなくて……」

その光景を思い出したのだろう。芽衣子は自身の両肩を強く抱きしめる。

「その時、ほんとに一瞬なんだけど、一人があたしのいる方を向いたの。まるでこっちの視線に気がついたみたいに……」

「奴らが君を見たのか？　それからどうしたんだ？」

那々木の質問に対し、芽衣子はやや戸惑った様子でかぶりを振った。

「とにかく怖かったから、すぐに縁側を離れた。その後どうなったかはわからない。少し前から話し声とか聞こえてきてたし、みんな起きてると思ったから上に行こうとしたの。そしたら那々木さんと階段の所で鉢合わせして、二階にみんなが集まってて……」

あの現場に遭遇した、というわけか。

「そうなると、事態はいよいよ逼迫してくるかもしれないな」

ひとり納得したように呟く那々木は、またお得意のポーズでぶつぶつ言いながら、思考の世界に籠ろうとする。

「那々木さん、なにか思いついたことがあるなら教えて下さい」

そうはいくかと声を上げると、彼はやや不満げに、しかし躊躇う素振りもなく答えた。

「一昨日の夜、我々が目にした亡者たちは行く当てもなくさまようだけだった。すれ違った我々の存在にも気が付かぬかのように素通りしていった。だが彼女の証言によって、昨夜は状況が変化していたことがわかる」

那々木は生徒を指名する教師よろしく芽衣子を指し示した。

「亡者は縁側に佇む彼女に視線を向けた。これと同様の出来事がこの村のあちこちで起きた可能性がある。実際に村の人々に確認してみなければ詳細はわからないが、漏れ聞こえてくる会話を聞くだけでも、このことはかなり濃厚だ」

「偶然、目が合っただけってこともあると思うけど」

紗季が横やりを入れた。那々木は「もちろん」と頷いてから、

「確かに我々からしてみれば、さほど気にするようなことではない。だが彼らの立場になって考えてみればある可能性が浮上する」

そこで那々木は立ち止まり、僕たちを振り返った。

「最初の夜、彼らは我々の存在に気づきもしない、あるいは気づくことができないほど虚ろで弱々しい存在だった。生きた人間に干渉することも、その姿を視認することも不可能だったんだ。ところが昨夜は違っていた。はっきりと彼女の姿を見たんだよ。同じ

ことが住民たちの身に起きていたと考えると、これは明らかな変化といえる」

「幽霊は私たちを見られるようになった。それじゃあ次は何が起きるんですか？」

紗季がたずねると、那々木はやや芝居がかった仕草で肩をすくめた。

「それは私にもわからない。一つだけ言えるのは、この変化がこの先も続いていくと、亡者は更にはっきりと我々を感知する。そしてなにがしかの接触方法が確立されてしまったら、その時は――」

那々木はわずかに言い淀み眉根を寄せた。

「生きている人間を自分たちの住む世界へと引きずり込もうとするかもしれない」

「私たちを殺すってことですか？」

歯に衣着せぬ紗季の発言に、芽衣子は「やだ……」と声を震わせた。

「少し違う。彼らはただ生命という温かな存在に触れようと手を伸ばすだけだ。そしてそれこそが黒衣の巫女との大きな違いでもある。明確な殺意を持って人を襲うのではなく救いを求めているんだよ。彼らにしてみれば我々は生命という名の光の塊だ。それを感知し触れられると気づいたなら、すがりたくなるのが道理だろう？」

「でもそんなの、はた迷惑な話だと思います」

ほとんど吐き捨てるような口調で紗季が嫌悪感をあらわにした。

「そりゃあ確かに、死んでからもトンネルから出られないのはかわいそうだと思う。工事中の事故とか、怪我とか病気とか、ちゃんと埋葬されなかったのだって同情するわ。

けど無関係な私たちに危害を加えるのはお門違いってものでしょ？　悪意がないって言ったって、やっていることは通り魔と一緒じゃない」

「そうだよね。村の人たちだってその人たちに悪いことをしたわけじゃないんだから、連れていかれたりしたらかわいそうだし。もちろん、あたしだって嫌だけど」

二人の意見に同調し、僕たちは肯きあった。

「君たちの言うことはもっともだよ。だが亡者となった多くの作業員たちにとっても、今の君たちの状況なんてものは関係ない。誰だって溺れていれば藁をも摑みたくなるだろう。彼らもまた冷たい闇に沈められ、それでも助かりたくて必死にあがいているだけなんだよ。言うなれば無垢なる脅威であり、今も苦しみに身をやつす被害者でもある。それを短絡的に悪とみなすことは、私にはできない」

そう言われてしまうと返す言葉が見つからなかった。紗季は気まずそうに押し黙り、芽衣子や宮本も複雑な面持ちで何事か考え込んでいる。

那々木の言葉はいつだって的確に、大多数の人が陥りがちな身勝手さ、自己中心的で一方的な思い込みを浮き彫りにしてしまう。それが極めて正論であるからこそ、言われた方は何も返せなくなるのだった。

それから僕たちは夏目商店に立ち寄った。普段、営業は朝八時からなのだが、開店準備をしていた店主の夏目清彦が通りかかった僕たちを見て、少し早く開けてくれたのだ。

「松浦くんや篠塚くんが何故あんな目に遭わなくてはならないのか、私にはわからないよ。二人ともまだ若いのに、さぞ無念だったろうね」

　昨晩、九条家で起きた出来事は既に耳に入っていたらしく、夏目は沈痛な面持ちで肩を落とした。友人を失った僕たちを慰めようと気遣ってくれたのだろう。何度も「元気を出して」と繰り返し、夏目は名残惜しそうに店内へ戻っていった。

「親切な人じゃないか。君たちのことを実の子供のように思っているようだ」

　一部始終を横で見ていた那々木が感心するように言う。

「それはそうかもしれないけど、少し違うんですよね」

　そう返したのは宮本だった。店の方を横目に見て、夏目の姿がないことを確認すると声を低くして先を続けた。

「夏目さんの娘は俺たちの一つ年下で、よく一緒に遊んでいたんです。でも俺たちが中学の頃に行方不明になってしまって」

「見つからなかったのか？」

「ええ、それっきりです。警察だけじゃなくて俺たちも一緒に、それこそ村の人間が総出で探したけど見つかりませんでした。それ以来、夏目さんはすっかりふさぎ込んでしまって……」

　宮本の表情は、先ほどの夏目に負けず劣らず沈痛だった。

「あの時の夏目さん、本当につらそうだった。みんなが捜索を諦めてもひとりで山に入って探し回って……とても見ていられなかったわね……」

当時を思い返す紗季の隣で、芽衣子が視線を伏せた。彼女もまた夏目美香の失踪によるショックを引きずっているのだろう。細い身体がかすかに震えている。

「失踪の原因はわかっているのか?」

「いえ、何も。夏目さんも奥さんも、それがわからなくて悩んだんだと思います。きっと今も美香の帰りを待ってるんですよ」

ひと呼吸おいて、宮本は再び店の方へと視線をやった。

「俺たちに良くしてくれるのも昔から知っているってだけじゃなくて、娘と同年代っていうのが大きいんだと思います。特に紗季と芽衣子には、美香の面影を重ねて見てるんじゃないかな」

うん、と小さく肯いて、紗季がその先を引き継ぐ。

「美香がいなくなって、それから少ししてから三門神社が火事になった。それで霧絵までいなくなっちゃって、十二年経った今は松浦と篠塚が死んじゃった。しかも殺したのが霧絵の幽霊だなんて、ホントどうなってるのかしらね」

あえて避けていた話題を持ち出し、紗季はやっていられないとばかりに苦笑した。

少しの沈黙を挟んでから、宮本が「あのさ」と切り出す。

「松浦が最後に言ってたこと、みんな覚えてるだろ。それが原因で二人は殺されたのかな」

　金持ちの家に空き巣に入り、住人を殺してしまった。そのせいで松浦と篠塚は黒衣の巫女に殺されたのではないか。宮本が言いたいのはそういうことだ。

「その可能性はおおいにあるな。『罪人は死者に裁かれる』という教えの通りに彼らが殺されたのだとしたら、山際氏殺害にも同様の原因が関係しているかもしれない」

「山際さんも罪を？」

　僕の問いかけに対し、那々木はさも当然のように頷いた。

「人を殺す、あるいはそれに準ずる罪を犯した人間が黒衣の巫女の標的になる。現状ではそう考えるのが一番現実的だ。だが山際さんがどのような罪を抱えていたのかを突き止めるのは難しい。我々のような一般人が遺族を訪ねて『被害者は生前、どんな罪を犯しましたか』などと訊くわけにはいかないからな」

　それはもっともである。下手をすれば、死者を冒瀆していると受け取られかねないし、何より家族を失って悲しんでいる遺族を更に傷つけることになってしまう。

「――次はこの中の誰かが殺されるのかしら」

　思いつめたような口調で紗季は呟いた。

「やめて。変なこと言わないでよ」

　芽衣子がそれをたしなめる。

「だってそうでしょ。誰にだって人に言えないような罪の意識が一つや二つあるはずよ。

そのせいで松浦と篠塚が殺されたなら、次は私たちの番って考えるのが普通じゃない」

決めつけるように言って、紗季は苦しそうに表情を歪（ゆが）めた。自らの発言で自分自身を追い込んでしまったようである。

「……俺はあるよ」

紗季と同じかそれ以上に思いつめた顔をして宮本が名乗りを上げた。

「罪悪感なら抱えてる。霧絵が死んだあの日からずっと」

「宮本……」

うまい言葉が見当たらず押し黙った僕を一瞥（いちべつ）し、宮本は意を決したように切り出した。

「ずっと考えてたんだよ。三門神社の火事は本当に事故だったのかって」

「ちょっと宮本、あんた何言ってるのよ？」

「お前らだっておかしいと思ってただろ？　大人たちは揃いも揃って事故の詳しい状況を語ろうとしなかった。火事の後、ろくに葬式も挙げずに遺体を片付けて一方的に神社跡への立ち入りを禁じた。誰一人として近づけようとしなかったじゃないか。ずっと昔から村を見守ってきた神社だぞ。村の人間には今も三門神社の教えや風習みたいなものが刷り込まれてる。それなのに三門家の死に対して誰もが淡泊すぎやしないか。おまけに霧絵が死んで悲しんでいた俺に親父は『三門のことはもう口にするな』って言ったんだ。そんな風に言われて、はいそうですかって受け入れられるわけないだろ」

反論する声は上がらなかった。紗季や芽衣子にも思い当たる節があるのだろう。

当時のことを思い返し、そこに何かしらの違和感を見出そうとしている彼らを前に、僕は自分が不甲斐なく思えて仕方なかった。

もし三門神社の火事の時に僕がこの村にいたら。夏目美香が行方不明になった時、皆と一緒に彼女を探せていたら。小さな可能性かもしれないけど、今とは違った結果になっていたかもしれない。それが無理でも苦しみを一緒に乗り越えることができたかもしれない。そうできなかったことが、今はとにかく悔しかった。

「もし、宮本くんの言うことが事実だとしたら、非常に興味深いことになるな」

じっと黙していた那々木が神妙な面持ちで口を開いた。

「村の始まりから命運を共にしてきた三門神社の崩壊。しかしそれに直面した村人は驚くほど神社をないがしろにし、子供たちに口止めまでして三門神社の存在をある種の禁忌とみなしている。これは見方を変えれば『そうしなければ都合の悪い何か』を必死に隠そうとしているように感じられる。何か重要なことを村ぐるみで隠そうとしているのではないかとね。そう考えれば大人たちの不可解な行動の理由も見えてくるかもしれない。そして、それこそが黒衣の巫女――つまり三門霧絵が怨霊となった原因に繋がるとしたら、あらゆる疑問が一気に氷解する」

那々木は口元をわずかに歪めて不敵な笑みを形作った。

彼の推測が正しいかどうかを判断することは今の僕にはできなかったが、簡単に否定できない程の重みをもって、この胸に大きなしこりを残していた。生まれ故郷であるこの村の住人たちがどこか見知らぬ異郷の民のように感じられ、心が落ち着かない。

――この村の人々は何を隠しているんだろう。

そんなことを考え始めた矢先、息を呑むような気配を背後に感じて我に返った。振り返ると、お盆にラムネ瓶を載せた夏目が店先に立ち尽くしている。その表情には見るからに驚愕の色が浮かんでいた。

「夏目さん、どうかしたんですか？」

声をかけると、夏目はすぐに人当たりの良い笑顔を取り戻し、

「ああ、いや、なんでもないよ。これ、よかったら飲んでいって」

お盆をテーブルに置き、そそくさと店の中へ入っていく夏目の後ろ姿には違和感を覚えたが、あえて口には出さなかった。僕だけではなく、きっとこの場にいる全員が同じ印象を抱いたに違いない。

店の引き戸が閉まるのを見届けると那々木はおもむろに立ち上がり、馴れ馴れしく僕の肩に手を置いた。

「さて、井邑くん。少し付き合ってくれないか」

「どこへ行くんですか？」

「ここで君たちと楽しくおしゃべりするのも悪くはないが、それでは新たな手掛かりはつかめそうにない。だからこの機会に岸田さんが殺された現場を見ておきたいんだよ」

さあ行こう、と踵を返した那々木は僕の返答も待たずに歩き出した。

2

紗季と芽衣子は九条家に戻り、宮本は自宅へ帰っていった。僕は那々木に言われるがまま同行し、皆方神社へと向かう。

村道から裏山へと至るゆるい勾配(こうばい)の坂道を越え、木々に囲まれた石段を上った先にかつての三門神社がある。今は石段の前にロープが張られ、木の板でこしらえた柵(さく)まで巡らせてあった。立ち入りを禁じている理由はこれといって掲示していないが、そうそう禁を破ってまで入ろうとする者もいないのだろう。

「あの、那々木さん、どうして僕を連れてきたんですか？」

「なんだ、来たくなかったのか？」

那々木はさも意外そうに首を傾げた。

「いや、そういうことじゃなくて……」

不思議そうに僕を見る那々木から視線を外し、どう返すべきかを悩んだ。

正直なところ、僕はこの男を信用したわけではない。そもそも一介のホラー作家に何ができるというのか。例えば彼に霊を退ける力があるのなら大いに期待するところだが、そんな力があるようには思えない。外見をとってみても、霊媒師というよりは魔術師か吸血鬼あたりが相応だろう。

怪異との遭遇に歓喜し、その正体を解き明かすことばかりに執心する那々木からは、とても正義の味方然とした強さは感じられない。そのうえ、見聞きした情報を元に小説を書くと言うのだから、友人を失った僕としては不信感を抱かずにはいられなかった。

「実はこれといった理由があるわけじゃないんだ。村長や他の村の人たちに頼んだところで快い答えはもらえそうにないし、こんなうら寂しい場所で二人きりになる以上、相手が女性では色々と面倒だろう？」

僕の心中になどまるで頓着する様子もなく、那々木は軽々しく答えた。

「強いて言えば君が一番、人畜無害な人間に思えたからだ。調査中、無防備な私に襲い掛かったりするような野蛮なことはしないだろう？」

「まさか、そんなことしませんよ」

慌てて手を振って見せると、那々木は満足そうに口の端を持ち上げた。

「それに君は私の話を頭ごなしに否定しようとしない。見込みがある、なんて言うと語弊があるかもしれないが、私をペテン師扱いする気もなさそうだしな」

そこで一呼吸おいてから、那々木はじっと僕を見据えた。その視線に心の奥の奥まで見透かされるような気がして、つい身震いしてしまう。

「何より、君はこの村で起きたことの真相を知りたいと思っている。たとえそれが目を覆いたくなるような事実だとしてもね」

否定することができなかった。那々木の言葉が図星を指している証拠だ。いいように丸め込まれている気がしなくもないが、彼の話に疑いたくなるような妄言や嘘の類は見出せなかった。それどころか、さっきまで感じていた彼への警戒心が、今は心なしか薄らいでいる気がする。那々木が実直なまでに真相を求めていることが少なからず理解できたからかもしれない。あるいは警戒するよりも協力する方が自分にとっても有益であるという打算が働いたのか。

いずれにせよ、僕ひとりではどうにもならないことが、那々木と一緒ならどうにかなるかもしれないという希望めいた気持ちが僕の中に芽生えつつあった。

柵が張られた石段を通り過ぎ、そのまま道なりに進むと、岸田が殺害された皆方神社があった。背の低い鳥居に短い参道。その向こうに小さな本殿がぽつんと立っているだけのうら寂しい光景。

「神社というより、祠みたいな感じですね」

思ったままを告げると那々木は首を縦に振って同意を示した。

「管理する人間もいないのだから、立派にする必要もないと思ったのかもしれないな。君の言う通り、祠や慰霊碑といった意味合いの方が強そうだ。実際、九条忠宣氏は三門一族に対する弔いの意味を込めてここを建てたのだと言っていたからね」

那々木は本殿へと近づき、鍵のかかっていない扉に手をかけ押し開く。

中の様子を想像し、僕は咄嗟に身構えたが、何かが飛び出してくるようなこともなければ、そこに岸田の亡骸が横たわっていることもなかった。

本殿の中は簡素な造りとなっていて、奥に取り残されたような祭壇がある以外、特筆すべき点は見当たらない。むしろ『何もない』という印象の方が強く、余計に荒廃した印象を強めていた。それよりも僕の注意を引いたのは、目の前の床に広がる黒ずんだ染みの跡だった。

「これって、まさか……」

「岸田さんの血だな。こういう現場だと床の木材が血を吸って落ちなくなることがよくあるそうだ」

那々木がさも当然のように告げ、僕は変な声を上げて飛び上がる。

「気にする必要はない。ただの血の痕だ。そんなものよりもっと悲惨で生々しいものを、君は見ているじゃないか」

確かにその通りではあるが、それとこれとは話が別だ。

「実際に見られないのが残念だが、岸田さんは我々が目にした被害者たちと同じ殺され方をしていた。違う点と言えば、殺害されたのが夜間ではなく、まだ日の高いうちだったということだ」

「それも信頼できる筋からの情報、というやつですか？」

皮肉を込めて問いかけてみると、那々木は肩越しに振り向いてわずかに口元を緩めた。

「気になるかい？　私がどうやって情報を集めているかが」

「それは当然ですよ。あなたがホラー作家で怪異譚を蒐集しているというのはわかりました。けどそれだけじゃないんでしょう？　あなたにはもっと別の顔があるように思えてならない。何か裏がありそうでいまひとつ信用ならないんです」

ここでようやく、那々木に対する正直な気持ちを口にすることが出来た。那々木は表情一つ変えずに聞いていたが、やがて小さく息をつき、

「どう思うかは君の自由だが、少なくとも立場は君たちと同じだよ。次は自分が狙われるのではないかと怯え、身を守る術を模索するか弱い市民。それが我々の現状だろう？」

「那々木さんも自分が狙われるかもしれないと考えているんですか？」

だとすると、彼もまた何某かの罪の意識に苛まれていることになる。

そんな素振りはおくびにも出さず、那々木はまたしても軽い調子で頷いた。

「もちろんだ。罪を犯さずに生きるなんてそう簡単に出来ることじゃない。もっとも、それがあの黒衣の巫女に殺されるほどのものかと問われると疑問ではあるがね。それに、あんな現場を目の当たりにしたら、どんな聖人君子でも自分の罪を探してしまうものじゃないか。次に殺されるのが自分ではないかという恐怖を抱かずにいられる者がいるとするなら、それは十中八九、この怪現象の主要部分に関わる人物だけだ」

回りくどい言い回しである。

「つまり、この村の誰かが怪現象を引き起こしていると？」

「私はそう考えている。たとえ君が信じられなくても、それが最も合理的な解釈だ」

その口ぶりには、確たる自信のようなものが感じられた。

やはり那々木はこの村で起きている異変の核心に迫り始めている。ただ、それを口にしていないだけなのだ。その正体を今すぐ問いただしたい気持ちに駆られたが、きっと不可能であることも同時に理解していた。あくまでも主導権は那々木にあり、彼が話そうとしない限り、何かを聞き出すことなんて出来ないのだ。

「――何故なんですか？」

その代わりに僕は別の疑問をぶつけてみることにした。

「何故、那々木さんはこの村で起きている出来事を知ろうとするんですか？　いや、そもそも自分の身を危険にさらしてまで怪異のことを知りたがる理由は何ですか？　小説というのはそこまでしないと書けないものなんですか？」

那々木は「ふむ」と小さく唸（うな）ってから、

「もちろん、作品の執筆のために怪異のことを知りたいと思っているのは間違いないが、今こうして調査に乗り出し、怪異の正体あるいはその仕組みのようなものを理解しようとしているのは別の理由からだ。私だって何も自分の命が惜しくないわけじゃない。さっきも言った通り、次は自分が狙われるのではないかと思うと怖くてたまらないよ」

口ではそう言っているが、那々木の表情から恐怖や怯えといった感情は全くと言っていいほど読み取れなかった。

「だからこそ生き残るためには怪異のことを知る必要があるんだ。怖いから、恐ろしいからと逃げているだけでは相手の思うつぼなんだよ。怪異の起源や背景を探り当て、その習性を学び、然るべき対処法を導き出すことで生き残る手段が得られる。そのためにも怪異の正体は徹底的に暴かなくてはならない」

「けどそんなこと可能なんですか？　話の通じる相手じゃないでしょう」

「不可能はないよ。もちろん、難しいことは確かだが。そもそも怪異というものは無から突然形成されるものではない。その存在に対する起源が必ず存在するんだよ。そこを辿っていくうちに見えてくるのが人の怨念なのか、傲慢さが招いた悲劇なのか、この世のものではない悪しき存在による無作為な暴力なのか。まさに千差万別だが、共通するのは必ず人間が関わっているということだ。人が招いた災禍ならば、人の手で治めることが出来るというのもまた道理なんだよ」

わかるかい？　と問いかけるような表情を残して、那々木は祭壇へと向き直った。

おそらく那々木はこれまでにいくつもの土地で、何度もこういう状況に巻き込まれて――あるいは首を突っ込んで――きたのだろう。それでも彼がこうして生きているという事実こそが、主張する考えの正しさを証明している気がした。

怪異を退けるために怪異の正体を明らかにする。それは極めて危険を伴う行為であると同時に、最も効果を発揮する方法なのかもしれない。僕たちが置かれている状況を打破するためにも、この村を覆う禍々しい瘴気を打ち払うためにも。

一人考え込む僕をよそに、那々木はその長身をかがめ、食い入るように祭壇を見下ろしていた。中央には香炉が置かれ、その手前に小さな鐘がある。左右にはなにやら木の枝のようなものが置かれ、五十センチそこその長さをした木製の剣や蠟燭などが並んでいた。そして正面奥の壁には縦長の紙に文字か、あるいは図形のようなものが大きく描かれている。それらが何を意味するものなのか、僕には見当もつかない。

「……ん？」

突然、那々木が声を上げた。しきりに周囲を見渡し、祭壇上のものを引っ掻き回すように手にとっては戻すを繰り返す。

「那々木さん、何してるんですか。勝手にいじったりしたらバチが当たりますよ」

許可もなく立ち入っていること自体マズいのに。と続けた僕を無視して、那々木は祭壇をぐるりと迂回すると、壁に掛けられた縦長の紙を食い入るように見つめた。

「どういうことなんだ……これは……」

それから指先で血色の悪い唇を軽く撫で、那々木はようやく何か思いついたように深く肯いた。

「いや、そうか。そういうことか……これは『霊符』だ」

「れいふ……？」

「平たく言えばお札のことさ」

「あの、キョンシーの額に貼ってあるやつですか？」

「ほう、君は意外なところを突いてくるな」

振り返った那々木は、やや目を丸くして肯いた。

「日本では『三枚のおふだ』などの童話に登場する、不思議な力を持つ符のことだ。一見すれば古びた紙に文字を書いただけの代物だが、これがなかなかどうして侮れない、定番かつ認知度の高いアイテム。その起源こそが『霊符』なんだよ」

那々木は小さく咳払いをしてから、意気揚々と語り始めた。

「『霊符』は中国の道教において、神仙が用いた神の意志を表す符のことだ。表面には篆書や隷書による文字と、奇妙な文様あるいは図形が描かれているが、それらすべてに深遠たる意味が込められている。見た目は地味だが霊符の効果は抜群で、あらゆる災害を退け、病魔を祓い、永遠の命すら与えると言われている。道教における不老不死は究極の目的であり、その力はかつて国家の運命すら左右させる影響力を持っていた。ある説によると、天地開闢の際に太上老君――つまり老子のことだが、この神が自然や山々の稜線を文字と図形で表現したことで神聖なる力が宿ったとされている。道教の道士たちは念を込めてその文字を書写することで、神の持つ力を引き出し、奇跡を起こすことができたという」

そこで突然、那々木は僕の鼻先を指差した。

「井邑くん、三国志は好きか？」

「え？　あ、まあ、そこそこには」

「三国志に登場し、黄巾の乱を起こした太平道の教祖、張角は水に霊符を浮かべたものを信者に飲ませ病を癒したという。霊符は使い方次第で毒にも薬にもなるんだ」

よくもまあ、そういう話が次から次へと出てくるものだ。普通に生きていればそうそう必要な知識ではないけれど、話の種にはなりそうである。

「その霊符がどうしてこんなところにあるんでしょう？」

何気ない疑問を投げかけてみると、那々木はわずかに表情を曇らせた。

「そう、それが問題なんだ。道教の教えは日本へと伝来し、陰陽道や修験道などにも取り入れられている。霊符が悪霊退治にも用いられることは有名で、神道においては邪を祓い人々を守るありがたいものとして一般向けに販売もされている。そういう意味では神社にお札があることは不可解でもなんでもない。だが何度も言うようにこれは『おふだ』ではなく『霊符』なんだ。一般的に流布している類のものではない。それに加え、この皆方神社には鳥居こそあれど、神鏡や注連縄、紙垂、榊といった本来神社にあるべき祭具の類が一つも無い。その代わりにあるのがこの香炉や帝鐘と呼ばれる小型の鐘。こっちの木剣は七星剣——または桃木七星剣といって風水でも使用される法具だ」

那々木は祭壇上に置かれた木の剣を手に取り、僕に掲げてみせた。柄には細かい文様が彫り込まれ、鍔に相当する部分にはたしか『太極図』とかいう、白黒二色の円で形成された図形があしらわれていた。

「そしてこの霊符もまた道教の祭祀に用いられる代物なんだよ」

那々木は慣れた手つきで木剣を軽やかに操り、剣先で壁の『霊符』を指し示す。

「つまりここは神社の皮を被った道観――道教寺院だったんだ」

そのことが何を意味するのか、僕にはわからなかった。だが那々木の頭の中では一つの仮説が組み上げられようとしているらしい。その証拠に、鼻筋の通った端整な顔にはこれまで以上に好奇の色がまざまざと浮かび上がっている。

「面白いのは、道観を完全に真似ているわけではない所だよ。外観は通常の神社に即した造りをしている。しかし内部を見れば神社の様式と異なるのは明白で、祭壇や祭祀道具も神道のそれではない。おそらく皆方神社はそうした知識に疎い村の人間が見よう見まねで作った急ごしらえの張りぼてなんだ。すると今度はその張りぼてが何を基準に作られたのかという疑問が湧いてくるのだが、この村の人々が真似るものとなると、答えは一つしかない」

「もしかして三門神社、ですか？」

那々木は静かに首肯した。

「君たちから聞いた情報を合わせると、三門神社は従来の神道とは異なる宗教感覚を持っていた。『神がかりの奇跡』を行う儀式にしてもそうだし、黒い巫女装束というのもそれを証明している。道教にかぶれた独自の宗教観が取り入れられているとしたら、それらの道具立てが従来の神社と違っていることにも納得がいく。そして何より『罪人は死者に裁かれる』という教義だ。それを実行する死者の再来――つまりは不死に繋がる研究と信仰。これは紛れもなく道教が掲げた宗教観に強い影響を受けていると言える。

ゆえに三門神社は神社の名をかたった全く別の存在だったんだ。その事実が証明するものはいったい何だと思う？」

僕は無言で首を横に振った。

「『邪教』だよ。三門神社は神など崇めてはいなかった。もっと別の、口にするのも憚られるようなおぞましい存在を崇め、その力を用いて彼らは奇跡を起こしていたんだ」

那々木の声はかつてないほどの興奮に震えていた。瞬きすら忘れ、大きく見開いた目でそこには存在しない何かを見据え、自らの主張を肯定するかのように何度も首を縦に振っている。

「でも三門神社がなくなった今、どうやってそのことを確かめるんですか？　手掛かりはもう残っていませんよね？」

「いや、あるさ。わざわざかりそめの寺院を建設し、霊符をこしらえ、こんな場所に設置したのは何故かを考えれば、答えは明白だ。岸田さんが月に一度ここへ来ていたのも、古くなった霊符を新たに作り直し、効果を持続させるためだったんだ。描かれている文字や図形から察するにこれは破邪の霊符——つまり悪霊を退け、封じる効果を持っている。霊符によってこの場所を封じ、悪しきものがやってこないように監視することこそが皆方神社の本当の目的だったんだ」

那々木の声は強い確信に満ちていた。

「そうまでして彼らが封じたかったもの。周囲に霊符を張り巡らせ、その効能で閉じ込めておきたかったもの。それはあの石段の奥にある三門神社跡に他ならない」

火事で焼け落ち、一族が死に絶えた三門神社。そこに残る何かを村の人々は恐れている。だからこそ、この場所に社を建てて呪術を施しているということか。

そう思い至ると同時に、僕の脳裏には昨晩目にしたおぞましい光景がにわかに甦った。

今まさにこの村を襲っている不可解な現象。無数の亡者と黒衣の巫女。それこそが、村の人々が恐れ、封じ込めようとしたものだとしたら……？

僕は壁に掲げられた霊符を見上げた。古びて黄色がかった紙に赤く記された奇妙な文字は、あたかも血で形成された呪詛のように、ぬらぬらと妖しい光を帯びていた。

3

皆方神社を出た僕と那々木は、その足で三門神社跡地へ向かうことにした。

鳥居を抜け、雑草だらけの小道を並んで歩いていると、

「一つ訊いてもいいかな？」

那々木が何気ない調子で訊いてきた。

「三門霧絵という少女は、いったいどんな人物だったんだ？」

どうしてそんなことを訊くのか、という僕の疑問を見透かしたように、那々木は一つ肯いて、

「君たちの幼馴染(おさななじみ)だったんだろう？　霊となって現れたその少女のことを、私も知っておきたいと思ってね」

　興味本位な言い回しに少々の引っかかりを感じはしたが、だからと言って無下にすることもできず、僕はしぶしぶ答えることにした。

「一言でいうならとても臆病(おくびょう)で、引っ込み思案な女の子でしょうか。いつも一歩引いて誰かに先を譲ってしまうようなタイプで、そばで見ているともどかしくなる。けどどんな時でも優しくて、不思議とみんなを笑顔にする。そんな感じでした」

　遠い日の霧絵の姿が脳裏をよぎる。僕にとってそれは何より大切な淡い記憶。この村のあちこちで彼女の面影を感じるたび、そのことを実感させられる。

「君はそんな彼女のことを憎からず思っていたと、そういうことかな？」

「ええ、まあ……」

　率直な問いかけについ戸惑ってしまう。だが那々木本人に僕をからかうような素振りは見られず、あくまで事実を確認するための質問だったらしい。

「でもあの頃、僕と霧絵はそういう関係じゃなかったんです。霧絵はみんなの憧(あこが)れでしたし、なんていうか、少し近寄りがたい雰囲気もあって」

「それはつまり、三門神社の娘というフィルターがそうさせたということか？」

「そうだと思います。子供同士だとそんなこと気にならないんですけど、そこに大人が介入するとどうしても気軽に接することができなくなるんです。僕の母も、霧絵のことは息子の同級生としてではなく、もっと特別な存在として見ていました」

例えば小学校の授業参観や運動会、あるいは夏祭りなんかがそうだった。普段は何気ない会話を何のためらいもなく交わす僕たちでも、霧絵が父親の実篤と一緒にいると、それだけで声をかけることすら憚られる。大人たちは実篤に深々と頭を下げ、尊敬のまなざしを惜しみなく送り、傍らの霧絵にも同様の視線を向ける。霧絵もまた僕たちに向けるのとは違う、やけに大人びた微笑みを返す。そんなやり取りが当たり前のように行われるのだ。

「それでは自分の意見を出せなくて当然だな。母親は表に出られないから自分がしっかりしなくては、という気持ちも大いに働いたことだろう」

「ええ、霧絵はそういう子でした。だからこそ僕たちといる時の彼女が楽しそうに見えたのかもしれません」

「君たちは本当に仲が良かったんだな。だからこそ、彼女が亡くなった事実が重くのしかかり、今も尾を引いているというわけか」

那々木が何を言わんとしているのかがわからず、僕は曖昧に首をひねった。

「君たちの話を聞いていて感じたんだよ。誰もが三門霧絵のことを思う一方で、ただ懐かしむのとは違う、複雑な思いを抱えているようだとね」

「それって、どういう……？」

問いかけると、那々木はやや肩をすくめ、どこか曖昧な表情を見せる。

「たとえて言うならそう、罪悪感だろうか」

「罪悪感？　僕たちが霧絵にですか？」

「あくまでも私の直感だよ。君たちが三門霧絵について話すときの視線、表情、仕草、声色、言葉の端々に微妙な感情の揺れのようなものを感じた。それで思ったんだ。親しい友人同士だからこそ言い出せない何かを、それぞれが抱えているんじゃないかとね」

僕の表情を見逃すまいとしてだろう。那々木は不意に立ち止まり、一切の感情が欠如した黒い瞳で僕を見つめた。

「考えすぎですよ。だいたい僕たちはそんな……」

「君はどうだ？」

取り繕おうとする僕を遮り、那々木はずいと詰め寄ってきた。

「君はいったい、どんな罪の意識を抱えている？　何故それを話そうとしないんだ？」

寒気を感じるほど空虚で陰湿な眼差しが僕をからめとり、目を逸らすことすら許されない。

「三門霧絵に対して何か負い目があるのか？　それとも、君と彼女の間に何かがあったのか？　君の不可解なよそよそしさはそれが原因なのか？」

――僕が、よそよそしい？

「自分ではうまく隠しているつもりなんだろう。実際、彼らもそこまで気にしている様子はない。だが私のような第三者にはよく分かるんだ。君たちは仲がいい割に互いを信頼できず、本心をさらけ出そうとしない。特に君はその傾向が顕著なんだよ」

何か言い返したくても言葉が出てこない。否定したくても、首を横に振ることすらできなかった。

「さあ教えてくれないか。君は何を隠している？　三門霧絵と君との間には、いったい何があったんだ？」

「ちが……僕は……」

かろうじて絞り出せたのはそれだけだった。那々木の言葉を耳で聞きながら、しかし頭で理解することが困難になっていた。

視界のあちこちに白く瞬く光のようなものが現れ、強い眩暈に見舞われる。痛みを感じるほどの耳鳴りにたまらず顔をしかめた。

那々木の表情がぐにゃりと歪む。

「いや……そうか……ひょっとすると君は……もっと別の何か……彼らに対して……」

那々木の言葉が切れ切れに遠ざかっていった。

底なしの汚泥に引きずり込まれたみたいに身体が重く、凍えるほど寒かった。目を凝らしても何も見えない。息苦しさに喘ぎ、助けを求めようと声を上げたが言葉にならなかった。

僕の意識は急速に暗転し、深く暗い地の底へと沈み込んでいった。

第五章

1

僕は見慣れた家の玄関先に立っていた。

皆方村を出た後、僕と父さんが身を寄せた祖父母の家だ。祖母を亡くし、あとを追うように逝ってしまった祖父の葬式以来、帰るのは数年ぶりだった。

数日前、一切の音沙汰がなかった父さんが突然メールを寄越し、「ちょっと寄ってくれ」と一方的に要求してきた。何か用事でもあるのかと疑問に思う傍ら、粘りつくような陰鬱さが僕の胸を占めた。こちらの事情など考えない勝手な言い分にまず腹が立ったし、今更どんな顔をして会えばいいのかも分からない。もうずっと長いこと互いに口をきこうともせず、目を合わすことすら避けてきたのだから。

素直に言うことを聞く気になれず、連絡を受けてから三日後に祖父母の家を訪れた。鍵のかかっていない玄関扉を開けると、ひどく埃っぽい空気が僕を出迎える。薄汚れた靴が散乱し、廊下には白い埃の層が出来ていた。

ひどい有様だ。祖母が亡くなり、掃除や片づけをする人間がいなくなった家の中はまさに荒れ放題だった。リビングの床は足の踏み場もなく、ソファには脱ぎっぱなしの服、テーブルにはカップラーメンの容器が山と積まれていた。台所では汚れた食器が異臭を放っている。雑多なもので溢れたカーペットの上を慎重に進み、奥の襖の前に立つ。父が寝室として使っている部屋だ。

「父さん」

呼びかけてみても返事はない。

来いと言われたから来たのに留守にしているのか。あるいは呼び出したことすら忘れ、眠りこけているのかもしれない。勝手なものだと呆れながら襖に手をかけたところで僕は正体不明の不安に苛まれた。

襖を開けば父さんがいる。数年ぶりの再会だ。でも何を話せばいい？　どんな顔をして挨拶をすればいい？

久しぶりに父親と顔を合わせる。たったそれだけのことに僕は赤の他人にさえ感じない異様なまでの緊張感を抱いていた。ただ嫌っているとか、顔も見たくないとか、そういう短絡的な感情からではなく、僕は父さんのことが怖かった。

父さんがどんな表情で僕を見るのかを想像しただけで怖くてたまらない。母さんを失ったことに対する怒り、己の不遇に対する嘆き、あるいは何もかも僕のせいだと言わんばかりの理不尽な憎しみ。そういったものを父さんの表情から読み取ってしまうたび、僕は絶望に打ちひしがれる。まともに父さんの顔を見られなくなった原因も、もとをただせばそこに行き着くのだった。

このまま帰ろう。そうすれば嫌な思いなどしなくて済む。回れ右をして家を出て玄関の扉に鍵をかけ、そして二度と戻らない。

今までだってそうしてきた。これでいいじゃないか。父さんを忌避し、まるで存在しないかのように振舞ってきた。これからも同じように、ただ目を背けていればそれでいい。

頭ではそんなことを考えながらも、僕は抗いきれぬ力に屈し襖を開いた。関わりたくないと思っているくせに、あと一歩のところでそれが出来ない中途半端な自分に対し心の底から嫌悪感を抱く。

だが次の瞬間、飛び込んできた光景に一切の思考を断ち切られ、頭を占めていた複雑な想いはどこかに吹き飛んでしまった。

わずか七畳ほどの室内、万年床となっている布団の周りにはコンビニ袋やスナック菓子、空き缶や酒瓶といったものが散乱している。そのゴミ溜めの中心に父さんはいた。ものすごい臭いだった。襟の伸びたシャツにトランクス姿。首筋には生々しい切り傷があった。噴き出した血は布団だけでなく壁や天井までをも赤く染めていた。土気色の顔をした父さんが白く濁った目を剝いて僕を見据えている。既に腐敗が始まっているのか、皮膚のあちこちが変色していた。

「父さん……」

布団の傍らに跪き、父さんの身体に触れる。粘り気を帯びた血の感触。冷え切った肌。

あれほど恐れていた父さんの顔からは一切の感情が欠落していた。

——どうして、もっと早く来なかった？

そう問いかける父さんの声が聞こえた気がした。

2

目を覚ますと、僕は地面に座り込んでいた。澄んだ空気と草木の香り。固く、やや湿った感触がジーンズ越しに伝わってくる。木々の合間から差し込む光に眩しさをおぼえ右手を持ち上げると、手の甲にテントウムシが一匹とまっていた。

「気が付いたか」

その声に驚いたのか、テントウムシはふわりと羽を広げ、どこへともなく飛び去っていった。ぼんやりと見送ってから視線を巡らせると、ワイシャツ姿の那々木が僕を見下ろしていた。叔父の形見だというオイルライターで煙草に火をつけ、深く吸い込んでから紫煙をゆっくりと吐き出す。

「僕は、どれくらい……？」

「一時間ほどだ。目立った外傷はないから寝不足と極度の精神的ストレスが原因で、倒れてしまったんだろう」

改めて周囲を見渡すと、もたれかかっているのが三門神社へと続く石段前の柵だと気が付いた。皆方神社から出てすぐに倒れた僕を那々木が運んでくれたらしい。

「すみませんでした。ご迷惑をおかけして」

立ち上がった拍子にスーツの上着が身体からずり落ちた。拾い上げ、土埃を払ってから手渡すと、那々木は「気にしなくていい」と軽く笑い、煙草を口にくわえて袖を通した。

「人を呼ぼうか悩んだんだが、とても安らかに眠っていたからそっとしておこうと思ってね」

柵の前に立ち、石段を見上げた那々木は不意に困ったような顔をして、

「私の方こそすまなかった。君の気持ちも考えず強引に問い詰めてしまったようだ」

「いえ、そんな……」

慌てて頭を振った直後、僕はハッとした。

――僕の気持ちも考えず。

那々木が口にした何気ない一言は、僕の胸に微かな波を立てた。

「那々木さん、それはどういう……」

鼻筋の通った横顔に問いかけると、那々木はすっと流れるような視線を僕に向けた。どことなく憂いを帯びた眼差しに、意味も分からず背筋が凍る。

「君の事情については私なりに理解したつもりだ。だから君も、今はまず目の前のことに集中した方がいい」

僕の事情……？

訳知り顔で微笑む那々木に対し、返す言葉が見当たらない。

「もし具合が悪いのなら屋敷に戻るといい。そうでなければ引き続き――」

戸惑う僕をよそに何か言いかけた那々木は、ふと視線を僕の後方へ向けた。つられて振り返ってみると、坂道を上ってくる三つの人影。

「あ、いたいた。陽介、那々木さん」

芽衣子が僕たちを指差し、それから無邪気に手を振った。その隣に紗季、一歩遅れて宮本が同じように手を振っている。

「みんな、どうしたんだ？」

「一旦(いったん)は家に帰ったんだけどね。警察の連中もうろついてるし、芽衣子と二人で座敷にいても落ち着かなくて」

女子二人が視線で頷(うなず)きあい、宮本に視線をやった。

「だから宮本の家にでも転がり込もうとしたのよ。そしたら、すぐそこの通りでばったり出くわしたってわけ」

「お前と那々木さんがまだ戻ってないって聞いたから心配になってさ。様子を見に来たんだ。何かあったのか？」

那々木は僕を軽く一瞥(いちべつ)してから、なんでもないとばかりに首を横に振った。

「少し休憩していたところだ。君たちが来てくれてちょうどよかったよ」

「というと？」

宮本が首をひねる。那々木は後方へと視線を向けて、

「今から三門神社の跡地を見に行こうとしていたところでね。一見しただけじゃわからないことも、君たちがいてくれたらわかるかもしれない」

「え、この柵を越えて行くの……？」

芽衣子は息を詰まらせた。

「めぼしいところは全て見てしまったんでね。残るはこの場所だけなんだ。運が良ければ、君たちが知りたかった『神がかりの奇跡』の正体にも近づけるかもしれない」

最初は拒否の姿勢を見せていた三人が揃って表情を変えた。そんな彼らの姿をどこか満足げに眺め、那々木はおもむろに頭上を仰ぎ見た。

「今調べておかなければ、日が暮れてからでは遅いんだよ」

一陣の風が吹きすさび、木々を大きく揺らした。遠くで鳥が鳴き、静寂に包まれていた森が突然騒ぎ出す。言い知れぬ不穏な空気を感じて僕は身震いした。他の三人も同様らしく、不安そうに周囲を見渡している。

「どうしても気が進まないのなら無理にとは言わない。好きにするといい。次に黒衣の巫女（みこ）がやってきた時、何も出来ずに死を迎える覚悟が君たちにあるのならね」

それだけ言い残すと、那々木は長い脚で木の柵を悠々とまたぎ石段を上り始めた。

石段を上り終えるとすぐに鳥居があり、そこをくぐると三門神社の境内だった。開けた空間の先には焼け落ちた拝殿らしき残骸があって、十二年経った今でも火事の凄惨さを物語っていた。

境内に足を踏み入れると同時に、どこからともなく異様な冷気が漂ってくる。あらゆる生命が息をひそめているかのような静けさの中、砂利を踏む足音だけが空虚に響いていた。

「ねえ、本当に行くの？」

芽衣子の問いかけに答える声はなかった。この場を支配する正体不明の怖気によって、僕たちは口を利くことすらはばかられるような強い緊張状態に陥っていた。

ただ一人、那々木だけはその雰囲気にのまれることなく、むしろ恍惚とした表情を浮かべ、ためらう僕たちをよそに軽い足取りで境内を進んでいく。

恐る恐る彼の後に続く僕たちの足元は背の高い雑草が生え放題だった。荒れた敷地の西側には倒壊した家屋跡があり、拝殿の奥に本殿という位置づけだった。どれも悲惨に焼け落ち、当時の景観は残されていない。想像していた以上に変わり果てたそれらの建物を前に、僕はかつてこの地で栄華を誇った三門神社とその一族の退廃をまざまざと突きつけられた気がした。

拝殿の損傷は特に激しかった。天井は崩れ、柱もほとんど残っていない。燃え尽きた木材やその他の残骸が折り重なるように積み上げられ、土台と壁がかろうじて形を残している程度だった。

躊躇うことなく拝殿に足を踏み入れた那々木は、奥の本殿へと続く通路に目を留めた。通路と拝殿の境目には重厚な鉄製の扉があり、片方は蝶番が外れて床に倒れていた。奥にはさらに二つ、開かれた状態の門があるようだ。

「これは……」

「『幽世の門』ですよ」

那々木が問いかけるのを予測してか、宮本は先回りして答えた。

「三門神社はその名の通り、拝殿と本殿との間に三つの門を構えているんです。この三つの門が現世と幽世を隔てる役目を果たし、儀式の際にはそれが開かれて死者の魂がやってくるとか。まあ、俺も自分の目で見るのは初めてなんですけどね」

「それにしては随分と詳しいじゃない？」

紗季に突っ込まれ、宮本は「両親が熱心な信徒だったからな」とどこか他人事のように言った。その口調はひどくぶっきらぼうで、微かな嫌悪感すら滲んでいる。

「儀式の進行と共に三つの扉が開放され、参拝者の元へ死者がやってくるというのが、流れのようです。拝殿には天師さまが、本殿には巫女さまがいて、それぞれが役割を果たすのだとか」

これも両親から聞いたのだろう。僕はそこまで詳しい内容を知らなかったので、素直に感心しつつ二人の会話に聞き入っていた。

「ふむ、それが『神がかりの奇跡』というわけか」

那々木はどこか引っかかりを覚えたらしく、腕組みをして何事か考え込んでいた。

「何か、気になることでもあるんですか？」

僕が促すのを待ち構えていたかのように、那々木は重々しく口を開く。

「今の話の通りなら、黒衣の巫女は儀式の際に奥の本殿にいたことになる。参拝者はこの拝殿にいるから、家族の魂と再会を果たす際にはその姿を現さないということだ」

「それが問題だと？」

当然だとでも言いたげに、那々木は深く肯いた。

「通常、巫女は神々に舞を披露し、神主と共に祈りを捧げることでその役目を全うする。しかし、黒衣の巫女にそうした役目は皆無で、扉の向こうに閉じこもったまま姿も現さないという。ここがどうにも引っかかるんだよ」

「そういうこともあるんじゃない？　ほら、鶴の恩返しみたいな」

「決して中をのぞいてはいけませんってやつ？　芽衣子、あんたねぇ……」

紗季が呆れたような顔をして芽衣子を睨みつけた。

「似たようなものじゃない。参拝者の相手は旦那さんに任せて、奥さんは裏でせっせと縁の下の力持ちをしていたとしても、別に不思議はないと思うけど」

どこか的外れな二人のやり取りを聞いていると、こっちまでおかしくなってくる。沈み込んでいた気持ちが少しだけ軽くなった気がした。

一方で黙々と考えを巡らせる那々木は単身、『幽世の門』を潜り抜けて更に奥へと進んでいってしまう。慌てて後を追い細い通路に出ると中央付近に二つ目の門が、突き当りには三つ目の門があった。そこを抜けると、本殿と呼ぶにはいささか狭く、あばら家のような有様の小部屋に出た。拝殿と同じように壁や天井のほとんどが崩れていたが、床面は比較的損傷が少なかった。そのおかげか、中央にある丸い石の台座のようなものはほとんど無傷で残されている。部屋の西側には、やや奥まった空間があり、ちょっとした物置にでも使われていたのか、焼け焦げた木材がいくつか散見された。

今は朽ち果てた廃屋に過ぎないその場所を、しかし那々木は非常に興味深そうに見渡し、あちこちに転がる残骸を手に取って眺めては何か残されていないかと物色し始めた。

「那々木さん、何を探してるんですか？」

ろくに返事もせず、ひとしきり探し回っていた那々木だったが、手掛かりになるようなものは見つけられなかったらしい。

「やはり残されてはいないか。となると、誰かが持ち去って……」

ぶつぶつと不満げに呟きながら嘆息し、那々木は中央の石の台座に視線を止める。ちょうど手足を広げた人間が横になれる程度の大きさをした台座にそろそろと近づき、それを矯めつ眇めつ、やがて何かに気が付いたようにはっと目を見開いた。

「まさか、これは……」

　またしても意味深な独り言を口にしながら、那々木は石の台座にぴったりと張り付くようにして何かを調べている。気になって近づいてみると、平らに見えた台座の部分には微かにくぼみがあり、いくつもの凹凸が見受けられた。そこには鋭いものを打ち付けた跡があり、床には金属製の釘か鋲のようなものが散乱していた。一つを手に取ってみると、ほとんど燃え尽きてしまっているが、細い縄のようなものが括りつけられていた。

「那々木さん、これは一体？」

　僕の声が耳に入っていないのか、那々木は台座のくぼみをしきりに指でなぞって観察し、部屋の奥の床の一部にまでそのくぼみが続いていることを確認すると、ようやく顔を上げて深い息をついた。

「そういうことだったのか。この場所こそが……黒衣の巫女の……」

　那々木は愕然とした様子で振り返り、僕の手から金属の鋲をひったくる。それを食い入るように見つめていたかと思えば、今度は部屋の西側にある小部屋のような一角へと視線を向けた。

「それだけじゃない。巫女は……ここにずっと……」

　やがて導き出した結論に、那々木は珍しく動揺をあらわにした。口にすることすらはばかられる、誰にとっても不都合な真実を見出してしまったかのように。

「恐ろしい場所だよ、ここは」

　息苦しそうにネクタイを緩め、肩を落とした那々木は再度、深く溜息をついた。

「あのー那々木さん、さっきから一人で納得しちゃってますけど、何がどうなってるのか私たちにもわかるように説明してくれませんか？」

紗季がしびれを切らして問いかけると、那々木は鋲を手の中で弄びながら僕たち全員に視線を巡らせ、神妙な顔をして話し始めた。

「結論から言うと、やはり三門神社は『邪教』と言わざるを得ない。死者の魂を呼び寄せ、参拝者に奇跡を見せて救いを施していた彼らは、その裏で筆舌に尽くしがたい悪行に手を染めていたんだ」

細く引きしぼられた那々木の眼差しに射すくめられ、自然と背筋が伸びた。

「い、嫌だな那々木さん。怖い顔して。悪行って何のことですか？」

宮本は冗談めかした口調で尋ねた。急ごしらえの笑顔が不格好にひきつっている。

「——生贄だよ。彼らは生贄を用いて、この世とあの世を隔てる扉を一時的かつ限定的に開くことで死者の魂を呼び寄せていたんだ。この世の理に反する忌むべき行為を平然と行い、しかもそれを奇跡などという甘い言葉で飾り付け、参拝者や村の人々を謀っていた。呼び寄せた魂は参拝者の家族でも何でもなかったのだろう。冥界から適当に引き寄せられた魂を見せ、動揺する参拝者を言葉巧みに操って求める相手だと信じ込ませた。奇跡はそうやって演出されたんだ。シャーマニズムによる降霊でも何でもない。神をも畏れぬ行為によって生きている人間をペテンにかける愚行。それこそが三門神社の『神がかりの奇跡』の全貌だ」

淡々と語る那々木の口調には、嫌悪と嘲り(あざけ)が混在した複雑な感情が滲んでいた。

「更に言うなら、あの世に通じる扉を開いたのは三門一族の力ではない。おそらく彼らが所持していた御神体がその力を有していたんだ」

「御神体？」

「ちょうど、そのあたりに安置されていたはずだ」

那々木は石の台座の側にある床のくぼみを指し示した。

「ただ御神体と言ってもそれが何なのかはまだ私にもわからない。だが確かなのは御神体が人間の苦痛を求めていたということ。そこから得た負のエネルギーが御神体に力を与え、結果として扉が開かれるんだ。ここまで話せば、儀式の際にこの場所で黒衣の巫女(みこ)が生贄に対し何を行っていたのか、君たちにも想像がつくだろう？」

促され、僕たちは石の台座へと視線を向けた。那々木が放った金属製の鋲が、甲高い音を立てて石台の上を転がっていく。

よく見ると、石台のあちこちに赤とも黒ともつかない異様な変色が見て取れた。ちょうど、岸田の血が沁(し)み込んで落ちなくなった皆方神社の床板のように。

「まさか……」

「嘘でしょ……」

僕と紗季が同時に声を上げ、少し遅れて芽衣子が恐怖に顔をひきつらせた。宮本もまた、声を失ってしまったみたいに黙り込んでいる。

「黒衣の巫女はここに生きた人間を拘束し、木槌で身体を打ち付けた。生贄の骨を折り、生じる苦痛を御神体へ注ぎこんだんだ。ひと思いに殺さないのは、長く苦痛を味わわせることで御神体が得る力が膨れ上がるからだろう。生贄はそう簡単に死を迎えることを許されず、命が尽きるその瞬間まで骨を折られ続ける。命乞いは受け入れられず、この上ない絶望と共に果てる生贄の無念と怨嗟の念がこの世とあの世の境界を揺るがし、わずかな隙間を作り出す。そこからやってきた死者の魂を拝殿へと送ることが黒衣の巫女に与えられた役目だった」

「そんな……ひどい……」

芽衣子が呻くように声を漏らした。

「だがここで一つ問題が生じる。巫女はその役目によって人を殺すという『穢れ』を抱えることになるんだ。その『穢れ』を外に持ち出すことは許されず、ゆえに巫女はこの場所に幽閉された。三門霧絵が母親との接触を禁じられていたという話も、そう考えれば説明がつく」

那々木は本殿の西側の壁にある小さなくぼみを指差した。

「その小部屋はおそらく、巫女の寝床だったんだろう。食事は実篤が運び、外出は厳しく制限された。生贄を殺害した時の返り血をろくに清めることすら出来ないこの場所で、巫女はたった一人で生き続けなければならない。結婚し、子を産んだ三門雫子が霧絵を乳母に任せて巫女の役目を続けた理由もここにある。愛する我が子を『穢れ』に触れさせてはならないという配慮があったからだ」

　儀式のために罪もない人を苦しめ、いたぶり、そして殺す。そんなことを繰り返していたら精神がまともでいられるはずがない。いや、まともな精神であればあるほど、己の残虐な行為がおぞましく、罪深いものに感じられたはずである。

　霧絵が母親の体調が芳しくないと言っていたのも、単に病弱だったからではなく、そうしたことが背景にあるのだとしたら、それは当然の結果だったかもしれない。

「異端の力を用いる三門神社に不死を究極の目的として掲げた道教の概念が強く反映されているのは、死者を呼び戻すという行為を通して死すらも超越することを重視していたからだろう。巫女が黒衣を纏っているのも『穢れ』をあえて受け入れるという意味が込められているに違いない。最初のうちは儀式のたびに浄化していたのかもしれないが、回を重ねるごとに対処しきれなくなった。どうせ穢れるのならばいっそのこと、はじめから『穢れ』を受け入れる器となってしまえばいい。限界が来た時には、次の巫女に代替わりすればいいだけのことだ」

　最後の一言を、那々木は驚くほど冷徹に言い放った。それが最も合理的で都合のいいやり方だと、彼自身が納得しているような口調だった。

「数多の生贄を血祭りにあげ、その『穢れ』によって黒よりも深い闇に染まった巫女の装いこそが、その事実を証明しているとは思わないか？」

　暗く澱んだ闇を纏い、松浦を無慈悲に殺害した巫女の姿を思い返し、僕はたまらず身震いした。

「那々木さんの話、すごく説得力があるわ。でもすぐには受け入れられない。そもそも生贄なんてそう簡単に調達できるものなの？　儀式のたびに人を殺していたら、それこそすごい数の死体が出るはずよね。そんなものどうやって処理していたのよ。この村のどこかに今も死体が埋まっているとでもいうの？」

食い下がる紗季に対し、那々木は「ふむ」と一呼吸おいてから、

「生贄に関しては、基本的に村の外の人間だろう。参拝にやってきた者の中から選別したのかもしれないし、三門実篤自らが村外へ出かけて調達することもあったかもしれない。あるいは行方不明になっても誰も探さないような人間を調達するルートを持っていた可能性だって有り得る。そういう意味ではさほどの苦労はなかったはずだ。一方で死体の処理は極めて現実的かつ早急な解決を必要とする問題だった。誰かに見つかりでもしたら、それこそ村内での彼らの権威は失墜してしまうからね。しかしそんな都合よく死体を処分できる場所が、果たして存在するのか――」

那々木の口元が、かすかな笑みを形作った。それは吐き気を催すような行為に対し嫌悪を抱く反面、興味を強く惹かれてもいる、相反する感情を内包した笑い方だった。

「――この村にはあるんだよ。その問題を一時に解決する手段がね。おそらく君たちにもなじみが深い場所だ」

わざと煙に巻くような発言をする那々木に対し、紗季はお手上げとばかりに肩をすく

めた。僕も同様に、那々木の持って回ったような言い回しには少々うんざりしていた。

「トンネル……」

そんな中、小さく囁くような声がした。全員の視線が声の主である芽衣子に集中する。

「あのトンネルに捨てたのね……」

「ご名答だ」

那々木が小さく首肯する。芽衣子がなぜその結論に至ったのかはわからないが、結果的に的を射ていたらしい。

「ここ数十年の間に、あのトンネルは落盤や崩落を何度も繰り返している。その影響によってこのあたりの山地は地盤が緩み、谷底に洞穴へと続く縦穴が開いている可能性がある。ちょうど、この場所から山の方へと分け入ると、トンネルの上部に行けるはずだ。そこから谷間に遺体を投げ入れれば、遺体は洞穴の奥底へと落下し二度と見つからない。万が一にでもトンネルを調査したり、山地を切り開いたりしない限りはね」

那々木が言い終えた直後、僕はある事実に思い当たった。

「そうか。それでレジャー施設の開発が中止になったんですね」

肯く那々木の口元に、満足げな笑みが浮かんだ。

今から十六年前、九条忠宣と企業との間で決まりかけていたレジャー施設開発計画に待ったをかけたのは他でもない、三門実篤だった。この土地の自然を守るべきだという彼に同調した住民が多くいたため計画は白紙に帰した。だがその実、実篤の頭の中にあったのは、山が切り開かれ生贄として殺してきた多くの人間の骨が見つかってしまう危険を回避することだったのだ。

当時、村の誰一人として彼を疑いはしなかっただろう。あの温厚な仮面の下で、実篤は住民全員を謀(たばか)っていた。自分たちが私利私欲のために人を殺す犯罪者であることを隠すために。

僕たちは提示された真実――限りなく真実に近いであろう那々木の仮説――を前に、ただただ言葉を失っていた。自分たちだけでは決して辿(たど)り着けなかった三門神社の裏の顔。彼らが犯した醜悪な罪業にまで那々木は辿り着いてしまったようだ。

それまで、折に触れて感じてきた那々木に対する底知れなさや、誰も信じようとしない突飛で非現実的な事柄を否定せず合理的に解釈してしまう凄(すご)みのようなものが、勘違いではなかったことを改めて思い知らされた。

「那々木さんの話、信じます。だから教えてくれませんか」

「何かな?」

「どうして今になってこんなことが起きているんですか。三門神社がなくなってから十二年も経っているのに」

「その質問は難しいな。何故今なのか、ということに関しては、私にもまだ明確な答えが導き出せていない」

指で鼻の頭をこすり、那々木は眉間(みけん)の皺(しわ)を深めた。

「那々木さん、言ってましたよね。村にいる誰かが黒衣の巫女を操っていると」

「その通りだ。黒衣の巫女は自らの意志で現れたのではなく、何者かによって呼び出され、村の人間や君たちの友人を殺害した。その過程で生じた苦痛が失われたはずの御神体へと注がれ、徐々にその力を増しているんだ。その結果、日が経つごとに亡者たちの数が増え、黒衣の巫女は凶暴化している。あの世との境界が取り払われ、この村が完全に飲み込まれるまで、それは続くだろう」

「そんなことをして得する人間がどこにいるというんですか？」

沸き立つ怒りを八つ当たりのように那々木にぶつけ、僕は食い下がった。

「ふむ、察するにその人物の目的はこの村を崩壊させることでも、誰かへの恨みを晴らすことでもない。それらはすべて一つの目的を達成するうえでの副次的な作用に感じられるんだ。もちろん黒衣の巫女にも村の人々を怨む気持ちがあるのだろうから、これは双方合意のうえで行われているという見方も出来るがね」

那々木は皮肉めいた表情を浮かべ、不敵に笑った。

「同時に黒衣の巫女からも単なる怒りや憎しみといった感情とは違う、もっと別の、より強力な想いの力のようなものが感じられた。生者を殺すことが愉快でたまらないという壮絶な悪意の陰で、巫女はしきりに何かを求めて――いや、探し続けているような気がするんだ。それが何なのかがわかれば真相を突き止めることが出来るかもしれない。あと一歩、何か手掛かりがあれば……」

そう言って、那々木は口惜しそうに歯嚙みした。

そのことについて、僕には思い当たる節があった。松浦を殺した時、黒衣の巫女が囁いていた言葉だ。途切れ途切れではっきりとは聞き取れなかったが、何かを探している、あるいは『誰か』を探しているような口ぶりだった。

問題は、その『誰か』が何者なのかということなのだが……。

「あー、もう。たくさんよ。考えたってわかるわけないじゃない。ねえ、誰がこの村をめちゃくちゃにしようとしてるの？　御神体っていったい何？」

答えを見出せないことに限界を感じてか、紗季はやり場のない感情を誰にともなく吐き出した。張り詰めていた糸が切れ、僕たちを包む空気が一気に弛緩する。

何か言おうとして顔を上げた那々木は、しかしはっと表情を固めた。その眼差しは僕たち四人の背後に向けられている。

「――そんなもん、お前らが知る必要なんてねえんだよ」

突然、背後から放たれた声に驚き、僕たちは一斉に振り返った。

目の前を大きな影が遮る。抵抗する間もなくいくつもの腕が摑みかかってきて、あっという間に押さえつけられてしまった。

3

「おら、さっさと歩け！」

九条修が声を張り上げて僕たちを追い立てた。

村の男たちに二人がかりで腕を掴まれ、有無を言わさぬ調子で本殿から連れ出された僕たちは、そのまま引きずられるようにして拝殿へと連行された。抵抗しようともがけばもがくほど、強引に押さえつけられた腕や肩の関節がミシミシと痛む。

拝殿には十数人を数える村の男衆が集まっていた。跪いた僕たちをぐるりと取り囲み、血走った眼をぎらつかせている。中には見知った顔もいて、夏目商店の店主、夏目清彦の姿もあった。

「まったく、ここには立ち入ってはならぬと何度も言ったはずなのに、何故言うことをきかんのだ」

村人たちを従えた九条忠宣が落胆をあらわに言い放った。

「ちょっと待ってよ。勝手に入ったのは悪かったけど、ここまでする必要があるの？」

語気を強めて抗議する紗季を、忠宣は鼻を鳴らして一蹴する。

「お前たちが余計なことに首を突っ込むからこうせざるを得ないのだ。特にそこの作家先生はしつこくてかなわん」

静かな口調とは裏腹に忠宣の表情は重く険しい。それに対し那々木はしたり顔でこう返した。

「私と井邑くんを見張っていたのもそういう理由からですか。あなた方はよそ者が村を歩き回ることがよっぽど気に入らないようですね」

「人の家の庭を勝手に歩き回るような、礼儀を知らん者は信用できんのでな」

ぴり、と空気が震えるような厳しい口調。それでも那々木は表情一つ変えず、

「それは失礼しました。しかし状況が状況ですからね。あなた方のくだらない縄張り意識を気にしている暇などないのですよ。それに我々がこの怪異の正体を解き明かせば、結果的にあなたがたの命を救うことにもなる」

「それが余計な詮索だというのだ。どこの馬の骨ともわからぬよそ者に、この村が抱える問題を解決できるわけがない」

その一言に那々木は目を光らせた。

「ほう、やはりあなた方はこの村を襲う現象の正体を知っていたんですね。亡者たちが徘徊するようになった理由も、黒衣の巫女の正体にもとっくに気が付いていた。それなのに知らぬふりを続け、これだけ犠牲者を出してしまった自分たちの愚かさを、もっとしっかりと自覚するべきではないのですか？」

那々木は嫌悪感を剝き出しにして、忠宣をはじめとする村人全員を睥睨した。

「こいつ、減らず口をいつまでも叩きやがって。黙ってろ」

背後から修が那々木の背中を突いた。二人の男に両腕を摑まれている那々木は転倒こそしなかったが、前のめりに上体をかがめ、ぐっと小さく呻いた。

「薄汚い手で私に触るな。この人殺しどもが」

肩越しに修を睨みつけ、那々木はかつてないほど鋭い声を放った。予想外の気迫に圧され、表情を凍り付かせた修がわずかに後退する。

「那々木さんや、なぜ我々を人殺しだと決めつける。村に起きていることはすべて、人知の及ばぬ亡霊どもの仕業ではないのかね」

「ほう、あくまでしらを切るつもりですか。だがここにいる全員があなたと同じように、何もかも割り切るなど出来はしないのですよ」

忠宣の皮肉めいた発言を一蹴し、那々木は再び村人たちに視線を巡らせる。咎めるような厳しい眼差しに射すくめられ、彼らは一様に息を呑んだ。

「あなた方は隠しきれない罪の意識に苛まれている。たとえ頭で忘れようとしても、記憶というものはそう都合よく消えてくれるわけじゃない。罪を犯したという自覚が執拗にあなた方を苦しめ、少しずつ命をすり減らしていくんだ」

男たちはもはや烏合の衆と化し、その表情は戸惑いと困惑が占めていた。彼らの反応は那々木の言葉が見当はずれでないことをこの上なく証明してもいた。

「それを認めようとしないばかりか、最初からなかったことにして平然と生きていられるあなた方は、やはり正常ではないようだ。犯した罪を隠す者。それを容認する者。この村はそうした連中で溢れている。自分たちは選ばれた人間だとか、使命を与えられた者だとか、都合のいい解釈で自己正当化をはかるような愚か者たちを、私は嫌というほど見てきた。そういう連中が最後にはどうなるか、あなた方の貧弱な脳みそで想像出来るだろうか？」

　拝殿内は水を打ったように静まり返り、誰かの息遣いすら聞こえてこなかった。

　異様な静寂を引き裂くように、那々木はひときわ強い口調で告げる。

「――滅ぶのさ。他者を犠牲にして、自分だけが生き残ろうとあがく人間の末路はいつだってそうと決まっている。あなた方も例外ではない。こんな所で油を売っている間に、事態はどんどん悪化しているんだ。自分たちの愚かさを棚に上げ、何も知らない人間を悪と罵り、力と数で支配しようとする。だがそんなことをしても何も解決しない。先送りにし続けた問題はどんなに上手に隠し通そうとしても、必ずほころびが出てくるものさ。そして手遅れになってしまった後でようやく気が付く。嘘や欺瞞、そうしたもので塗り固められた自分たちの世界が滅びの一途を辿っていたことにね」

　村人たちは得体の知れないものでも見るような目を那々木に向けていた。ついさっきまでは確かに存在した敵意や暴力的な威圧感は、もはや微塵も感じられない。

「勝手なことを言ってくれる。だがそんなものはあんたの妄想に過ぎんな。そうまでしてわしらを悪党呼ばわりする根拠はあるのかね？」

　ただ一人、忠宣だけが真っ向から那々木を否定した。好々爺然とした赤ら顔に嘲笑を刻み、余裕に満ちた表情で那々木を見返す。

「本当のことを白状するつもりはないのですか？」

「ふん、そうよのぉ。あんたの言う真実とやらを今ここで明らかに出来るというのなら、わしらも誠意をもってそれに応えよう。嘘はつかんと約束する。もちろん、それがあんたのくだらない小説じみた妄想でないことが条件だが」

ひどく挑発的な申し出だった。那々木はわずかに躊躇い、顔をしかめる。

その時、何の前触れもなく那々木の視線が僕に向いた。気のせいではないかと思えるほど一瞬の隙をついたアイコンタクト。その眼差しにどんな意味が込められているのか。僕がそのことを考え始めた頃には、すでに那々木は忠宣へと向き直っていた。

「もちろん話しましょう。でもそのためにはまず、話しやすい環境づくりをお願いしたいですね」

那々木は左右の腕を摑んでいる男たちへ交互に視線をやった。忠宣が頷くと男たちは不承不承、那々木から手を放す。那々木は左右の手をぶらぶらさせながら立ち上がり、乱れたスーツの上着を整え、ネクタイを直した。

「これで満足かね？　さあ、話してみなされ」

高を括ったような忠宣の声。それに対し那々木は人差し指を立て、

「その前に一つだけよろしいですか」

「まだ何かあるのかね？」

「私の小説は決してくだらなくなどない。読んでもいないくせに、決めつけるような発言は控えていただきたい」

那々木にしては珍しく、怒りを隠そうともしない感情的な口調だった。

「ほほう、それは失礼した。機会があれば読んでみることにしよう」

忠宣はからからと笑いだし、愉快そうな顔をして何度もうなずいた。あくまで挑発的な態度を崩そうとしない忠宣に触発されたのか、村人たちも徐々に緊張を解き、その表情に余裕を見せ始める。

那々木はどこか呆れた様子で嘆息し、それ以上食い下がろうとはしなかった。

「――事の発端は今から十六年前、村はずれのトンネルでいくつかの白骨死体が発見されたことでした」

前置きを省いて、那々木は語り出す。

「三門神社は『神がかりの奇跡』と称し、参拝者の求める死者の魂を呼び寄せて信仰を集めていた。だがその裏では儀式のために生贄の骨を砕き、苦痛に苛まれた魂を悪しき存在へと捧げる邪教でもあった。彼らは用済みとなった生贄を裏の山に運び谷底へ落として処分していた。トンネル奥の洞穴には、儀式のたびにそうした亡骸が積み上げられていったんだ。そんな中、地震の影響でトンネルの壁が剝がれ落ち、いくつもの白骨死体が発見されるという事態が起きた。この時、三門実篤はひた隠しにしてきた悪事が明るみに出てしまうのではないかという恐怖に震え上がったことだろう。だが幸いにも発見された骨はかつてトンネル工事に携わった作業員のものと断定され、詳しい捜査は行われなかった。それでも実篤の心にはしこりが残る。いつの日かトンネル内の調査が再開されたら、今度こそおぞましい犯行のすべてが明かされてしまう。そうなったら信仰も何もあったものではない。そうした事態を避けるため『神がかりの奇跡』の儀式が行われる頻度は徐々に低下していった。しばらくは巫女である三門雫子の体調が思わしくないという理由で取り繕っていたが、皮肉にも実篤の不安は現実のものとなってしまう」

　住民たちの顔色が目に見えて陰っていく。針でつつけば破裂しそうな緊張感が拝殿内を満たし、息苦しさがどんどん増していく。

「あなた方の誰が、どういう経緯で三門神社の真の姿を知ったのか、それは私には想像もつかないことだ。だが三門実篤がひた隠しにしようとした不都合な真実は白日の下にさらされ、あなた方はそのおぞましさに恐れ慄いた。三門一族の邪悪な本性に気づかず、盲目的に村一番の権力者として祀り上げていた自分たちは間違っていた。神だと信じていた存在はしかし、邪な儀式を行う闇の眷属だったのだから」

　憐れむような表情を浮かべ、那々木は村人たちを眺めまわした。

「騙された。そう思ったことでしょう。過酷な真実はあなた方に際限のない怒りを植え付けた。三門一族に対して強い信仰と信頼を持っていたからこそ、裏切られたという気持ちは強かったはずだ。その結果として起きた悲劇こそが三門神社を襲った火災だった。ここまでで何か訂正はありますか？」

　忠宣はきつく結んでいた口元をわななかせて何か言いかけたが、結局は諦めたように深く息をついただけだった。

「今の話、本当なんですか？　あの火事はやっぱり事故じゃなかったの？」

　疑問を投げかけた紗季に対し、那々木は首肯する。

「君たちだってその当時は村にいたんだ。直接の関わりがなくとも、事件前と事件後の大人たちの言動や立ち居振る舞いに不審な点を感じていたはずだ。あの日、この場所で何が起きたのか。だいたいの予想はついているんだろう？」

　そう返されて押し黙る紗季の隣では、芽衣子と宮本が苦虫をかみつぶしたような顔をしていた。

「彼らのためにも、あなたには話す義務がある。そうは思いませんか九条さん」

　忠宣はややしばらく口を閉ざしたままだったが、その横顔をじっと見つめる紗季の視線に耐え兼ね、不承不承ながらに話し出した。

「奴らは人の皮を被った怪物であった。得体の知れぬ奇怪な『像』を神と崇め、奇跡と称して人の骨を折り拷問する悪魔のような一族であった。死者の魂を悪用し、信仰という名の毒をこの村に広めたのだ。村を正常な状態に戻すには奴らを殺す以外に方法はなかった。だからこそ、わしらは火を放ったのだ」

　祖父の口から発せられた真相に、紗季は明らかなショックを受け、愕然としてその目を見開いた。彼女自身、その可能性を疑ってはいたのだろう。しかし頭の中で想像するのと直接言葉として聞くのとでは重みがまるで違ってくる。十二年越しの殺人の告白は紗季のみならず僕たち四人を容赦なく打ちのめした。

「きっかけは夏目の娘――美香が行方不明になったことだ。遊びに出たまま夜になっても戻らない娘を心配して清彦がわしの所へやってきた。若い衆を使って方々探したものの一向に行方は知れんかった。次の日も、そのまた次の日も捜索は続けられたが結局見つからずじまいでな。村の者の話によると失踪(しっそう)したその日、美香がこの三門神社へと続く坂道を登っていく姿が目撃されておった」

芽衣子が唐突に息を呑(の)んで苦しげに瞳(ひとみ)を揺らした。この話題に触れるたび、責任を感じて自分を責めているのかもしれない。

「実篤に話を聞くと、美香の姿は見ていないという答えだった。裏山に迷い込んだのではないかとも言っていた。だが、あの険しい山を子供の足で進むのは簡単ではない。日が暮れる頃にわざわざ一人で山に入るというのも不可解だ。そこでわしは直感した。三門の妻、雫子は長らく精神を病み、神社から外に出ようとしなかった。あの女が、たまたま境内の側を通った美香に何かしらの危害を加えたのではないかとな。そのことを問い詰めると三門は逆上し、『私の妻を疑うのか』と声を荒らげ、わしらを追い返そうとした。だがわしの目は誤魔化せん。あれは何かを隠し立てする人間の目に違いなかった」

そう語る忠宣の表情、声の調子から察するに、当時の彼の行動には多分に私怨(しえん)めいた感情が含まれていたように思える。レジャー施設計画を邪魔され、怒りの冷めやらぬ忠宣は、ここぞとばかり三門実篤に仕返しをしようと考えたのかもしれない。忠宣にとって美香の失踪は、実篤に因縁をつけるための都合のいい口実だったのではないだろうか。

「当時、三門は娘の霧絵に巫女の役目を継がせるための大事な儀式を行うと言い、そのことを理由にわしらを追い出そうとしていた。しきりに本殿を気にする奴の姿を見てわしは確信した。奴らが美香の失踪に絡んでいることは明白だと。引き留める奴を押さえ、強引に本殿をあらためた。そして見たのだ。奴らが行っていた儀式の全貌をな」

嗜虐的な笑みを浮かべ嬉々として語る忠宣の表情からは、三門神社の暗部を暴き、同時に自らの私怨を晴らした達成感のようなものが読み取れた。

「本殿には黒い巫女装束を纏った雫子と霧絵の姿があった。雫子は石造りの円形台座に横たわり、霧絵の手には生々しく血が滴る祭祀用の木槌が握られていた。そして傍らには血まみれとなった生贄の死体が転がっておった。わしらがその異様な光景に言葉を失っていると、雫子は返り血にまみれた顔を上げてわしらを見た。怪物と呼ぶにふさわしい醜悪なあの顔は今でも忘れられん」

その記憶を振り払おうとでもするみたいに、忠宣は何度も頭を振って表情を歪めた。

「その死体というのが美香だったのね」と紗季。

「ああ、顔は判別できなかったが若い女ものの服を着ておった」

「まさか、おじさんはそのことを知っていたの？」

芽衣子の呟きには言外に夏目を責めるような響きがあった。

夏目は何も答えようとせず、ばつの悪い顔をして俯く。

「清彦を責めんでやってくれ。その男は今でも娘が生きているという希望を捨てきれずにいるのだ。大事な一人娘があんな姿に変わり果ててしまったなどと、簡単に受け入れられる親はおらん。その光景を目の当たりにしたわしらでさえ、何かの間違いではないかと思ったほどだ。雫子は怪しげな『像』を霧絵に押し付け、わしらに飛び掛かってきた。雫子と霧絵を取り押さえ、これはどういうことかと三門を問い詰めると、奴は見え透いた言い訳を口にしてわしらを油断させ、妻と子供を逃がすために捨て身で襲い掛かってきおった。どうにも手が付けられず、わしや他の者が危険な目に遭うのを防ぐために、やむを得ず修が三門を始末したのだ」

紗季、芽衣子、そして僕と宮本の眼差しが一斉に修を射貫いた。彼は無関心な眼差しをほんの一瞬よこしただけで、弁解しようという素振りは微塵も見せなかった。

「混乱に乗じて逃げ出した雫子と霧絵をこの拝殿で捕まえたはいいが、再び雫子の抵抗に遭い、もつれ合った拍子に誰かが手にしていた鉈が霧絵の首筋を切りつけた。気づけば辺りは血の海で、霧絵はもはや虫の息だった」

霧絵のことを語る時に限り、忠宣はこれまで見せなかった苦々しい表情をのぞかせた。彼の中に欠片ほど残された良心の呵責がそうさせるのかもしれない。だが、それもほんの一瞬の事で、懺悔の言葉を口にするつもりはないようだった。

「雫子はとうに正気を失っておった。あのようなおぞましい場所に閉じ込められ、半ば飼い殺しにされて生贄を殺し続けていたのだから、おかしくなっても無理はなかろう。

だが、ここが悪しき邪教の寺院であり、奴らが人殺しの一家であることを村の者たちが知ってしまったら、それこそ大勢の罪もない人間が苦しむことになる。それを防ぐために、雫子をこの場所に閉じ込めて火を放ったのだ」

　そうして自らを正当化する忠宣に対し、那々木は真っ向から異を唱えた。

「だが三門霧絵は人を殺したわけではなかった。あなた方が踏み込んだ時点で代替わりの儀式が行われていなかったのだとしたら、生贄を殺害したのは雫子の方だ。あなた方のしたことは裏切られたことへの報復でも正義の行為でもない。ただの人殺しだ。あなた方は三門一族を葬ると同時に、自分たちの人間性をも捨ててしまったようですね」

　強く言い切った直後、那々木の身体が横なぎに吹っ飛んだ。

「黙って聞いてりゃ言いたい放題言いやがって。少し黙っとけ」

　燃え尽きた拝殿の残骸を蹴散らしながら倒れ込んだ那々木を見下ろし、九条修は忌々しげに舌打ちした。激情に任せて殴りかかった修に対し、忠宣はたしなめるような目を向けたが、あえて何か言ったりはしなかった。

「さて、昔話は以上だ。那々木さんや、あんた自分で言うだけあってそれなりに優秀な作家のようだ。わしもつい乗せられて色々と喋ってしまったよ」

　かかか、と愉快そうに笑う忠宣。それに同調した住民たちも余裕を取り戻し、一緒になって嘲笑を浮かべている。それから互いに視線をかわし、じりじりと僕たちに迫って来た。彼らの手の中で金属バットや刃のついた農耕具がぎらりと光る。それらが自分に向けられる場面を想像し、僕は人知れず震え上がった。

「お祖父ちゃん、何するつもりなの？」

紗季がおずおずと問いかける。

「安心せい。孫娘を手にかけるほどわしも鬼ではない。のう修？」

「ふん、出来の悪い娘がどうなろうが知ったことか」

冷たく吐き捨てた修を、紗季が鋭く睨みつけた。そんな親子のやり取りを見て、忠宣はまたしても愉快そうに肩を揺らした。

「修よ、まあそう言うでない。考えてみればこの子も早くに母親を亡くし、寂しい想いをしたのだろう。東京であんなことさえ無ければ、今頃は大事な跡取りも一緒に帰って来られたろうに」

忠宣の表情に悲愴的な影が差す。その言葉の意味するところは僕にはわからなかった。

「だがここまで知られた以上、他の者は生かしてはおけんな。遺体は裏山の谷に――」

忠宣が言い終えるのを待たず、僕のすぐ隣で獣の咆哮じみた叫び声が上がった。

「ふざけるなよクソジジイ！　霧絵まで殺す必要はなかっただろうが！」

今にも飛び掛からん勢いで宮本は立ち上がろうとするが、左右から彼を押さえつける男たちがそれを許さなかった。忠宣は少々、虚を衝かれた様子だったが、宮本が身動きできないのを確認すると、すぐに不遜な笑みを浮かべて鼻を鳴らす。

「宮本のせがれよ、もっと冷静になって考えてみい。奴らは邪悪な儀式によって大勢を殺した人殺しの一家だ。放っておけば霧絵もいずれ人殺しとなったに違いない。その危険な芽を先んじて摘むことの何がいけないというのだ？」

ぎりり、と歯嚙みする音がした。忠宣の言葉は宮本の怒りを鎮めるどころか、更なる憎しみを誘発するばかりだった。

言うまでもないが、その気持ちは僕も同じだ。彼らは霧絵を傷つけ、目の前で家族を殺すという暴挙を平然と行い、挙句の果てに火事に見せかけて自分たちの行為を隠蔽した。到底許せることではない。

「言っておくが、霧絵のことはわしとて本意ではなかった。その証拠に、すぐに運び出して手当てするよう指示したのだ。そうだろう清彦よ」

忠宣と、次いで僕たちの視線が再び夏目へと注がれる。彼は額に浮いた汗をしきりに拭いながら、おずおずと頷いた。

「だが結局間に合わなんだ。大量に出血していたのがまずかったようでな。霧絵の亡骸はあの気味の悪い『像』と一緒に、清彦が谷底に始末した」

忠宣は眉根を寄せ沈痛な面持ちを形作った。さも無念そうに語る姿に僕は更なる怒りをたぎらせる。

「村長、もうこの辺にしてあげてもらえませんか？」

だんまりを決め込んでいた夏目が意を決したように口を開いた。

「黙っておれ清彦。この期に及んでまだこやつらに肩入れするつもりか？　死んだ娘の姿を重ねたところで、それはまやかしにすぎんのだぞ」

「もうやめにしましょう。私たちは取り返しのつかない罪を犯しました。これ以上、隠し立ては出来ませんよ」

なおも食い下がる夏目を、忠宣は忌々しげに睨みつけた。

「今さらそんなことを言って何になる。事実を明らかにしたところで、得をする者などおらんのだぞ」

「そうですよ。遅かったんです。何もかも遅すぎたんですよ！」

夏目が声を荒らげた。予想外の剣幕に忠宣はたじろぎ、周囲の連中も訝しげに夏目を窺っている。

「自首しましょう。私たちみんなで十二年前の罪を償うんです」

「馬鹿をいうな。三門が死んだのは自業自得だ。奴らは大勢の罪もない人間を殺した。信仰と称してわしらを騙しておったのだぞ」

「同じことを私たちはしたんですよ。わかるでしょう？　あの子から――霧絵ちゃんから家族を奪ってしまった。私たちはいま、その代償を支払わされているんです」

強い意志を感じさせる夏目の言葉は住民たちを動揺させ、彼らの凶暴性を抑え込もうとしていた。この村を襲う怪異の発端が自らの行動にあることをもう一度思い出させ、度し難い罪を背負っている事実を認めさせようとしているのだ。

「それに、あの子は――」

何か言いかけた夏目の声が不意に途切れた。突如として襲いかかった衝撃に言葉を失い、夏目は血走った眼を見開いて腹部を見下ろす。彼のみぞおちの辺りから鋭い刃の先端が突き出し、白いポロシャツにじわじわと赤い染みが広がっていった。

「ふざけたことを言うんじゃねえぞ夏目ぇ」

ドスのきいた低い声で吐き捨て、修は手にした狩猟用の鉈を更に深く突き刺した。

「修さん……あぐぅっ……！」

「自首するだと？　そんなもん、お前ひとりでやってろ」

鉈が勢いよく引き抜かれ、大量の血が噴き出した。夏目は小刻みに呻きながら傷口を両手で押さえ、その場に膝をつく。村人たちは騒然としたが、修が無言で睨みをきかせるとすぐに静かになった。

「まどろっこしいことはもう終いだ。そうだろ親父」

修が呼びかけると、しばし驚愕に目を剥いていた忠宣は何度か咳払いを繰り返し、表情を取り繕って「うむ」と頷いた。

「どうして夏目さんを……」

理解できないとばかりに呟く紗季を振り返り、修は鼻を鳴らした。

「どうしてもこうしてもあるか。この小心者に余計なこと喋られたら、村の全員が迷惑するだろうが。何が罪を償うだ。笑わせせんじゃねえ」

背中を足蹴にされ、床に突っ伏した夏目が苦痛からその身をよじらせた。

「てめえの娘が殺されたってのに、その相手に同情するなんて冗談にもなりゃしねえ」

言いながら、修は夏目の背中を執拗に踏みつけた。

「どうしても詫びたいってんなら、あの世でやれ。なあ夏目？」

夏目はもはや抵抗する力も残されていない様子で浅い呼吸を繰り返す。何事か訴えようとして口を開閉させていたが、やがてがっくりと力尽きてしまった。

「ひどい……なんでこんなこと……」

無意識に呟いて、僕は下唇を噛みしめた。握りしめた拳がひどく震えている。それが怒りからなのか、それとも恐怖からくる震えなのかはわからなかった。

「あぁ？　何か文句でもあるのか。井邑んとこの坊主よぉ」

振り返った修の顔には、人をいたぶり傷つけるのが楽しくて仕方がないとでも言いたげな、吐き気を催すほどの悪意がありありと浮かんでいた。

「親父に教わらなかったのか？　この村でよそ者が粋がっても、ろくなことがないってよ。居場所をなくして逃げていった負け犬が戻ってきたりするからこんな目に遭うんだ」

修は『負け犬』の部分を強調し、僕の鼻先に鉈を突きつけた。刃に残る夏目の血が糸を引いて滴り、生々しく怖気を誘う。

夏目を襲ったその凶刃が自分に突き立てられる様を想像するだけで、両足の震えが止まらなかった。

「ふん、意気地のないところは親父にそっくりじゃねえか」

修が目配せをすると、住民たちは手にした武器を握り直して僕たちに近づいてきた。紗季と引き離された芽衣子は金切り声を上げて泣きわめき、那々木は未だ殴られたダメージから立ち直れていないようだった。僕と宮本は二人がかりで押さえつけられ、抵抗するすべを持っていない。

万事休すである。怪異ではなく、よく知る村の人々によって命の危険にさらされるなんて想像もしていなかった。どうにかして切り抜ける方法はないかと必死に知恵を絞ろうとするが、まともな思考などとうに失っている。

――もうだめだ。殺される！

そう心の中で叫んだ時だった。

「うわっ！　な、なんだありゃあ！」

一触即発の空気を引き裂くようにして、村人の一人が声を上げた。その視線の先、三門神社の境内には、夕刻にもかかわらず深い闇が降りている。少し前までは陽が差していたはずなのに、気づけば黒い霧に覆われたような暗闇が辺りに充満しているのだった。

その闇の中に、うっすらと浮かび上がる青白い人影。

「おい、あっちにも！」

「こっちもだ。大勢いるぞ！」

立て続けに悲鳴じみた声が上がった。気が付けば拝殿をぐるりと取り囲むようにして多数の亡者が姿を現し、暗く湿った眼差しを僕たちに向けていた。

「……ねえ、何か変よ。今までと様子が違うわ」

紗季の言う通りだった。これまで僕たちの前にたびたび現れ、村を徘徊していた亡者たちは一様に薄汚れた作業着を着ていたが、今目にしている連中は違っていた。古びたシャツや綿パン、着物姿。そしてジーンズやスーツなど、作業員とは思えぬ格好をしており、年齢も性別もまちまちだった。

「彼らは村にやってきたのとは別の亡者たちだ。儀式の生贄になった人々の魂が、最後に訪れたこの場所に戻ってきてしまったんだろう」

殴られた頬を押さえながら、ようやく立ち上がった那々木が境内を見渡して言った。

「悪しき呪法の生贄に捧げられた犠牲者たち。死後もその魂は肉体と共に仄暗い洞穴の奥底に放置され、救いを得られぬまま苦しみ続けている。冥界から這い出した今もなお、彼らはこの場所に囚われ続けているんだ」

口内の血をぺっと吐き出した那々木は、神経質にスーツの汚れを払い落とし、ネクタイを直して境内に散在する亡者たちを改めて観察した。

そして那々木がある一点に視線を定めるのと同じタイミングで、りぃん、と聞き覚えのある鐘の音が虚ろに響いた。

塗りつぶされた闇の一部が歪に蠢く。

「さあ来たぞ。罪にまみれた生者の命を刈り取る死神が」

黒く澱んだ瘴気を纏う黒衣の巫女が鳥居の下に佇んでいた。

4

りぃん……。

黒衣の巫女は手にした鐘を鳴らし、一歩ずつ確かめるような速度で歩き出す。それを合図に、呆けたように佇んでいた多くの亡者たちが一斉に叫び出した。口を大きく開け、虚ろな目を見開いて、くぐもった悲鳴をでたらめにまき散らす。この世の終わりが訪れたかのような凄絶な嘆きが幾重にも重なり、耳をつんざくほどの大合唱となった。

儀式の生贄となり、苦痛と絶望の果てに命を奪われた哀れな魂が絞り出す絶叫に彩られ、黒衣の巫女が纏う闇はより一層深さを増していく。

僕と宮本を押さえつけていた男たちはその手を放し、迫り来る異形の巫女から少しでも距離を空けようと後ずさった。ついさっきまでその顔に殺意をみなぎらせ、僕たちを取り囲んでいた連中が、今は揃いも揃って捕食者に狙われる小動物のように怯え切っている。こんな状況でもなければその滑稽さを笑ってやりたいところだが、僕自身、そんな余裕は持ち合わせていなかった。

五感のすべて——いや、それ以上の言い表せないような感覚が全力で危険を告げていた。思考ではなく本能が今すぐここから逃げろと訴えかけているのだ。

「霧絵……」

不意に飛び出した芽衣子の呟きが、僕をはっとさせた。

「やっぱり霧絵なのね。家族を殺されたことが許せなくて、村のみんなに復讐を……」

「いや、あれは三門霧絵ではない。よく見てみるんだ。生贄となって殺された亡者たちの恐れようを」

割り込むように言いながら、那々木はひたすら叫び続ける亡者たちを指差した。

「彼らが抱く恐怖の根源は、黒衣の巫女による凄絶な責め苦を受けた記憶だ。絶え間ない苦痛に苛まれて死んでいった彼らにとって、あの巫女はまさしく地獄の悪鬼よりも恐ろしい畏怖の対象なんだ」

「だから、霧絵がその黒衣の巫女なんでしょ？」と紗季。

那々木は首を横に振ってきっぱりと否定する。

「何度も言うようだが違うんだよ。そこが君たちが勘違いしている大きな点なのさ。そのせいでこの怪異の本質を正面から受け止めることが出来ていない。根本的にずれているんだよ。あの巫女が何故、生者を殺すために舞い戻ったのか。単純な復讐以外に、どんな動機を持っているのか。その部分にまで考えが至っていない」

「あれはどう見たって霧絵じゃない。今更、見間違いだとでも言うつもりですか？」

ほとんど叫ぶように抗議する紗季をよそに、那々木は黒衣の巫女へと視線を定めた。

「よく思い出してみるといい。確かに三門霧絵は巫女の役目を受け継ぐため、代替わりの儀式に臨んでいた。だが九条さんたちが儀式の場に立ち入った時、霧絵は祭祀用の木槌を手に、石台に横たわる雫子を見下ろしていた。つまりこの時点で代替わりの儀式は未遂だったんだ」

「那々木さんや、わしにはわからんな。代替わりの儀式が未遂だと断定できる根拠は何だ？　その現場を見てもいないあんたが何故そう言い切れる？」

忠宣の率直な質問を、那々木は鼻を鳴らして一蹴した。

「簡単なことです。三門雫子が生きていたからですよ。巫女の役目を長く続けると、やがて心身ともに限界を迎えてしまう。だから代替わりをして新たな巫女に役目を受け継がせるんだ。しかしここで一つの疑問が持ち上がる。娘に役目を引き継いだ後、雫子はどうなるのか。役目から解放されたとしても、長い時間をかけて心と体に深く刻まれた『穢れ』まで取り払うことは不可能だ。ならば残る手段は一つ。役目と共に『穢れ』を後任に委ねてしまえばいい」

そこまで説明されて、僕はようやく那々木が何を言わんとしているかが理解できた。

「まさか……」

呟いた僕を一瞥し、那々木は我が意を得たりとばかりに肯いた。

「代替わりの儀式とはすなわち、新たな巫女が前任者を生贄と同じ手段でもって殺害すること。これまでに殺害してきた生贄と同じ苦痛を巫女に与え、その魂を供物として御神体に捧げる。そうすることで巫女は役目を終えることができるんだ。一見すると子が親を殺すというおぞましい構図だが、言い換えれば長年の苦しみから解放するという事でもある。雫子が霧絵の育児に携わらず、全て乳母に任せていたのも、母子の間に精神的な繋がりを持たせない目的があった。いざという時、母親を殺すことをためらわぬように」

「ひどい……そんなのあんまりだわ……」

　芽衣子が呻(うめ)くような声で言った。それまで平静を保っていた忠宣ですらも、戸惑いを隠しきれず表情を強張(こわば)らせていた。

「三門霧絵が生贄を殺害した事実はなかった。そのことを前提にして考えてみれば、亡者たちが霧絵に対して恐怖を抱くというのは筋が通らない。彼らが本当に恐れるべき相手は霧絵ではないのだからな」

　ではあそこにいる黒衣の巫女は何者なのか。そんな疑問を表情に浮かべ、村人たちは一様に固唾(かたず)を呑(の)み、続く那々木の言葉を待ち受けていた。

「手掛かりはずっと前から提示されていた。今頃になってその事に気が付くなんて、我ながら情けない限りだよ。九条さんの話を聞いて、そのことに気が付くことができた。黒衣の巫女が何を求めてやってきたのか。その謎がようやく解けたんだ」

　依然として僕らを取り巻く危機的状況に変化はない。いや、むしろ悪化の一途を辿(たど)っている。にもかかわらず、那々木はまるで頓着(とんちゃく)する様子がなかった。黒衣の巫女が何者で、村の人々に復讐する以外に何を目的として戻ってきたのか。その答えに辿り着けたことが嬉しくて仕方がないのだろう。

「教えてよ。あれはいったい誰なの？」

紗季がすがるような声で訊いた。その間にも着実に歩みを進めている黒衣の巫女は、すでに境内の中央にまでやって来ていた。村人たちの持つ松明の明かりによって、暗闇に覆い隠されていた素顔が徐々に明らかになっていく。

「——黒衣の巫女は、三門雫子だ」

そう告げる那々木の声に反応したかのように、黒衣の巫女——三門雫子の怨霊はゆらりと首を傾けて顔を上げた。白い肌のあちこちには火ぶくれして引き攣れたような火傷の痕があり、二つの眼は血を塗り込めたように赤かった。そこから絶えず血涙を流しながら、雫子は恨めしそうに僕たちを睨み据えていた。

こうして見ればはっきり別人だとわかる。しかし霧絵の面影を感じさせる顔つきに同じ髪型、同じ服装、よく似たシルエットとくれば、みんなが霧絵だと思い込んでしまうのも無理はない。僕たちが生前の雫子と一度も顔を合わせていないことも要因の一つだろう。二人がよく似ていることを知っていれば、もっと早く母親の怨霊だということに気が付いていたかもしれない。

呆気にとられる僕たちをよそに、三門雫子の口元からは絶えず不気味な微笑がこぼれ、合間に何事か囁く声がした。

……え……え……くふ……くふふふ……

その声に触発され、殺された友人たちの亡骸が脳裏をよぎる。それらが耐えがたい苦痛となって襲い掛かり、僕は頭を抱えて逃げ出したくなった。

「ど、どうするんだよ村長……！」

村人の一人がおずおずと尋ねた。それを皮切りに彼らの間で次々と嘆きの声が上がる。

「早く逃げないと殺されちまうよ」

「でも、どうやって逃げるんだ。あちこち幽霊だらけだぞ」

「だからってここでじっとしてたら袋の鼠じゃねえか」

忠宣は「むぅ」と低く唸ったきり、返答に窮して押し黙った。

彼自身、黒衣の巫女を前にしてどう対処すべきかなど見当もつかないのだろう。

「九条さん、このまま手を打たなければここにいる全員が皆殺しです。邪魔な我々を排除するという意味ではそれも悪くないかもしれませんが、自分たちも生き残れないのでは、本末転倒ではありませんか？」

「ぐ……だったら、どうしろというんじゃ」

「私に考えがあります。うまくいけば、全滅は免れるかもしれませんよ」

「ほ、本当か……あの化け物を退治する方法があるというのか？」

忠宣を筆頭に、村人たちが揃って那々木に注目する。

彼の一言で、場の空気が一変した。那々木のペースに乗せられていることに、誰一人として気づいていないのか、命が助かるなら何でもいいという投げやりな気持ちからなのか、どちらにせよ、那々木は再び主導権を握ることに成功したのだった。

「退治するですって？」

那々木はわざとらしい口調で繰り返し、それが心底馬鹿馬鹿しいとでも言いたげに肩を揺らした。

「そんなことは不可能ですよ。悪霊退治は私の専門じゃないし、半端な霊媒師を呼び寄せたところで、あれほど増大した悪意の塊が相手では返り討ちに遭うのが関の山だ。そもそも我々は愚かで貧弱な人間風情でしかないのです。どんなに背伸びしても、絶対的な恐怖を司る怪異になど敵うはずがない。そこのところをしっかりと理解しておくべきだ。たとえ幽霊が見えても、対話することができても、そんなものは怪異からしてみれば子供だましの茶番に過ぎない。人間の力では絶対に怪異には抗えないのです。ましてや力ずくで消滅させるなど絶対に不可能だ」

これまで幾度となく怪異に遭遇し、その存在を目の当たりにして来た那々木だからこその説得力を感じさせる台詞だった。しかし感心してばかりもいられない。彼の言うことが事実なら、僕たちには三門雫子に対抗する手段がないのだ。それはつまり、この状況を打破する方法がないということでもある。

「おい、お前！」

敵意と不快感をあらわにして、修が荒々しく那々木に摑みかかった。

「御託はたくさんだ。さっさとあの女を退治しろって言ってるだろうが。あぁ？」

「だから不可能だと言っている。人の話を聞いていなかったのか？　とにかくその汚い手を放せ。気安く私に触るな！」

「黙れこのもやし野郎。どうにもできないってんなら、お前はもう用済みだ。ここで俺に殺されても文句は言えねえよな？」

誰がもやし野郎だ、と抗議する那々木をよそに、修は夏目の血がこびりついた鉈を突きつけ、脂まみれの顔に凶暴な笑みを刻んだ。

「力ずくで消滅させることはできないと言ったんだ。我々が生き残る方法はまだ残されている。とにかく最後まで話を聞くんだ。今はこんなことをしている場合じゃ――」

「テメエの話は回りくどいんだよぉ！」

怒りに呑まれ冷静な判断ができなくなってしまったのか、あるいは夏目を刺し殺した時の興奮が冷めやらぬのか。那々木の言葉に耳を貸そうともせず、修は喚き散らしながら鉈を大きく振り上げた。

一秒、二秒ほどの間をおいて、乾いた金属音と共に鉈が床を転がった。次いで、自らを襲った異変に気付いた修がぎゃっと声を上げる。

「なんだこれ、おい、なんなんだよこれはぁあ！」

彼の右手、親指を除く四本の指があらぬ方向を向いて折れ曲がっていた。更にその直後、喉を引き絞るような絶叫を上げながら修は後方へ倒れ込む。彼の膝と足首との間にはもう一つ関節が形成されていた。

周囲の村人たちはその異様な光景に言葉もなく慄いていたが、拝殿に達しようかという三門雫子の姿を再び認めるや否や、壁に張り付くようにして後ずさった。

ついに三門雫子が僕たちを殺意の射程に捉えた。立て続けに身体のあちこちを軋ませ、修の肉体はあらぬ方向へとねじ曲がっていく。骨が折れ、砕け、すりつぶされるようなゴリゴリという音が容赦なく響き、彼はその苦しみに耐えかねて慟哭した。

拝殿に侵入してきた雫子が修の傍らに立った。痛みにのたうち回り、全身から噴き出す鮮血にまみれ、もはや取り返しのつかない状態にまで破壊され尽くした身体を小刻みに痙攣させながら、それでもなお助けを求め、修はしきりに何事か叫び続けていた。

耳を塞ぎたくなるようなその声はしかし、雫子に聞き入れられることはなかった。無情にも振り下ろされた木槌が容赦なく修の頭部を叩き潰し、一撃のもとに粉砕したのだ。脳漿のはじけ飛ぶ湿った音。あちこちに飛び散る大小さまざまな肉片。信じられない量の血液が破壊された頭部から溢れ出し、拝殿の床をどす黒く染めた。

紗季の悲鳴と芽衣子の嘆き、そして住民たちの慄きが一つの波となって押し寄せる。最前線で雫子の凶行を目の当たりにした那々木の表情も、この時ばかりは凍り付いていた。

雫子はだらりと弛緩した手に血濡れの木槌をぶら下げ、ゆっくりと顔を上げる。

……え……え……え……くふ……くふふふははは……

地の底を這いつくばるような忍び笑いは、やがて哄笑へと取って代わった。境内から断続的に響いてくる亡者たちの嘆きと重なり、さながら生者をあの世へと誘う悪魔の嬌声のようであった。

村人たちは一斉に駆け出した。武器を投げ出し、我先にと拝殿の入口に殺到しては黒い闇の中へと転がり出ていく。ところが、先頭を走っていた数人がいくらも進まぬうちに転倒し、後に続く者が将棋倒しになった。運よく回避できた者もいるにはいたが、それでも半数以上が身動きの取れない状態で地面の上をのたうち回る。

鐘の音を響かせながら、雫子がゆっくりと彼らに振り返り歩き出した。彼女の接近と共に一人の村人の身体が鈍い音を立てて折れ曲がり、二度と立ち上がれないほどに破壊されてしまう。

「おい、しっかりしろぉ！」

首がほぼ直角に曲がり、腰から下が真逆に回転したその村人を助け起こそうとする仲間の眼前で雫子が木槌を振り下ろす。目の前で見知った人間の頭部がぐちゃりと潰れる様を目の当たりにし、仲間が悲痛な叫びをあげる。

その悲鳴も長くは続かない。雫子は続けざまに木槌を横なぎに仲間の頭部を殴りつけ、一撃のもとに沈黙させた。それから、地面に倒れ込んでいる別の村人へ狙いを定め、静かに歩み寄り、木槌を振り下ろす。

一人殺しては次へ。それが終わればまた次へ、といった具合に雫子は逃げ遅れた村人たちの命を摘み取っていく。中には奇声を発して雫子に摑みかかろうとする者もいたが、彼女に触れようとした瞬間、目には見えぬ凶暴な力によって両腕から血が噴き出し、骨という骨が弾け飛んだ。瞬きするほどの一瞬で両腕の肘から先を失ったその人物は、何が起きたのか理解するより先に、頭部をかち割られ絶命した。

凄まじい怒りと憎しみにまみれた禍々しい瘴気を迸らせ、雫子は視界に入る人間を片っ端から蹂躙した。身体の自由を奪われ、逃げることすら叶わず一方的に殺される村人たちの慟哭。それはまさしく殺戮と呼ぶにふさわしい光景だった。

わずか数分の間に、八人もの村人が殺された。彼らの血で石畳はどす黒く染め上げられ、爛れた闇の中で汚らわしく濡れ光っていた。

「なに……なによこれぇ……」

うわ言のように呟き、その場に座り込んだ紗季は恐怖に怯えた表情で、ぼろぼろと大粒の涙を流していた。芽衣子は頭を抱え込んでうずくまり、何もかもを拒絶するかのように身体を震わせていた。ひとり逃げ遅れた忠宣は壁際に座り込み、呆けたように表情を失っている。

「だめだ……もう、おわりだ……」

宮本の嘆きを否定する気力すらも僕には残されていなかった。なぜこんなことになってしまったんだろう。何がいけなかったのだろう。心の中で問いかけたところで、もはや思考すら働かない。

雫子がゆらりと振り返った。圧倒的な絶望感に打ちひしがれながら、再び拝殿へ迫り来るその姿を為す術もなく凝視していた時、

「……くくっ……くはははっ」

だしぬけに場違いな笑い声がした。

「――そろそろ、やめにしてくれないか」

那々木は軽く髪をかき上げ、慣れた手つきでネクタイを直す。その顔には、ひどく疲れ切ったような乾いた笑みを浮かべていた。状況を理解していないかのような能天気な振る舞いに、僕はたまらず語気を強めた。

「こんな時に何を笑っているんですか。やめるって何のことです」

「これ以上知らない振りを続けて、小芝居に付き合うのはごめんだと言ってるんだよ」

那々木は気だるげに嘆息し、呆れた様子で僕を見た。

「井邑くん、君だってもう気付くべきだ。一体いつまで下手な演技に踊らされて、本質から目を背けるつもりなんだ？」

「意味が分かりません。演技って何ですか。本質って、どういう意味です？」

矢継ぎ早に質問する僕を軽く手を上げて制止し、那々木は視線を横に逸らす。

「宮本一樹。君がこの現象を引き起こした張本人なんだろう。下手な芝居はやめにして、本性を現したらどうなんだ？」

全員の視線が宮本へと集中する。

「な、何言ってるんですか。俺がなんですって？」

当の本人が一番驚いたようなリアクションで顔を引きつらせ、話にならないとでも言いたげに首を横に振った。

「勘弁してくださいよ那々木さん。そんな冗談言ってる場合じゃないでしょう。早くどうにかしないと、俺たちみんな殺されちゃうんですよ」

危機感を持った口調で、宮本が雫子を指し示した。

その雫子はというと、拝殿の入口付近に佇み、赤く燃えるような眼でもって僕たちを睥睨していた。今この瞬間にも、誰かの身体に異変が起きてもおかしくない状況だ。しかしながら那々木は表情一つ変えず、あくまで冷静かつ無感情な視線を宮本へと注いでいた。

「それも君の書いたシナリオだ。徒に我々の恐怖をあおり、一緒に怯えているふりをしてその反応を楽しんでいるんだろう？　だが声を大にして言っておく。私は他人を観察するのは好きでも、自分が観察されるのは大嫌いなんだよ。まったくもって不愉快だ」

ひどく身勝手な言い分ではあるが、どれだけ不快に感じているかは伝わってくる。

「めちゃくちゃなこと言わないでくださいよ。第一、俺はずっとみんなと一緒にいたじゃないですか。何かおかしなことをしていたら、すぐに誰かに見つかったはずだ」

そうだろ、と同意を求めてくる宮本の声が徐々に熱を帯びる。

「何もする必要などないんだよ。君はただ三門雫子を呼び出し、彼女が村の人間を殺害するさまを見届けるだけでよかった。この村が半ば異界と化している状況では、雫子が刈り取った苦痛や魂は放っておいても『御神体』へと注がれるのだろうからね」

「まるで見てきたような物言いですね。証拠はあるんですか？」

「もちろんだ。何なら今ここで説明してみせようか。そのうえでまだ、しらを切るというのなら好きにすればいい」

そう返されるのは予想外だったらしく、宮本はうっと言葉を詰まらせてたじろいだ。眼鏡の奥の瞳はあからさまに動揺し、困惑の色を強めている。

「まず、我々が最初に黒衣の巫女と遭遇した時、異様な光景に怯えて逃げ出そうとした篠塚くんに対して君は『動くな』と言った。不審な人物に対して動くなと命令するのは理解できるが、危険を察知して逃げ出そうとする友人を引き留めるのは不自然だ。暗がりに死体があり、そばに殺人者らしき人物が凶器を手に立っていたら、一目散に逃げ出すのが最善の選択だろう。それなのにどうして君は『動くな』と言ったのか。君はあの場に危険がないことを知っていたんだよ。我々の目に無残な死体と黒衣の巫女の姿をしっかりと焼きつけ、あれが三門霧絵の怨念ではないかという疑惑を抱かせるためには、曖昧なままで逃げ出されては困る。だから君は皆を引き留めたんだろう？」

質問しておきながら、答えを待とうともせずに那々木は喋り続ける。

「次に善亀刑事に事情聴取されていた時、三門霧絵がどこにいるのかと訊かれた君は『この村にはいない』と答えた。普通、死んでしまった人間の話をする時は『もうこの世にいない』と表現するはずなのに、なぜそんな言い回しをしたのか。それは君がもう一度彼女に会えると信じているからだ。たとえ生きた人間としてではなくとも、この現象を通して三門霧絵の魂が戻ってくると信じているからこそ、あんな言い回しをしたんだ。事件を起こした張本人以外に、確信をもってそんなことを言える人間はいないだろう」

そこまで告げてから、那々木は言葉を切って宮本の反応を窺った。

「どうだ、まだ続けるか？」

そう尋ねる那々木の顔には、底意地の悪い笑みが張りついていた。

僕たちが気づきもしない細かな部分から宮本の言動の矛盾を突いたことで、彼を逃げ場のない窮地へと追い込んだのは事実だった。その証拠に、宮本の顔には隠しようのない動揺の影がまとわりつき、額には大粒の汗が浮いている。圧倒されたのは宮本だけではないらしく、紗季や芽衣子からも彼を庇護する声は上がらなかった。

「――あーあ、つまんねえ。最後の一人になるまで高みの見物決め込もうと思ってたのに、これじゃあ台無しだ」

宮本は深い溜息と共に肩を落とし、ひどく落胆した様子で頭をかきむしった。

「……宮本？」

紗季が弱々しく呼びかける。あたかも、そこにいるのが本当に僕たちの知る宮本であるのかを確かめるような、ひどく自信なげな声だった。

宮本は拝殿の一角にある残骸の山に歩み寄り、屈みこんで何かを摑み出した。

「ほら、これだろ。あんたが見たかったのは」

彼が手にしていたのは見慣れぬ石の塊だった。ソフトボールくらいか、それより一回り大きなサイズでやや縦長。四角い土台の上に、なにやら得体の知れない生物をかたどったものが鎮座しているように見える。どういう原理からか、青みがかった淡い紫色の光が薄ぼんやりと全体を覆い、弱々しくも確かな輝きを放っていた。およそ人工のものとは思えぬ奇妙な光を放つその石――いや、石像を掲げ、宮本は不敵な笑みを浮かべる。

「それが三門神社の御神体か。まさかそんな所にあったとは」

拍子抜けしたような顔をして、那々木が小さく息をつく。

「ずっとここにあったわけじゃない。あんたと陽介が皆方神社を調べてる間にここに仕込んでおいたんだ。それまでは肌身離さず持ってたさ。何しろこいつがあれば、死者どもは俺の思い通りに動いてくれる。俺が出て来いと念じれば亡者どもはやってくるし、雫子は殺したい奴を標的にしてくれる。俺がやめろと念じれば殺さないし、当然、俺を殺そうともしない。すごいだろ？　まるで幽霊を意のままに操るリモコン装置だ」

何がおかしいのか、宮本はけらけらと笑い出す。いまだ困惑から抜け出せない僕たちにどこか呆れたような表情を向け、彼は芝居がかった仕草で肩をすくめた。

「お前ら、そんな顔するなって。那々木さんの言う通り、これまでのことは全部俺の仕業だ。これ以上の説明が必要か？」

「何もかも知ってたのか？　十二年前の事も、三門一族がしてきたことも」

問いかけると、宮本はさも当然とばかりに首を縦に振った。

「ああ、知ってたよ。本当は最後の最後で俺が全部説明してやろうと思ってたんだけどさ、那々木さんが思った以上に優秀だったせいで先を越されちまった」

わざとらしくこめかみの辺りをぽりぽりやってから、宮本は那々木を指差した。

「あんたすごいよ。いや本当に。何から何まで言い当てちゃうんだからな。なんかこう、ドラマとかでよくある名探偵って感じだよ。あんたの本は読んだことないけど、きっと面白いもん書くんだろうな」

「それは光栄だ。ぜひ読んでみてくれ」

「ははっ、機会があったらそうするよ」

皮肉めいた口調で返し、宮本は僕たち三人に向き直った。

「でも、お前らは気づいてなかったみたいだな。まあ無理もないさ。正直、俺だってこんなことになるとは夢にも思ってなかったわけだし」

「何があったんだよ宮本。どうしてお前がこんなこと……？」

そう問いかけると、宮本はわずかに逡巡し、物憂げな表情をちらつかせた。

「きっかけは親父だよ。半年前、身体を壊した親父は俺に帰って来いって連絡してきた。ちょうど都会の生活にも飽き飽きしてたから、村に戻るのも悪くないかなと思ったんだ。親父は見違えるほど衰えてて、母さんの助けがなきゃ小便もできない有様だった。身体の半分が麻痺しちまって、まともに喋ることすらできなくなっててさ。昔は威張り散らしていたくせに、帰ってきた俺を見ておろおろと涙を流すんだよ。帰って来てくれてありがとう、なんて言ってな。元気な頃は俺の顔を見れば怒鳴り散らして、家業を継がない親不孝者だのなんだのって散々コケにしてたくせによ」

一旦、言葉を切り、宮本は顔を上げてけたけたと笑って見せた。

「くだらないだろ？　驕れる者は久しからずって言葉は親父のためにあると思ったよ。会社の連中も口うるさい人間がいなくなってせいせいしてたみたいだしな」

宮本の笑顔が徐々に陰りを帯びていく。卑屈で陰気なその表情からは、父親に対する根の深い憎しみのようなものがひしひしと感じられた。

「寝て起きて飯を食わせてもらって下の世話をしてもらってまた寝る。そんな生活をしている親父を、俺は毎日楽しみに眺めて過ごしたよ。けどそのうち、親父も自分が厄介者だってことに気が付き始めておふくろに当たりだした。仮にも三十年以上連れ添った夫婦だし、おふくろも邪険にできない。けど明らかに疲れ切ってるのが目に見えてた。だから殺すことにしたんだ。部屋に忍び込んで枕で顔を覆ってやったら、親父の奴じたばたするだけでろくに抵抗もできないんだよ。あん時は笑いが止まらなかったな」

くくく、と忍び笑いを押し殺し、宮本は晴ればれとした表情を浮かべていた。そこには罪の意識など微塵もなく、無垢で無邪気ともいえる悪意だけが存在していた。

「でもその時、親父は死に物狂いで暴れながらこう言った。『やっぱりお前は呪われた子だ』ってな。最初は訳が分からなかった。どういう意味かって問い質したら、親父は全部白状したよ。俺が本当は親父の子供じゃなくて、おふくろがよその男との間に作った子供だってこと。そして、その男ってのが――」

「――三門実篤か」

那々木が横から口を挟んだ。宮本は改めて感心した様子で、

「なんでもお見通しか？　あんた、ホントに何者だよ？」

冗談めかして言ってから話を続けた。

「つまりはそういうこと。親父は俺を『呪われた一族の子供』だとか『お前も死ねばよかった』だとか、本来の調子を取り戻したみたいに口汚く罵った。その勢いで十二年前に村の連中が何をしたのかもぶちまけたんだ。神社を焼き討ちした連中の中には親父も含まれてた。あの時、大半の人間は村長の言うがままに、そして信じていた三門実篤に裏切られた腹いせに火をつけたんだろうが、親父だけは別だった。妻を寝取られたことに対する個人的な報復だったんだ。情けないと思わないか？　自分の奥さんを寝取られて、その相手が村の権力者だから文句も言えない。そのくせ、いざ相手の立場が悪くなったら平気で命まで奪おうとする。それまではさんざん三門にへいこらして、敬虔な信

者として振舞ってたくせによ。しかもそのことを嬉々としておふくろに話して聞かせたらしい。浮気してた弱みもあって、おふくろは何も言えなかったし、家を出ていくことも許されなかった。それからは家でも仕事でもおふくろをこき使って飼い殺しにしたんだよ。まあ、それについてはおふくろも大概だとは思うけどな」

軽い口調とは裏腹に宮本の表情は険しく、両親に対する隠し切れない怒りや軽蔑、嫌悪感が言葉の端々からにじみ出ていた。

「全部聞き出した後で殺してやった。親父の奴、驚くほど簡単に死んじまったよ」

そこで口をつぐみ、深い呼吸を何度か繰り返した宮本は普段の表情を取り戻し、

「これでわかっただろ。俺が三門一族の最後の生き残り。そして後継者だったってわけだ。そのおかげかどうかはわからないけど、この『像』も簡単に見つけられた。親父を殺した後、俺はひとりであのトンネルに入った。何かしようとしたわけじゃない。ただ気の向くままに進んだ洞穴の奥で、生贄にされた連中の骨にうずもれたこの『像』を見つけたんだ。俺の中に流れる三門の血がこいつの在処を訴えかけてきたのかもしれないな」

茶化すような口ぶりではあったが、嘘をついている様子はない。

宮本は何かに憑かれたような眼差しで手中の『像』を凝視した。

「俺が思うにこいつは神だとか悪魔だとか、そういう類のものじゃない。もっと即物的で、機械的な存在だよ。例えばそう、扉を開くためのカギみたいなもんさ。こいつ自体

に意思なんてもんはないし、使う者に力を与えるようなこともしない。人間の苦痛を燃料にして動く燃費の悪い装置ってとこかな。だから、どれだけ祈りを捧げたところで何の意味もない。必死に崇めたりしたってご利益なんかないんだよ」

それは、宮本が自らの意志でこの事態を引き起こしていることを意味していた。三門一族が村民を謀り、参拝者を騙し、多くの命を犠牲にしてきたのと同様に、彼はまっとうな精神でもって悪魔の所業を行ったのだ。邪悪な何かに取り憑かれ、操られてやってしまったと言われた方が、どれだけ気が楽だっただろう。

「どこからきて、どういう経緯で三門一族がこれを手に入れたのかも俺にはわからない。知りたいとも思わない。重要なのは今これを手にしてるのが俺だってこと。それだけだ。コイツのおかげでこの村の連中に復讐できる。そして俺はもう一度霧絵に会えるんだ」

ふつふつと沸きたつ感情を抑えきれない様子で宮本は肩を揺らす。

「それがお前の目的なのか？　ただそれだけのためにこんなことを？」

「当然だろ。復讐だけが目的ならこんな面倒なことはしない。俺が自分でやればいいんだ。岸田のおっさんを殺した時みたいにな」

「岸田さんもお前が……？」

「そうだよ。雫子がやったと思ったか？　考えが甘いなぁ陽介。思い出してみろよ。扉を開いて死者を呼び出すためには何が必要だ？　雫子を呼び出して好き勝手に暴れさせるためには、まず何が必要なんだよ？」

答えは明白だった。納得したような僕の顔を見て、宮本は満足げに頷く。

「どうやっても最初の一人は生きた人間の手で殺さなくちゃならない。そうすることで初めて『像』は力を発揮する。言ってみれば岸田のおっさんは初期投資だったってことさ。だから慎重にやった。簡単に死なないように時間をかけてゆっくりとな」

さも愉快そうに語るこの男は、本当にあの宮本なのだろうか。僕の知る彼は、こんな風に残酷な人間ではなかった――いや、そうではないのか。僕が知らなかっただけで、彼が見せなかっただけで、こういった一面は最初から持ち合わせていたのかもしれない。

あの頃、僕と同じように宮本もまた霧絵にほのかな想いを抱いていた。何の前触れもなく霧絵を失い、行き場のない気持ちを溜め込んだまま成長した宮本は、この村に帰ってきて真実を知った。そして導かれるように『像』を手に入れ、三門一族が行ってきた儀式になぞらえて岸田を殺害し、あの世へと繋がる扉を開いた。

もう一度霧絵に会うために。他人の命を奪うことすらいとわぬ覚悟で。

「最初はすぐに霧絵に会えると思ったんだよ。けど、出てくるのはゾンビみたいな連中ばかりで一向に霧絵は出てきてくれない。そんな時、やってきたのが霧絵のおふくろさんだった。言葉を交わしたわけじゃないが、何を考えているかはすぐにわかったよ。だから協力することにした。雫子を使って村の人間を殺し、もっともっと苦痛を集めればきっと霧絵は来てくれる。お前らを呼んだのだって、別に旧交を温めたかったわけじゃない。一時でも霧絵と親しくしていたお前らの苦痛が『像』に蓄積されれば、霧絵を呼び出しやすくなると思っただけだ」

悪びれもせず言い切った宮本を睨みつけ、僕は痛みを感じるほど奥歯を嚙みしめた。

「松浦と篠塚を殺した理由もそれか」

「あいつらは昔からろくでもなかったからな。外面ばっかり気にしてやってることはチンピラ以下だ。死んで当然だろ。現に罪もない人間を殺してるし、自業自得ってやつさ」

雫子を仕向けて命を奪ったことに対する罪悪感など、これっぽっちもないらしい。

「それにしても、さすがは三門神社の巫女様。容赦ない殺しっぷりだよな。生きてる間に数えきれない生贄を拷問して命を奪ってきただけのことはあるよ。それだけ村の連中を恨んで死んでいったってことかな」

「――それだけじゃない」

再び、那々木が口を挟んだ。

「儀式を重ねるたびに生贄に苦痛を与え、その行為のおぞましさに耐え切れなくなって三門雫子は精神を病んでいった。しかし、それでも一族のためにと巫女の役目を続けた結果、彼女は本来の人間性を欠いてしまい、生贄を殺すことに何のためらいも感じなくなってしまったんだ。邪悪な行為と知りながら繰り返すうち、死者の怨みと無念が彼女の人間的な感覚を狂わせ、儀式の成否など関係ない、命を奪う行為に取り憑かれた殺人者に変えてしまった。人が越えてはならない一線を、彼女は越えてしまったんだ。その最後の一押しとなったのが娘の喪失だ。親子の絆を築くこともできず、いずれは巫女の役目を受け継がせなければならない皮肉な運命を嘆き、自らの獣じみた姿に慄き、それでもなお娘の存在は彼女にとって生きる希望だった。だからこそ、その唯一の存在を奪われた雫子は生半可な怪異ではありえない。これ以上ないほどに凶暴で、一片の慈悲すら残さぬ怨霊へと変貌したんだよ」

雫子の境遇を思うだけで胸が痛んだ。血塗られた運命に翻弄された雫子は、非業の死を遂げたにもかかわらず『像』を持つ宮本の傀儡となって生前の行いを繰り返している。いったい、いつになれば彼女はその悪意の鎖を断ち切ることができるのか。すべてを忘れ、安らかに眠るためにはどうすればいいのだろう。

雫子は何も語ろうとしない。燃え盛るような赤い目を大きく見開き、絶えず血の涙を流し続ける彼女の表情からは、何一つ読み取ることができなかった。

「ねえ宮本、さっきの話が本当なら、あんたと霧絵は……」

頭に浮かんだ疑問を口にせずにはいられなかったのか、紗季が震える声で尋ねた。

「ああ、異母兄妹ってことになる。だがそれがどうした？　俺が霧絵を愛しているのは妹としてじゃなく、一人の女としてだ。それはこの十二年間、一度も揺らいだことはなかった。あいつが死んだことを認められないまま、ずるずると気持ちを引きずってきた。いつかどこかで折り合いをつけなきゃならないと思っていたけど、そんな必要はないんだよ。俺はもう一度霧絵に会える。今度こそずっと一緒にいられるんだ」

「でも霧絵は死んでる。一緒になんていられないわ」

「おおっと、死が永遠の別れだなんて話は聞きたくないぜ。それにな、こいつがあれば俺と霧絵の間を隔てる壁は取り払える。完全にあの世と繋がった皆方村でなら、霧絵とずっと一緒にいられる。だったら、やらない手はないだろ？」

熱に浮かされたような物言いに圧倒され、紗季は何も言い返すことなく黙り込んだ。ただじっと、悲しみに揺れる瞳で宮本を見据えて。

「気持ちはわからないでもないが、そんなことをして君自身がまともでいられると思っているのか？」

那々木の鋭い指摘が、宮本の感情を大きく逆なでした。

「そんなの知るか！　俺はただ霧絵といたいだけだ。それがこの世でもあの世でも関係ない。ただ一緒にいることが重要なんだよ。お前らはどうしてそれが理解できない？」

「理解できないとは言ってない。君の気持ちは尊重するよ。そこまで人を想い続け、再び会えるなら何を犠牲にしてもかまわないという身勝手な都合も、ここまで来れば称賛に値する。だが――」

那々木は一旦言葉を切り、口の端を軽く持ち上げて不敵に笑った。

「――私は認めない」

「なんだと？」

宮本が凄まじい目つきで那々木を睨みつけた。対する那々木も冷静な口調とは裏腹にかつてないほどの敵意をみなぎらせ、鋭い眼差しを向ける。

「確かに三門霧絵の境遇は不幸であったと言わざるを得ない。次代の巫女になるという望まぬ役目を与えられ、それがどんなにおぞましく醜悪な行為であるかも知ったうえで母親の後を継がなくてはならなかった。しかも、実の母親を惨殺するという試練を乗り越えてだ。結果的にその役目を負うことはなかったが、それと引き換えに霧絵はすべてを失った。そんな彼女を救える可能性があるとしたら、例えば君のように、彼女を深く愛し、必要とする人間の想いの力だろう。だが君は重大なことを失念している」

「俺が、何を忘れてるって？」

宮本は聞く価値もないとでも言いたげに鼻で笑った。

「三門霧絵の気持ちだよ。彼女が君を必要としているかどうか、どうして君にわかるんだ？　君のことなど、ただの友人としか思っていなかったんじゃあないのか？」

「ば、馬鹿な、そんなこと……！」

即座に言い返すことが出来ず、宮本は視線を泳がせる。

そんな彼を見て、那々木の口元には勝ち誇るような笑みが刻まれた。

「私も女性の気持ちというものに詳しいとは言えないが、恋愛がどちらかの一方通行では成立しないということくらいは理解している。君がどれだけ彼女を求め、強い愛情を注ごうとしても、彼女の方にその気がなければそれは単なる押し付けだろう？　好きでもない相手に好意を向けられることほど面倒なことはないはずだ。ましてその好意が大勢の命を奪い、死んだ母親の魂までも利用する非人道的な行為の上に成り立っていると知ったら、彼女は君をどう思う？　素直に応え、受け入れてくれると本気で思っているのか？」

宮本は動揺をあらわにして何度も頭をかきむしった。どこまでも冷徹な那々木の言葉が不可視の刃と化し、彼の心を容赦なくいたぶっている。

それでもなお足らず、那々木は畳みかけるように言葉を浴びせた。

「君は、君が軽蔑する村の人々と何も変わらない。立場が違うだけで、自分を哀れな被害者だと思い込んでいるところまで彼らと全く一緒だ。はっきり言わせてもらうと、君も彼らも、そして三門一族でさえも、等しく加害者であり殺人者なんだよ。そんな君が語る『愛』なんてものを、私は絶対に認めない」

「うるさい、だまれ！　お前になにが分かる！　俺はずっと霧絵が好きだったんだ。でもいつだってアイツの隣には陽介がいた。せっかく邪魔者がいなくなったと思ったのに、今度は霧絵までいなくなった。その時の俺の喪失感がお前に分かるか？　どんなに求めても、本当に欲しいものが手に入らない虚しさが分かるのか？　友達だろうと兄妹だろうと関係ない。俺は心から霧絵のことが――」

「分からないんじゃない。ただ認めないだけだと言っているんだ。何度も言わせないでくれ」

ぴしゃり、と付け入る隙もない完全なる否定。宮本は愕然とその表情を弛緩させ、一歩、二歩と追い立てられるように後退した。

「はっ……ははは……はははははっ」

タガが外れたように笑い出し、光の灯らぬ死人のような眼差しで僕たちを睨み据え、宮本は手にした『像』を顔の高さに掲げた。

「いいさ。お前らにどう思われようが関係ない。お前らはただ、俺と霧絵のために死んでくれればいいんだ」

「何する気だ、宮本」

「決まってるだろ。最後までやり通すんだよ。お前らにも手伝ってもらうぞ」

宮本の手中で淡い光を放っていた『像』が、徐々に光を増していき、肌で感じられるほどの振動でもって周囲の空気を揺らした。

「ひ、ひぃいいぃぃ！」

逃げ出すことも出来ず、拝殿の隅で成り行きを見守っていた忠宣が唐突に悲鳴を上げた。雫子が忠宣の眼前に立ちはだかり、手にした木槌を頭上に掲げている。

「あんたを殺せば、雫子の復讐はひとまず果たされる。ここまで俺の言いなりになってくれたんだから、それくらいは叶えてやらないとな」

爛れた顔に暴力的な笑みを浮かべ、雫子は木槌を振り下ろした。

「ぎゃっ！」

忠宣の頭部がぱっくりと割れ、噴き出す鮮血がその顔を、衣服を染め上げる。

「や、やめろ……やめてくれ……」

「今更なに言ってんだよ。命乞いなんて村長らしくないじゃないか。他の連中と同じように潔く散ってくれよ。孫娘の前で少しは良いところ見せなきゃだろ。なあ紗季？」

紗季は何も答えようとしなかった。言葉を失ってしまったみたいに、ただただ首を横に振っている。

「やめろ宮本。もう十分だ」

「十分だと？　お前、雫子に向かって同じことが言えるのか？　彼女が味わった屈辱や悲しみを本当に理解しているなら、口が裂けてもそんなことは言えないはずだぞ」

「それは……」

「お前はいつだっていい子ちゃんで、まともなことしか言わない。何かを犠牲にしたり、すべてをなげうったりしてでも守りたいものがないんだろうな」

その台詞は、これまでに向けられたどんな言葉よりも深く僕の心をえぐった。誰にも知られたくない心の葛藤を見透かされているような気がして、全身の肌が粟立った。

「お祖父ちゃん！」

紗季の悲痛な声が響き、同時に忠宣が拝殿の床へ倒れ込んだ。じわじわと広がる血だまりを見下ろしたまま、雫子はひときわ大きく鐘の音を響かせる。長く余韻を残すその音が消えていくのに合わせて、雫子の姿は闇に溶け込んでいった。

無様に押し黙った僕に軽蔑めいた眼差しを向けていた宮本は『像』の輝きを確認する。

忠宣の苦痛を吸収したせいか、光はさっきよりもずっと強く、妖しく瞬いていた。

「霧絵が待ってる。俺はもう行くぜ。運が良ければお前らも霧絵に会えるかもしれないな。まあ、それまで生きていられればだけど」

さして興味もなさそうに言い残すと、宮本は踵を返して拝殿を後にしていった。

「どこに行くんだ。宮本、待っ――」

追いかけようとした僕の肩を摑んで、那々木が首を横に振る。

「那々木さん、どうして止めるんですか」

「落ち着くんだ。よく見てみろ」

促されて那々木の視線を追う。雫子の姿がなくなったにもかかわらず、辺りは漆黒の闇に閉ざされており、境内のあちこちにいまだ亡者の姿が残されていた。

「これ、どういうことなんですか。どうして彼らはまだ……」

これまでは、雫子が目的を果たして姿を消すと同時に亡者たちの姿も消えていた。だがこの場にいる亡者たちは消え去る気配もなく、相変わらずの虚ろな眼差しで僕たちを恨めしそうに見つめていた。彼らにとって脅威となる雫子の姿がなくなったために、奇声こそ発してはいなかったが、それでも不気味な佇まいは十分に恐怖を喚起させる。その数が一人や二人ではないからなおさらだった。

「考えられる可能性としては、村を覆う現象がいまだ継続されているということだ。三門雫子が姿を消したのは、ここではない場所へ移動するためなのだろう」

その言葉を肯定するかのように、村の方から誰かの叫び声が聞こえた気がした。

「御神体を所持する人間が発覚したところで、差し迫った状況は何一つ変わっていない。事情を知る我々が為すべきことを為さなければ、増大する『像』の力によって、皆方村は完全にこの世から切り離されてしまう」

「もしそうなったら、僕たちはどうなるんですか？」

良い結果にならないことはわかりきっている。それでも訊かずにはいられなかった。

「あの世との境界を失ったこの村で、死者と共に永遠にさまようことになるだろう。それが嫌なら、どんな手を使ってでもあの『像』を奪い、宮本一樹を止めるんだ」

那々木は有無を言わさぬ口調で告げた。

第六章

1

三門神社を後にした僕たちは、村はずれの長く緩やかな坂道を下り、トンネルの前にやってきた。途中、村の方からは断続的な悲鳴が聞こえていたが、あえてそちらに向かおうとはしなかった。那々木の言う通り、僕たちは亡者に対しても雫子に対しても、抗う術を持ち合わせていない。助けを求める村人の元へ駆け付けたところで、どうすることもできないのだ。それよりも今は一刻も早く宮本を探し出し、この恐ろしい現象を終わらせることが先決だった。

身震いするほどの静寂に包まれた闇の中で、トンネルは僕たちを待ち構えていたかのように大口を開いていた。外壁部分がやたらと白く映え、昼間目にするのとは違う、邪悪で異界的な雰囲気がひしひしと伝わってくる。

「宮本は本当にここにいるんですか？」

問いかけると、那々木は逃げた村人が残していった松明を掲げ、トンネルを見上げながら「ああ」と短く肯いた。

「おそらく彼は、『像』を発見したこの場所で扉を開く準備を進めていた。トンネル工事に携わった作業員たちや生贄にされた人々の念が寄り集まった洞穴内部はただでさえあの世との境界が不安定だから、儀式を行うには最適だろう」

確信めいた口調で告げると、那々木はトンネルに足を踏み入れた。

トンネル内の空気はより一層冷たく感じられ、黙っていても奥歯が音を立てた。足音が反響し、背後から何かが迫って来るような気がして、つい何度も後ろを振り返ってしまう。

しばらく進むと、突然目の前に巨大な岩壁が立ちはだかった。天井のコンクリートが崩れ、落下した大量の土砂と岩石が道を塞いでいる。その少し手前の地面に、細い縦穴が見て取れた。中を覗き込んでみると、仄暗い闇がどこまでも続き、やや湿り気を帯びた風が吹き上げてくる。

「縄梯子がかかっているな。やはり宮本一樹は普段からこの場所を訪れていたようだ」

一人で納得し、那々木は迷うことなく縄梯子に足をかけて、するすると降り始めた。紗季と芽衣子は躊躇う素振りを見せたが、ここに残る方が心細いのだろう。結局は三人とも那々木の後に続いて縄梯子を降りた。

三メートルほど降りたところで地面に足がつく。その先は長い横穴が続いており、天井は低く、二人が並んで歩けるほどの道幅しかない。剝き出しの岩壁に囲まれた穴の中をひとかたまりになって進んでいく。懐中電灯など気休めにしかならず、那々木が掲げる松明の光が唯一の生命線のように感じられた。

「こんな所で、もし雫子さんが出てきたらどうすればいいの？」

「出てこないことを祈るだけだ」

紗季の問いかけに端的に応じ、那々木は脇目もふらず先を急ぐ。

「何か方法はないんですか？　宮本を見つけたとしても、彼女に襲われたら僕たちだってひとたまりもありませんよ」

そのことについては那々木だってわかっているはずだ。何の策もなしにここへ乗り込んできたわけではないだろう。何か考えていることがあるなら、今のうちに聞いておきたかった。

「繰り返しになるが、三門雫子を退ける方法は我々にはない。だが、彼女が求めるものを与える手段なら残されている。それができれば、雫子の怨念がこれ以上誰かを手にかけることはなくなるはずだ。困難ではあるが、決して不可能ではない」

その手段というのが何なのか、僕には想像もつかなかった。本当にそんなものがあるのかと疑いたくなる一方で、那々木が口からでまかせを言っているようにも思えない。

「もっと具体的に言ってくれないと分からないわ」

紗季が口を尖らせる。那々木は前方の闇に注意を向けたまま、意外なほどあっさりと彼女の要求に応じた。

「我が子との再会だよ。復讐に身をやつし、宮本一樹の言いなりになって人を殺す一方で、雫子はずっと霧絵のことを探しているんだ」

それを聞いた途端、僕の中で一つの謎が氷解した。雫子がずっと囁き続けていた意味不明の言葉。あれは霧絵の名を口にしていたのではないか。死後も巫女の役目に囚われ、宮本に利用されるだけの哀れな存在となり果ててもなお、彼女は愛する娘のことをずっと探し続けている。きっと、今この瞬間にも。

そのことに気が付いた時、僕の胸は張り裂けそうなほど強い痛みをおぼえた。雫子が抱える切なる願いを叶えてやりたいと思う一方で、僕たちが置かれたこの状況ではそれが極めて難しいことも理解していた。どうにもならないもどかしさに、つい声を上げて叫び出したくなる。

「でも、どうやってそんなこと……」

芽衣子が困惑気味に呟いた時、前を歩く那々木が唐突に足を止めた。

「分かれ道だな」

行き止まった先には左右に延びる二つの道がある。那々木は耳を澄ましてじっと黙り込み、左右の道の先を交互に見渡してから、おもむろに右の道を指差した。

「この先、少し明るくなっているのがわかるか？」

「確かに、なんとなく明るいというか、光が漏れてきている感じがします。宮本はこの先に？」

「ああ、おそらくはな。君たちは先に行っててくれないか」

一方的に告げて、那々木は左の道へと足を向けた。

「待ってください。どこへ行くんですか」

「彼を説得して時間を稼いでくれればいい。くれぐれも気を付けるんだ」

「え、ちょっと……那々木さん！」

呼び止める間もなく、那々木は小走りに駆け出した。ゆるくカーブした道の先へと松明の明かりが遠ざかっていくのを悄然と見送りながら、僕たちは半ば途方に暮れる。

何故ここで単独行動をとるのか。さっきの話が関係しているのかもしれないが、考えたところで答えが得られるわけもなく、僕たちは那々木の指示通り、右の道を進むことにした。

やや勾配のある横穴を登っていくにつれて、肌にまとわりつく湿気がどんどん増していく。今にも壁や天井が音を立てて崩れ、岩と土砂に押しつぶされるのではないかという不安が何度も頭に浮かんだ。そのことに怯えて息苦しさを覚え始めた頃、坂道は唐突に終わりを告げた。

そこで僕たちを待っていたのは、地下とは思えぬほど広大な空洞と、地面の中央にぽっかりと口を開いた巨大な縦穴だった。この位置から穴の中は見通せないが、そこから溢れ出た異様な輝きが辺りを照らしている。懐中電灯に頼らなくても指の爪まではっきり見えるほど空洞内には光が満ちていた。

穴の手前にはやや小さめの祭壇があって、こちらに背を向けた人影が見て取れた。

「――宮本」

　呼びかけた声が予想以上に大きく響いた。宮本はゆっくりとした動作で僕たちを振り返り、少しだけ驚いた顔を見せる。

「なんだよ、こんなところまで追いかけてきたのか」

「宮本、これはいったい何なんだ」

「さあな、なんだと思う。当ててみろよ陽介」

　大仰な態度で手を広げ、宮本はあの冒涜的な外観の『像』が置かれた祭壇とその奥にある巨大な穴を指し示した。

　わかるはずがない。いや、わかりたくもなかった。何も答えないでいると、宮本は勤勉そうな顔に似つかわしくない下卑た笑いを僕たちに向ける。

「この穴があの世とこの世を繋ぐ扉なんだ。すごいだろ。前に来た時は今の半分くらいの大きさだったのに、今はこんなに広がってる。開ききるまでもう少しなんだよ」

「宮本……お前……」

「この祭壇もなかなかいいだろ？　俺が作ったんだ。会社からこっそり資材を運び出してせっせとな。三門神社にあったものとは違うかもしれないけど、それなりに雰囲気は出てるよな？」

「宮本！」

　声を大にして叫ぶ。宮本の顔から薄ら笑いが消え去った。

「大声出さなくても聞こえてるよ。今さらあれこれ質問されるのはうんざりなんだ。黙って死ぬか、それが嫌ならお前たちが聞かせてくれよ。それぞれ抱えた罪の意識をさ」

どこからともなく鐘の音がした。次の瞬間、宮本のやや後方、大穴の縁に闇が凝縮し、何もない空間に雫子の姿が浮かび上がる。

「死ぬ前に吐き出しちまった方が、お前たちだってすっきりするだろ？　俺たちの仲だ。もうそろそろ秘密は無しにしようじゃないか」

喋り続ける宮本が『像』に手を伸ばすと、その光に呼び寄せられるようにして雫子が歩き出した。赤く塗りつぶされた二つの瞳、引き攣れた火傷の痕、そして口元に張り付けた不気味な薄笑い。全身から立ち上る強烈な悪意にさらされ、僕は呼吸すら忘れてしまいそうだった。

「まずは陽介、お前からだ」

糸を引きそうなほど粘着質な眼差しで、宮本が僕を凝視した。

「何を言わせたいんだ」

「決まってるだろ。お前と親父さんのことだよ」

「父さんのこと……？」

「ああ、お前が殺したんだろ？」

大きく搏動した心臓が内側から僕の胸を強く叩いた。僕の顔を覗き込む宮本の瞳が『像』と同じように怪しげな光を湛えている。

僕が抱く罪悪感などお見通しだとでも言いたげに。

「宮本、いい加減にしてよ。あんた何言ってるわけ」

紗季が異を唱え、それに同調した芽衣子が僕をかばうように前に出た。

「そうだよ。どうして陽介がお父さんを殺さなきゃならないの。宮本と一緒にしないで」

「ははっ、随分と辛辣だな。で、どうなんだよ陽介。お前もそう思うか？」

「僕は……」

否定したいと思うのに言葉が出てこなかった。事情を知らない紗季と芽衣子が僕を信じてかばおうとする姿が、余計に僕をいたたまれなくさせる。

「この『像』を手に入れてから、なんとなくわかるようになったんだよ。そいつがどれくらい罪悪感を抱えているかがさ。こう、胸の辺りにモヤがかかる感じだ。それが濃ければ濃いほど、そいつは罪の意識に苦しんでる。松浦や篠塚も結構なもんだったけど、お前はそれ以上だぞ陽介」

宮本は手の中で『像』を弄びながら、追い打ちをかけるように続けた。

「憎んでたんだよな？　母親が出ていったのも、この村を出ていくことになったのも全部親父のせいだって、殺したいくらい恨んでたんだろ？」

図星だった。僕は父さんを憎んでいた。父さんさえしっかりしてくれていたら、僕の人生はもっと違う形になっていたはずだった。どうして僕がこんな目に遭うのかと、何度考えたかわからない。

なぜ母さんは僕を捨てて行ってしまったのか。何故霧絵との時間を奪われなくてはならないのか。見知らぬ土地で新しい生活に馴染めない僕を心配する素振りすら見せず、酒に溺れ、父親らしいことなど何一つしてくれなかった。

そんな父さんのことが嫌いだった。ずっと憎かった。それなのに、どうしてこんなにも苦しいのだろう。父さんの死に対して罪の意識を感じるのは何故だろう。

父さんがいなくなったあの日、僕の胸には大きな穴が空いてしまった。正体不明の喪失感が僕に罪の意識を感じさせ、どれだけ時間が経っても和らぐことのない苦痛が絶え間なく続いている。

「……そうだ。僕が殺した」

「陽介？　嘘でしょ？」

芽衣子が驚いて目を見開き、紗季は信じられないとばかりに疑惑の眼差しを向けてきた。宮本はというと、その顔に溢れんばかりの歓喜の色を浮かべている。

「父さんは僕のせいで死んだんだ。誰もいない空っぽの家で自分で喉をかき切って、誰に看取られることもなく一人で死んでいった。僕が見つけたのは三日も過ぎてからだった。ひどい臭いがして、身体のあちこちが腐ってハエがたかってた」

何度思い返したかわからない光景が脳裏をよぎる。込み上げる感情の波が僕の心を容赦なく揺さぶった。

「見せしめだと思った。お前が俺を殺したんだって、父さんはそう言いたくて僕を呼びつけたんだ。ずっと死んでしまえばいいって思ってたのに、いざそうなったら、僕は世界が終わってしまうような気持ちになった。ショックだったんだ。もし僕がついていたら自殺なんてしなかったかもしれない。嫌われていても、憎まれていても、死なれるよりはマシだった。僕が父さんを殺したようなものなんだよ」

一息にまくしたて、宮本を睨みつけた。彼はどこか間の抜けた顔をして口を半開きにさせていたが、やがて舌打ちとともに落胆をあらわにした。

「なんだよそれ。要するにお前の親父は勝手にくたばったってことだろ。その責任が自分にあると思い込んで勝手に罪の意識を感じてるって、そういうことなのか？」

僕が沈黙を貫くと、宮本はひときわ大きく溜息をつき、何度も首を横に振ってみせた。

「がっかりだよ陽介。お前は同類だって思ってたのに、とんだ見込み違いだったな」

宮本の手の中で『像』が妖しく輝く。それと同時に、雫子がゆらりと動き出した。赤熱した異形の眼が僕をじっと捉え、狙いを定めるように細められた。

「うぐぅあ……！」

瞬間、襲ってきた痛みに思わず声を上げた。右脚の膝下付近に激痛が走り、たまらず体勢を崩して転倒する。どこかに飛んでいきそうな意識をかろうじて保ちながら確認すると、右脚が膝の辺りから直角に折れ曲がっていて、すでに感覚を失っていた。

「やめて！　やめてよ宮本！　なんでこんなことするのよ！」

「おいおい、こんな時まで陽介第一か？　お前も変わらないな。霧絵がいたせいでろくに相手にしてもらえなかったってのに、お前の健気さときたら本当に涙が出るよ」

意地の悪い口調で芽衣子を嘲笑した直後、宮本はふと思いついたように声を上げた。

「そうか。お前だけは霧絵がいなくなって喜んでたんじゃないか？　ずっと陽介のこと独占されて悔しがってたもんな。霧絵のこと、内心で憎んでたんだろ？」

「な、何言ってんの。そんなことあるわけ……」

かすかな動揺を見逃さず、宮本は身を乗り出すようにして芽衣子を責め立てた。

「いいザマだとでも思ったんだろ？　お前、そういう奴だよな。美香のことだって悲しんでるフリしてたけど、俺たちにはいつも後ろをくっついてきて鬱陶しいってこぼしてたじゃないか。仲がいいように見せて、実際は邪魔で仕方なかったんだろ？」

芽衣子は激しく首を横に振って否定する。

「そんなことない！　霧絵も美香も、あたしの大事な友達だった」

「へえ、友達ね。便利な言葉だよな。それじゃあ予定変更だ。教えてくれよ芽衣子」

宮本の手の中で『像』が再び輝きを増す。次の瞬間、芽衣子はけたたましい悲鳴を上げて腰を折り、その場に膝をついた。彼女の左腕がめきめきと音を立て、肘から先がぐるりと百八十度回転した。

「いやあああぁ！」

「芽衣子、しっかりして！」

紗季が手を伸ばし、倒れ込んだ芽衣子を抱きとめる。

「おい宮本、何する気だ！」

「予定変更だって言ったろ。ほら芽衣子、大好きな陽介の前で告白しろよ。お前が抱えてる罪の意識をさ」

妖しげな光を宿す宮本の瞳が芽衣子を凝視した。

「あたし……あたしは……」

その視線は抗えぬ強制力をもって、たちまち芽衣子を支配下に置いた。痛みに呻き、恐怖に震えながら、芽衣子はおずおずと言葉を絞り出す。

「見ちゃったんだ。美香と一緒に……ああっ！」

バシ、と叩きつけるような音と共に、芽衣子の両脚が同時にひしゃげた。肉を裂いた骨片が皮膚を突き破り、辺りに鮮血を迸らせる。

「何を見たんだ？　早く言わないと、雫子は待ってくれないぞ」

宮本はさも愉快そうに喉を鳴らす。芽衣子は更に激しい呼吸を繰り返しながらも、切れ切れの言葉を必死に紡いでいった。

「霧絵のお父さんが……神社……裏山に、何か運んでた。人だった。血だらけで、ぐにゃぐにゃしてて……それをあたしはお父さんに……」

宮本の表情がそこで一変した。眉を吊り上げ、険しい顔つきで全身をわななかせる。

「――そうか。話したんだな。それで九条のじじいは三門に疑いを持った。ただの勘でも逆恨みでもなくて、お前の親から話を聞いてたのか」

「まさか、あんなことになるなんて……あっ！　いやあああ！」

激しい悲鳴と共に、芽衣子の身体が数回跳ねた。見えない何かに打ち据えられているかのように胸や腹部からも血が噴き出し、大量に吐血する。

「いやあ！　芽衣子ぉ！」

紗季が叫ぶのを聞きながら、僕はその光景をただ見ていることしかできなかった。

「芽衣子。お前とんでもないことしてくれたな。夏目のおっさんといい勝負じゃないか。お前が余計なこと喋ったせいで村の連中が三門神社に押し寄せて、あんなことになっちまったってことだろ」

芽衣子は中空を見上げたまま、全身を小刻みに痙攣させていた。砕けた骨の先端が身体のあちこちから飛び出し、すでに呼吸もまともにできていなかったが、それでも喋るのをやめようとしなかった。

「ずっと……気になって……誰と……楽しくなくて……ぜんぶ……あたしが……」

芽衣子の身体にあったいくつもの痣。おそらく恋人か、それに近い相手に日常的に暴力を振るわれていたんだろう。手首にある傷跡もリストカットの痕に違いない。この十二年間、誰にも打ち明けられなかった罪の意識は、そのような形で芽衣子の身体に爪痕を残していたのだ。

「あああ……あぁ……うぁああ！」

芽衣子の声が更なる恐怖に打ち震え、意味を成さない言葉が血まみれの口から溢(あふ)れ出た。彼女を抱きとめていた紗季は、目の前に迫った雫子の姿を見てひっと喉を詰まらせ、芽衣子から手を離して後ずさった。支えを失った芽衣子の身体は力なく横たわり、空虚な瞳(ひとみ)が僕に向けられた。

「しにたく……い……ようすけ……あたしまだ……」

「芽衣子！」

芽衣子の瞳から一筋の涙が零(こぼ)れ落ちた直後、その顔が潰(つい)えて消えた。

叩(たた)きつけられた木槌(きづち)が地面から離れると同時にぐちゃ、と赤い粘液が糸を引き、骨や組織が周囲に散乱する。

一瞬で物言わぬ肉塊へと化した芽衣子から興味を失くし、ゆらりと上体を起こした雫子が次に狙いを定めたのは紗季だった。

「いや、やめて……来ないでよぉ！」

紗季は地面に立ち上がって駆け出そうとしたが、バランスを崩して前のめりに突っ伏した。同時に耳をつんざくほどの悲鳴で痛みを訴える。

両腕の肘関節(ひじかんせつ)が逆向きに折れ曲がっていた。

……くふ……ふふふふふ……

雫子の笑い声が反響しあらゆる方向から降り注いでくる。頭上から、背後から、さらには頭の中にまで直接響くその声は、脳内に張り付いてしまったかのように僕を捕らえて放さなかった。

「次はお前の番だ。紗季」

「いやあああ！」

紗季はひときわ大きく叫ぶ。だが、どれだけ叫ぼうが助けなどやって来ない。暖かな光も、ぬくもりも、生命の息吹を感じられるものなどここにはない。どこまでも続く闇と絶望、そして絶対的な死があるだけだ。

「もうやめろ宮本。頼むから……」

「馬鹿言うなよ。昔からこの女はいけ好かなかったんだ。いつも高飛車で高慢ちきで、村長の孫娘だってだけで俺たちを顎で使ってた。そうだろ？　こんな時でもなきゃ、コイツが素直に本音を話すことなんてないだろうからな」

泣き叫ぶ紗季を見下ろし、宮本は愉悦を嚙みしめていた。

「陽介も芽衣子も本当のことを話したんだ。お前もそろそろ白状したらどうだ？」

「なにを話せっていうのよ。私は何も悪いことはしてないわ！」

「——お前、本当は離婚して出戻ってきたんだろ」

途端に表情を凍り付かせて、紗季は絶句した。

「お前が自分の息子を虐待して殺しちまったこと、村の連中はみんな知ってるぞ。旦那に見放されて、結局は毛嫌いしてた父親やじいさんを頼って帰ってきたんだろ」

紗季は何事か言いかけたが、反論の余地を与えず宮本は畳みかけた。

「全部忘れてこの村でやり直すつもりだったのか？　自分の子供を殺して平然としていられる母親の気持ちを、ぜひここで教えてくれないか」

「うるさい！」

紗季は金切り声を上げて宮本を睨みつけ、肩を上下させて荒々しい呼吸を繰り返す。

「私だってつらかった。限界だったのよ！」

「おいおい、つらいのは殺された子供の方だろ？　言い訳するなんて情けないと思わないのか？　なあ、陽介？」

同意を求められたところで何か言えるはずがなかった。宮本が掲げる『像』の光を受け、紗季は観念したように語り始める。

密かに抱え続けた罪の記憶を。

「陽介が村を出ていく前の日、霧絵は私の家にやって来た。あの子、ひどく思い詰めてて、母親の代わりに自分が巫女になったらもう神社の外に出られなくなる、みんなにも会えなくなるって嘆いてた。それが嫌だから逃げ出したいって私に打ち明けたのよ。当然、私は反対したわ。どこへ逃げるのか。どうやって生きていくのかって現実的に問い詰めた。そしたらあの子、なんて言ったと思う？」

再び僕に向けた紗季の目には強い憤りと共に複雑な感情が溢れていた。

「陽介と一緒に村を出る。彼についていくって言ったのよ。それってつまり、この村を捨てるってことよね。みんなから羨望の眼差しを一身に受けて育った神社の娘が、家を捨てて男についていくなんて、バカバカしいにもほどがあるわ。ねえ、そうでしょ。あんたたちもそう思うでしょ？」

ほとんど強要するみたいに問いかけてから、紗季は鼻を鳴らした。

「この村の人間はみんな霧絵を天使のように崇めてた。小さい時からずっとね。それなのに、いったい何の不満があるっていうの？　巫女になったら神社から出られない？　いいじゃない。それだけ必要とされているんだから。誰かに求められることがどれだけ幸せかってことに気づきもしない。霧絵のそういうところがずっと気に入らなかった」

ぎぎ、と歯をきしませる音がした。霧絵が紗季の元を訪れたその夜、長い間抑圧されてきた感情がついに限界を迎えてしまったのだろう。

「許せなかった。もうこれ以上、霧絵に対して嫉妬したり、イラついたりするのも嫌だった。陽介と一緒に村を出ていくっていうなら勝手にすればいいと思ったわ。でも、すぐに思いとどまった。やっぱり霧絵は村にいなきゃ駄目なのよ。だから陽介の所に向かおうとする霧絵を見送ってから、あの子の父親に連絡した。霧絵はまんまと捕まって神社に連れ戻された。何も知らない陽介は村を出ていって、霧絵は代替わりの儀式を受け入れた……」

そこで言葉を切り、紗季は顔を上げた。一筋の涙が頬を伝って流れ落ちる。

「全部、私の思い通りになった。これでうまくいく。霧絵は神社に閉じこもって、たった一人で孤独に生きていくんだって思ったら凄く嬉しかった。これで私は自由になれたんだって、もうあの子に嫉妬しなくていいんだって」

壊れた人形みたいにぎこちなく身体を揺らし、紗季は虚ろに笑った。

「それがまさか、あんなことになるなんてね。美香が行方不明になって、お祖父ちゃんたちが神社に踏み込んで、霧絵は殺された。はっきりとした事情は知らされなかったけど、なんとなく想像はついていたわ。でもそんなのどうでもよかった。霧絵が死んだ。その現実をどう受け止めればいいかが分からなかった。ただいなくなったんだってことしか頭に入って来なくて、そしたら急に何もかもどうでもいいような気がして……」

空虚な表情の中に一抹の寂しさを滲ませて紗季は再び涙の雫を光らせた。

「……ずっと羨ましかった。いつだって霧絵が一番。私は嫌われ者の村長の孫娘。見た目だってかなわない。いつも一番になれなかった。霧絵さえいなくなれば何もかも思い通りになるって思ってたのに違ってた。もっとひどくなった。お祖父ちゃんは口を開けば跡取りの話ばかり。私になんて何の関心もなかった。お父さんはね、ろくに私の名前を呼んだことすらなかったのよ。女に生まれたのは私のせいじゃないのに、責めるような目で私を見る。おまけに、あんな下品な女をお母さんの代わりにするなんて！」

沸き上がった怒りに表情を一変させ、紗季は恨みがましく吐き捨てた。

その時、雫子が紗季のこめかみを打った。短く悲鳴をあげて倒れ込んだ紗季は震える指先で殴られた箇所に触れる。ぱっくりと割れた側頭部から滝のように血を流しながらも強い感情に突き動かされるようにして上体を起こし、紗季は喋り続けた。

「だからこんな村どうでもいいと思った。皮肉よね。霧絵と同じことを思ったのよ。どこかに私を必要としてくれる人がいる。都会に出ればきっと見つかる。そう思ったのに結局、そこでも同じだった。旦那は私と子供を置いて女の所から帰ってこない。私は一日中、子供と二人きり。四六時中、ぎゃんぎゃんうるさい泣き声を聞かされて、ろくに眠れなくて、それなのに助けてくれる人も、優しい言葉をかけてくれる人もいない。私はもっと――」

ごつ、と鈍い音を立てて再び雫子が腕を一閃した。地面に伏した紗季は、焦点の合わなくなった瞳をあらぬ方向へとさまよわせた。

「みんな……後回し……霧絵だって……何も……」

「――お前の自分勝手な嫉妬心のせいで、霧絵は死んだ」

切れ切れに呟く紗季を遮って、宮本が端的に告げた。

「そんな……こと……」

「いいや、そうだね。父親やじいさんに愛されない。周りからも相手にされない。自分がつまらない存在だってことを認めたくなかった。だから自分の意志で村を出て行こうとする霧絵が羨ましかったんだろ。それ以上自分が惨めになるのが嫌で足を引っ張っただけだ。お前が余計なことしてクソ神社に連れ戻されさえしなければ、霧絵が巻き添えをくって死ぬこともなかった。お前も芽衣子と同じように、霧絵を殺した共犯者だよ」

宮本が吐き捨てたのを合図に、雫子は緩慢な動作で紗季の上に覆いかぶさり、その顔めがけて木槌を振り下ろす。二度、三度と執拗に繰り返されるたび、紗季の手足は細かい痙攣を何度も繰り返した。

「やめろ……」

ほとんど無意識に、僕は懇願していた。

「……もう……やめてくれ……」

それが宮本に対してのものか、それとも雫子に対してのものだったのか、自分にもわからない。誰でもいいから、この惨劇を止めてほしかった。

……くふふふふ……ふふへへへへ……

雫子の哄笑が更に高まった。執拗に紗季を殴り続けながら、それが楽しくて仕方がないとばかりに笑っているのだ。その気になれば人間の頭部など一撃で粉砕してしまう彼女が、あえて時間をかけて紗季をいたぶり、最大限の苦痛でもって彼女を絶望の淵に陥れていた。

「あ……うっ……ううぅ……」

ごぼごぼと喉を鳴らし、黒く濁った血を吐き出した紗季は、腫れあがった瞼に埋もれた瞳でじっと何かを見つめていた。

　そこに存在するはずのない何かに対し、紗季は静かに語り掛ける。

「ご……めんね……いいママに……なれ……くて……」

　振り下ろされた最後の一撃が、紗季の頭部を粉砕した。

2

　芽衣子に続いて紗季も殺された。

　自らが抱えた罪の意識を告白し、命乞いすら聞き入れられず無残に死んでいった。

　もうたくさんだった。誰かが殺されるのを見るのも、悪鬼と化した雫子が誰かを殺す姿を見るのも。

　何もかも消えてほしかった。この数日間に起きたすべての出来事が悪い夢だったとしたなら、僕はどれだけ救われることだろう。

「待たせて悪かったな陽介。お前で最後だ」

　紗季と芽衣子の苦痛を取り込んで更なる力を得た『像』を手に、宮本は満ち足りた表情を浮かべていた。

　人知の及ばぬ異形の存在を象った『像』の光に呼応して、地中から激しい振動が襲ってきた。ぱらぱらと土くれが降り注ぎ思わず頭を手で覆う。巨大な穴の縁が音をたてて崩れ、更に広がっていった。最初に見た時よりもずっと大きく、どこまでも深く。

「いいぞ。俺にはわかる。もうすぐ扉は全開になるんだ。霧絵、待っててくれよ。もう少しで――」

「いい加減にしろ、宮本」

恍惚とした囁きを強く遮り、僕は意を決して語り掛けた。

もうこれ以上、黙ってなどいられない。宮本の間違いを今度こそ正さなくてはならないのだ。

「本当はもうわかってるんじゃないのか。こんなことをしても霧絵には会えないって」

「何言ってるんだ陽介。そんなはずないだろ。霧絵はもうすぐ来てくれるさ」

「違う。そうじゃないんだよ。俺たちの知っている霧絵はもう――」

「黙れ陽介ぇ！」

宮本は僕が最後まで話すことを許しはしなかった。

彼が怒号混じりに叫ぶと同時に紗季の上に覆いかぶさっていた雫子が身体を起こした。赤く染まった二つの瞳が僕を見据えた途端、身体中が軋みを上げ、耐え難い圧迫感に見舞われる。全身を万力で締め付けられるような感覚にたまらず苦悶の声が漏れた。

幾人もの犠牲者の肉片がこびりつき、粘つく血液を滴らせる木槌を手に、雫子は僕との距離を狭めてきた。

「元はと言えばお前のせいなんだぞ陽介。お前が霧絵を独り占めするから、俺はいつだって指をくわえて見ているしかなかった。お前さえいなければ霧絵は俺を見てくれる。俺のものになってくれる。そう思ったから親父の腰ぎんちゃくだった山際に頼んでお前の父親と揉め事を起こしてもらったんだ。お前がこの村にいられなくなるようにな」

稲妻に打たれたような衝撃が全身を駆け巡った。思いがけぬ発言に耳を疑い、僕は脚の痛みすら忘れて宮本を凝視していた。

「驚いたか？　村の人間を敵に回したお前の父親は仕事を失って家庭は崩壊。母親はパート先で男を作って駆け落ち。居場所をなくしたお前ら親子は村を出ていった。何もかも俺の計算通りだよ」

おかしくてたまらないとでも言いたげに僕を見下ろし、宮本は勝ち誇った顔でほくそ笑んだ。

当時の記憶が走馬灯のように駆け巡り、それが片っ端から崩れていくような喪失感に襲われる。突きつけられた事実を受け入れることが出来ず、頭の中はパニックだった。

「お前の親父はたぶん気づいてたぞ。自分に非がないことも、お前のせいで理不尽な扱いを受け職を追われたことにもな。だからお前は憎まれてたんだよ。不肖の息子が家庭を壊したことに気づきもせず、父親を責める姿はどんな風に映っただろうな？　思い返してみろよ。お前がこれまで親父にしてきたことをさ。何も知らずに親父を悪者にしてさんざん苦しめて、最後には自殺に追い込んじまった。そばにいなかったからじゃない。お前の存在自体が親父を追い詰めていたんだよ」

何一つ言い返せなかった。頭の中はすでに真っ白で、迫り来る雫子の姿すらまともに認識できない。何もかも、どうでもいいとさえ感じていた。

すべて僕のせいだった――。

身体の力がするすると抜けていく。もはや抵抗する気も起きなかった。

気付けば雫子が僕を見下ろしている。血涙に濡れそぼった瞳には、僕はどんなふうに映っているのだろう。愚かな僕を蔑み、嘲笑しているのか。あるいは苦しみから解放するために、その腕を振るおうとしているのだろうか。

どっちだっていい。もうどうでもいいんだ。どんな罰でも甘んじて受けよう。それだけのことを、僕はやってしまったのだから。

家族を壊し、父さんの心を壊し、そして命まで奪ってしまった。

やっぱり、思った通りだった。

僕には家族を作る資格なんてない。

父親になる資格も、生きる権利すらもないんだ。

……くふ……ふへへへへ……

雫子の笑う声がする。赤く濁った涙の雫を顎の先から滴らせ、彼女はその腕をゆっくりと掲げた。

そして――。

「――それは違うな」

突如として響いた声が耳朶を打った。

雫子は木槌を振り被ったままの体勢で硬直し、その顔は僕ではなく声のした方へ向けられている。その視線の先には那々木の姿があった。スーツもシャツも泥だらけで、緩み切ったネクタイがだらしなく首にかかっている。同様に泥まみれの手には黒い布で覆われた包みを抱えていた。

「那々木さん……」

「遅くなってすまない。少し手こずってしまった」

僕たちがやってきたのとは別の横穴からこの場所へと足を踏み入れた那々木は、変わり果てた二人の友人に視線をやった。すぐに状況を理解したらしい彼の目が痛々し気に細められ、やがて鋭い眼光を放ち宮本を見据える。

「またあんたかよ。いい加減、内輪のもめ事に首突っ込むのはやめにしたらどうだ？」

「そうしたい所だが、間違いはきちんと正しておかないと後味が悪いのでね」

「……間違いだと？」

怪訝そうに訊き返す宮本に軽く肩をすくめて応じ、那々木はその眼差しを僕に向けた。

「君のお父さんは自ら死を選んだんだ。たとえ君が四六時中そばにいたとしても、防ぐことはできなかった。自ら死を求める人間というのは、周りが何をしようが関係なしに死んでしまうものなんだよ。そこに他者が入り込む余地はない。たとえ、親子だとしても思い留まらせるなんて不可能だったはずだ」

　そこで那々木は指を一つ立て、

「それともう一つ、三門一族がうたった『罪人は死者によって裁かれる』という教えには致命的な欠陥がある。そもそも人と罪との関係性は切っても切れないものだ。我々は日々、多かれ少なかれ罪を犯しながら生きている。些細な言葉で人を傷つけ、心ない行動によって誰かの怨みを買っている。誰かが自分に向けた悪意を無意識に別の誰かに伝染させてしまうのが人間の本質なんだよ。年端もいかない赤子や寝たきりの老人でもない限り、そこに例外などない。重要なのはそのことに気づき、己の言動を省みることだ。罪の意識を感じることこそがその第一歩なんだよ。罪悪感があるからこそ人は己の非を認め、悔い改めることができる。罪を犯さず生きていくことなど誰にもできないし、誰かと共に生きるために必要だからこそ我々には罪悪感という機能が備わっているんだ」

　ちょうど、僕と宮本の間に位置する辺りで立ち止まり、那々木は立てたままの指で宮本を指した。

「今の君がいい例じゃあないか。さっきの発言は井邑くんを貶めるだけでなく、君自身が罪を告白したかったからなんだろう？」

「馬鹿言うな。こんな死にぞこない相手に、どうして俺がそんなことするんだよ」

「君は自らの嫉妬から井邑くんの家庭を壊し、彼が一生拭いきれぬ罪悪感を抱える原因を作ってしまった。そのことがずっとのどに刺さった魚の小骨のように引っかかっていたんだよ。だからこそ本人に打ち明けることで、その罪悪感を少しでも軽減させようとした」

「違う。そんなんじゃない。俺はこいつが……」

「ずっと羨ましかったんだろう？　彼は君にないものを全部持っていた。仲睦まじく温かい家族。気を許せる友人。そして三門霧絵の心までも」

「違う……違う違う！　俺は……俺はただ……！」

何度も首を左右に振って、宮本は必死に那々木の指摘から逃れようとする。否定しようとすればするほど、突きつけられた那々木の言葉は彼の胸に深く食い込んでいくかのようであった。

「だが彼を排除したところで、君は井邑くんにはなれない。愚かな行為で彼を貶めても君の家族が君を大切にしてくれるとも限らない。人生はゼロサムゲームではないんだ。その証拠に、君は今でも三門霧絵の心を手に入れることができていないじゃあないか」

「黙れこの野郎！　罪の意識を持たない人間はいないだと？　だったらお前はどうなんだよ。お前にも罪悪感があるなら、雫子がお前を殺さない道理はないよな？」

唾を吐き散らしながら強引に那々木を遮った宮本が投げつけるような動作で『像』を前方へと掲げた。その瞳に妖しい光が宿る。

「見せてみろよ。お前の罪悪感を――」

ところが宮本はそこで表情を固めた。何か、この場にあるはずのないものを見つけ、それが信じられないというように愕然と表情を失い、だらしなく開いた口から震える声を絞り出す。

「なん……だよ……これ……」

凍り付いた表情は一転して恐怖の色に染まり、浅い呼吸を繰り返す宮本は激しく狼狽えて後ずさった。

「なんなんだよ、お前は……」

得体の知れない何かを那々木の中に見出し、宮本は言葉で言い表せないほど強いショックを受けている。芽衣子や紗季に死を宣告した時の冷徹さも余裕もすっかり失い、ただただ那々木を畏怖していた。

そんな宮本をじっと見据え、那々木は静かに口元を歪めて音もなく笑った。それは相手を嘲る類のものでも、挑発するものでもない、もっと異質で底知れない感情。いや、感情と呼べるのかすら危うい奇妙なものだった。

「やめろ。こっち見るな！　やめろぉぉ！」

正体不明の恐怖に耐えかねて宮本はついに叫び出した。縋りつくような目を雫子へ向け、強い口調で命令する。

「おい、さっさとあいつを殺せよ！」

その言葉に従って那々木に向き直った雫子はしかし、血まみれの手から木槌と鐘を取り落とした。それらは地面に落ちる寸前で音もなくかき消え、かけらも残らなかった。

……おお……おおおおお……

雫子が漏らしたのは、筆舌に尽くしがたい嘆きの声だった。

赤く揺れる二つの瞳は那々木へと――いや、彼が雫子へと差し出した黒い包みに向けられている。この時、那々木はほんの一瞬だけ、意味深げな視線を僕に投げかけた。

那々木の持つ黒い包み。慟哭(どうこく)めいた嘆きを繰り返す雫子。僕に向けられた視線の意味。

それらから導き出される答えに行き着いた時、僕は半ば操られるみたいにして言葉を発していた。

「霧絵の……遺骨……」

宮本がはっとして僕を振り返り、那々木は満足げに頷(うなず)いた。

雫子は赤く禍々(まがまが)しい目を大きく見開き両手を伸ばす。絶えずその身体から発せられていた強烈な怒りや憎しみといったものはこの時、跡形もなく取り払われていた。

……え……きりえ……

強く訴えかけるように我が子の名を呼ぶ雫子。那々木が黒い包みをそっと広げると、泥や土埃で薄汚れた頭蓋骨があらわとなった。

「う、嘘だろ……どこで……どうやって見つけたんだ……」

宮本がうわ言のように呟く。

「井邑くんたちと別の道を進んだ先で、ちょっとした縦穴を見つけたんだ。覗いてみるだけのつもりが足を滑らせてしまってね。そこで数えきれないほどの死体の山を見つけた。見上げてみると縦穴の上部は吹き抜けになっていたから、三門一族が生贄の遺体を投げ捨てていた谷の底だと察しがついたんだ。探し出すのに苦労したが、黒い巫女装束が目印になったよ」

那々木は黒い布の切れ端を軽く掲げて見せた。それからもう一方の手で頭蓋骨を目線の位置に持ち上げ、雫子の眼前へと差し出す。


……おおお……きりえ……きりえぇ……


雫子は返り血に染まりきった赤黒い指先で頭蓋骨をそっと撫で、それから両手で包み込むようにして優しく抱きしめると、声を震わせむせび泣いた。深い悲しみに染まった声が虚ろに響く。

命あるうちに母子と呼べるほどの関係を築けなかった我が子に対する想いが、非業の死を遂げた雫子の深い愛情が、嗚咽混じりの悲鳴となって吐き出されていた。

死後も抱き続けた娘への想いと共に遺骨を胸に抱き、雫子は弱々しく後ずさりした。それと同時に彼女が纏う黒き衣が、少しずつ透き通るように光を放つ。黒い巫女装束に染みついたあらゆる邪悪な感情──『穢れ』が取り払われていくかのように。

長い髪が大穴から吹き上げる風にあおられてなびく。雫子の両目はもはや血の色に染まってなどいなかった。慈悲深い光を宿す澄んだ瞳は穏やかに細められ、焼けただれて引き攣れた肌は白く透き通っていく。

それはまぎれもない、本来の三門雫子の姿。巫女の役目という重荷を下ろし、我が子を慈しむ聖母そのものだった。

……きりえ……きりえ……もう……ずっと……

雫子の身体がぐらりと傾き、縁の向こうへ倒れ込んでいく。音もなく大穴へと落下していく彼女の姿に、僕は瞬きすら忘れて見入っていた。

これまで目にして来たあらゆる出来事が、それこそ悪い夢であるかのように感じられるほど、あっけない幕切れだった。

「ふざけんな。ふざけんなよ！　おい！　どうなってんだよこれは！」

為すすべもなく事態を見守っていた宮本が、途端に取り乱し始めた。

「霧絵は俺といるんだよ。骨なんか見つけたってどうにもならねえよ。ちゃんと、あの頃の姿で戻って来てくれなきゃ意味がないじゃないかよぉ！」

　ほとんど我を忘れ、声を荒らげて地団太を踏む宮本は、すでに僕にも那々木にも注意を向けていない。

「せっかくここまで来たのに……なんでこんな……こんなことがぁ……」

　その隙をついて、僕は全身を駆け巡る激痛を堪えながら身体を起こし、片方の足で地面を蹴って宮本に体当たりした。不意を突かれた宮本が祭壇に激突し、いくつかの祭具をなぎ倒す。そうして互いに地面へ倒れ込み、身体をしたたか打ち付けた。

　その拍子に宮本は手にしていた『像』を取り落とした。

「ダメだ！　待てっ！」

　落下した『像』は大穴に向かって転がっていく。悲痛に叫びながら、宮本は慌てて立ち上がり『像』を追いかけた。大穴の中へと上半身を乗り出し手を伸ばす。

「――ははは！　やった。間に合ったぞ！」

　間一髪で『像』を摑み取ったらしい。喜びと安堵の入り混じった声が洞内に響く。

「これさえあればまだどうかなる。今度こそ、霧絵は俺が……あ……あえ？」

　この場に似つかわしくない間の抜けた声がした。そして次の瞬間、

「いぃぎゃあああああ！　はわぁあああああうぅぅぅあああああ！」

　宮本はけたたましく絶叫し、両足をばたつかせて地面の上をのたうち回った。「熱い」や「苦しい」という言葉をでたらめに繰り返し、爪を立てて顔をかきむしる。はち

きれんばかりに見開かれた両目はどういうわけか白く濁り、すでに本来あるべき光を宿してはいなかった。

はっきりとした原因はわからなかったが、一つあるとすれば、『像』を追いかけて身を乗り出した際、宮本はこの大穴の底――おそらくはあの世へと繋がる扉の向こうを見てしまったのだ。二度と忘れられぬおぞましい異世界の光景と、そこに棲む何か――例えばそう、あの『像』が象徴する人知の及ばぬ存在を。

宮本は頭を地面に何度も打ち付け、ぱっくりと割れた額から大量の血を噴き出しながら、それでもなお理解不能な言葉を繰り返していた。

宮本の慟哭めいた叫びが延々と響き渡る洞内に、その時、息を呑むほどの冷気が押し寄せた。大穴の縁にいくつもの手がかかり、多数の亡者が穴の中から這い上がってくる。

これまでに幾度となくその哀れな魂を冒瀆され、時には意のままに操られた亡者たちが、自傷行為を繰り返す宮本を穴の中へ引きずり込むべく、その身体に群がった。

「宮本……」

折れた脚の痛みも忘れ、反射的に立ち上がろうとしたが、いつの間にか側にやってきた那々木が首を横に振って僕を制した。

「もう手遅れだ。関わろうとすると、君まで巻き添えになるぞ」

ひどく冷徹な響きで告げられた一言に、僕は従うしかなかった。

いっせいに摑みかかった複数の亡者たちは宮本を容赦なく蹂躙した。皮膚が裂け、肉が千切られ、剝き出しになった骨や内臓が引きずり出されていく。

胴体から切り離された宮本の首はそれでもなお奇声を発し続け、白濁した眼を見開いたままだった。自身の血に塗れた顔に恍惚とした笑みを張りつけ、亡者たちと共に穴の中へと消えていく友人の姿を、僕は言葉もなく見つめていた。


宮本と『像』が大穴の中へ消えたあと、噴出していた光は徐々にその輝きを失い始めた。再び地鳴りのような音がして、細かい土砂がぱらぱらと降ってくる。

「大丈夫か、井邑くん」

那々木が屈みこんで脚の具合を診てくれた。

「肩を貸そう。かなり痛むだろうが、とにかくここから出なくてはならない」

「ええ、わかりました」

改めて言われると、忘れていたはずの痛みがみるみる甦ってくる。身体の芯にまで達する激痛に顔をしかめながら那々木の肩に摑まって立ち上がった僕は、そこで目の前を漂う青白い光の粒に気が付いた。

どこからともなく現れたいくつもの光の群れは、僕たちの周りをゆらゆらと漂い、やがて吸い寄せられるように大穴の中へ消えていく。

「これは……いったい……？」

「穴から這い出した亡者たちの魂だろう。扉の向こうへと消えた『像』が、これまでに呼び寄せた魂を回収しているのかもしれないな。結果論ではあるが、我々は皆方村を襲った怪現象に終止符を打つことができたというわけだ」

深い眠りを妨げられ、村内をさまよい歩いていた哀れな魂が、ようやく本来あるべき場所に向かい始めた。水辺を舞う蛍を連想させる幻想的な光景に思わず目を奪われる。

「那々木さん、来てくれて助かりました。もう来ないと思ってましたから」

「おいおい、私をそんな臆病者だと思っていたのか？　あの状況で君たちを先に行かせておきながら一人で逃げ出すような腰抜けだと？」

那々木は心外だとでも言いたげに軽く笑った。

「まあ確かに、私は正義の味方を気取るつもりはない。自分が特別な力を持たないただの人間であることも理解している。だから勝ち目のない相手に無謀な戦いを仕掛けるつもりはないし、身の危険を感じれば尻尾を巻いて逃げもする。自分が生き残るためなら殺人犯やテロリストとだって手を組むさ」

「まさか、冗談ですよね……？」

半信半疑で問いかけると、那々木は唇をにんまりとつり上げ、曖昧に肩をすくめた。

「とにかく、私は何が何でも君たちを助けようとして駆け付けたわけじゃない。怪異を退ける方法を見つけ、それを実践することで結末がどうなるかを見届けたかっただけだ。もちろん、もう少し早ければ結末は違っていたのにと悔やむ気持ちもあるがね」

那々木は少しだけ声を沈ませて、芽衣子と紗季の亡骸に視線をやった。その横顔に、これまで感じられなかった那々木の人間らしい感情が垣間見えた気がした。

「これでもう二度とこの村に死者が戻ってくることはないんですね」

「そのはずだ。悲劇はもう起こらない。この穴が閉じれば本当に——」

那々木は不意に言葉を切った。

「どうかしましたか？」

問いかけても返事はない。怪訝に感じ、那々木が視線を向けた方向を見ると、いつからそこにいたのか、大穴の手前に佇む人影があった。

ふわふわと漂うような、吹けば消えてしまいそうなほど不安定な白い影。それが徐々に輪郭を現し、表情まで見て取れるようになった時、僕は我が目を疑った。

「……父さん？」

信じられないという気持ちの一方で、不思議と見間違いではない確信があった。最後に見た時よりもずっと若く、堂々と背筋を伸ばした逞しい姿。

子供の頃、大好きだった父さんがそこにいた。

「どうして……父さんが……」

黙ったまま僕を見つめるその表情はとても穏やかで、口元にはかすかな笑みすら見て取れる。記憶の中のどの姿よりも優しく温かい表情だった。

「君のお父さん？　あの男性がそうなのか？」

「ええ、二年前に死んだ父さんです。でも、なんでここに……」

その答えが見出せずに僕たちは揃って黙り込んだ。


……大丈夫か、陽介……


不意に、父さんが口を開いた。音にならない微かな響き。それが本当に父さんが発した言葉だったのか、それとも僕の幻聴だったのかはわからない。いずれにせよ、その言葉は僕が深い記憶の底に仕舞い込んだある光景を呼び起こした。

母さんがいなくなってから少し経った頃、僕は父さんと一緒に別津町に出かけた。僕が通っていた中学校で転校の手続きをするためだ。

その頃すでに僕たちの間にはろくな会話もなく、バスに揺られている間も互いに口を利こうとしなかった。

帰りのバスを降りてから、父さんは何を思ったのか皆方村へ続く通りから外れ、峠へと至る坂道を登りはじめた。訳も分からずついていくと、十五分ほど歩いたところで村を一望できる高台に出た。西の空に沈んでいく夕日が驚くほど赤く、薄く伸びた雲の一つ一つに緋色の光が差している。ずっと遠く、群青色をした空の彼方には一番星がきらめいていた。

僕と父さんはそこで、何を話すでもなくじっと空を見上げた。やがて陽が沈み、瞬く星の数が増えていくのを眺めていた時、父さんがぽつりと言った。

「大丈夫か、陽介」

はじめは何のことを言っているのかわからなかった。夜になって気温が下がってきたことを心配しているのかと思ったけど、そうではなかった。僕の方を向いて、父さんはどこか遠慮がちにもう一度、

「大丈夫か」

そう繰り返した。

母さんが出ていったあと、酒浸りになった父さんは、それでも数日おきに別津町に足を運び、仕事を探してもいた。結局、それもうまくいかずに転校することになってしまったけれど、初めから何もかも諦めていたわけではなかった。学校が終わり、腹を空かせて家に帰ると下手くそな夕飯が用意されていた。寒い日には風呂を沸かしておいてくれたこともあった。不器用にたたまれた洗濯物がベッドに置かれていたこともあったし、僕が捨てた授業参観のプリントがゴミ箱からなくなっていたこともあった。参観日当日、もちろん父さんの姿はなかったけれど、僕が気づかないうちにそっと覗きに来ていたのかもしれない。

「お前は迷惑に思うかもしれんが……」

珍しくそう前置きして、父さんは空の星を見上げたままこう続けた。

「父さんはそばにいる。お前のことを残していなくなったりしない。なにもかもうまく

いかなくなっちまったが、それだけは絶対に約束する」

それから僕を見て、ちょうどあんな顔をして笑ったんだ。

「お前が、もういいと言うまではな」

どうして忘れていたんだろう。

僕はあの時どう思った？　久しぶりに父さんの笑った顔を見て何を感じた？

嬉しかったはずなのに、僕を置いて出ていった母さんよりも父さんを信じるべきだとわかっていたはずなのに、結局何も言わなかった。

父さんの言葉は確かに僕を救ってくれた。けれどそのことを素直に受け止められなくて、何もかも父さんのせいじゃないかと腹立たしくすら思った。ずっと求めていた言葉を与えてもらったのに、その思いやりを土足で踏みにじったんだ。

悪いのは父さんではなかった。全部僕のせいだった。それをあえて口に出さず、父さんは何もかも納得の上で僕を一番に考えてくれた。もしあのまま村にいたら、父さんが仕事を失った本当の理由を僕が知ってしまう日が来たかもしれない。宮本が口を滑らせていたかもしれないし、別の誰かから聞く可能性だってあった。そうなったら、僕は自分を責めずにはいられなかっただろう。そうならないように父さんは僕を連れてこの村を出た。僕の心を守る、ただそれだけのために。

そうとも知らず僕は父さんを拒絶し続け、己の不幸を嘆き、勝手な敵対心を持って家を出た。別れの言葉すら交わさずに。

父さんは最後まで何も言わなかった。一度だって僕を責めたりしなかった。僕が勝手に責められているような気になって苛立っていただけだ。その間にも父さんはずっと一人で苦しんで、抱え込んで、死にたくなるほど悲しんでいた。絶え間なく襲う苦しみに耐えかねて、心は限界を迎えていたんだろう。

それでも僕が「もういい」と言うまで、父さんは生きることをやめなかった。どんな形であっても、母さんのように僕を残していなくなろうとはしなかった。僕が自分の足で立ち、一人で生きて行けるようになるまでずっと耐え続けていたんだ。

何も言わない父さんの背中が大嫌いだった。僕を見ようとしないのが苦痛だった。でも、僕はそんな父さんに守られていた。

ずっとずっと、守られていたんだ。

「……父さん……ごめん……」

気が付けばそう口にしていた。声が震えてまともに喋れない。頬を涙が伝う感触で、初めて泣いていることに気がついた。

「ずっと父さんのこと……あの時……すぐに行かなくて……僕は……僕は……」

身体がひどく震えていた。拭っても拭いきれない後悔の念に駆られ、涙が止まらなかった。恥も外聞もなく、子供みたいにしゃくりあげる僕の肩を、不意に温かな感触が触れた。

「父さ……」

はっとして顔を上げる。父さんはやっぱり笑っていた。十二年前のあの日、二人で星を見たあの時と同じ笑顔だった。

その時、僕は唐突に理解した。

この村に帰ってきた最初の日、荒れ果てた生家を訪れた際に磨りガラス越しに目撃した奇妙な人影は、やはり父さんだったんだ。死んだはずの父さんが何故あんな所にいたのか。今ならその理由が分かる気がした。

自ら命を絶った後、父さんはこの村に戻ってきた。僕と母さんと一緒に過ごしたあの家に帰ってきたんだ。それが『像』の持つ力による効果なのか、それとも父さんの魂がこの世界に留まることを選び、その居場所としてかつての我が家を選んだのか。どちらかはわからない。でも、父さんがあの家にいたことは確かである気がした。

父さんの魂はあの家に留まり、楽しかった頃を想い続けていた。そして今、この場所を漂う多くの魂と共に、本来向かうべき場所へ旅立とうとしている。

その前に、最後の別れを言いに来てくれたんだ。

あの日言えなかったさよならを、今度こそ……。


……もういいのか、陽介……

ずっと、自分が父親になれるかが分からず不安だった。父さんのような父親になることを恐れているのだと思っていた。でも、そうじゃなかった。たとえどんな状況に追い込まれても子供を守り通す父親になれるのか、その自信が持てなかったんだ。

　父さんが僕にしてくれたことを、生まれてくる子供にしてあげられるかが分からなくて怯えていたんだ。

　やっと気が付いた。僕は父さんのような父親になりたい。何も言わず、ただそばで見守ってくれた父さんのように。何があっても僕を見放さなかった父さんのように。

　肩に乗っていた温かな感触がふっとかき消えた。

　父さんは踵を返し、徐々に塞がっていく大穴へ向けて歩き出す。

「父さん！　待って……！」

　追いかけようとした僕はしかし、脚の痛みに邪魔されて前のめりに倒れ込む。それでも諦めきれずに手を伸ばすと、那々木がそれを遮った。

「追いかけてはいけない。このままお父さんを見送ってあげよう」

　有無を言わせぬ口調。しかしその表情は憂いに沈んでいた。

　地面に空いた大穴はもうほとんど閉じかかっていて、そこから放たれる一筋の光が頭上へと伸びていた。その光に包まれて、父さんは最後にもう一度振り返る。どんな表情をしているのか確かめる暇もなく、穴から漏れ出す光がまばゆく輝いて父さんの姿を包み、そして消えた。

　それまでの出来事が嘘のように、辺りは静寂の闇に閉ざされた。見通しのきかない暗闇の中、すぐそばから甲高い金属音。次いで、しゅっと何かをこする音がした。

塗りつぶしたような暗闇の中で光が瞬き、那々木の持つライターが小さな火を灯した。

「扉は完全に閉じた。全部終わったんだ」

耳鳴りがするほどの静けさが僕たちを押し包む。かすかな光に照らされた地面のどこにも穴は空いていなかった。

「もういいよ……父さん……」

エピローグ

一夜明けた皆方村は目も当てられないような惨状だった。

どの家にも亡者の襲撃を受けた痕跡が生々しく刻まれ、砕けた窓ガラスや住民が投げつけたらしい家財道具などが至る所に散乱していた。

生き残った人々は魂だけを持ち去られてしまったかのように呆然と佇み、自分たちを襲った惨劇の記憶に今も囚われているかのようだった。家族を失い、生き残った我が身を嘆くいくつもの嗚咽と悲鳴。それらは災いが過ぎ去った後にも彼らの心に深い爪痕を残し、この先も消えることはないだろう。

唯一の朗報として、夏目の生存が確認された。修に刺された傷は奇跡的に急所を逸れ、夏目は一命をとりとめたのだ。今は別津町の病院に搬送されて治療を受けている。

駆け付けた警察が事態を把握しようとしても、ろくに状況を説明できる人間がいなかったらしく、トンネルから脱出してきた僕と那々木を見つけた善亀刑事が、困り果てた様子で事態の詳細を求めてきた。だが話したところで到底理解できるはずもなく、またそれを証明する手段も残されてはいなかった。だから最初から事細かに説明もしなかったし、都合の悪い部分は記憶が曖昧だなどと誤魔化したりすることで事情聴取を乗り切ることにした。善亀は最後まで納得しようとしなかったが、話もそこそこに僕と那々木は夏目が運ばれたのと同じ病院へと搬送されることになった。

不幸中の幸いか、脚の骨折は見た目よりも軽症で手術の必要はなく、ギプスをして安静にしていれば問題ないと診断された。多少の後遺症は残るかもしれないが、歩けなくなるよりはずっとマシである。医師には入院を勧められたが断った。今は一刻も早く家に帰りたかったからだ。

地元警察は重要参考人でもある僕をこの土地に留めておきたいと考えていただろうし、僕自身、覚悟をしていたのだが、意外にもその心配は杞憂に終わった。一人の刑事が僕と那々木に便宜を図ってくれたのだという。

裏辺と名乗るその刑事は北海道警察の刑事部に所属する刑事で、皆方村で起きた一連の殺人事件の捜査に参加するため派遣された。しかし、道中の峠道で飛び出してきた野生の鹿と接触事故を起こし、車が走行不能になってしまう。それが僕たちが村にやって来た二日目の夜の出来事で、本来ならば事件後すぐに駆け付け善亀らと合流するはずだったのだが、後処理やら何やらのせいで延び延びとなり、結局、僕たちと入れ違いに皆方村に到着した。

僕たちが搬送された病院に駆け付けた裏辺は、自己紹介の後でそう説明してくれた。

「まったく、国家の平和と国民の安全を守る警察官が聞いてあきれるな。事態が収束された後で悠々とご到着とは」

身体のあちこちに包帯を巻かれた那々木が皮肉めいた口調を向けると、裏辺は苦々しい表情をしてこめかみの辺りをかいた。

「そう言うなよ。こっちだって大変だったんだ。衝突した鹿を手当てした方がいいかと思って山の中を探したのに全然見つからなくてな」

あの鹿、大丈夫かなぁ、などと沈痛な面持ちをする裏辺に、僕はこらえきれず噴き出してしまった。

詳しい説明はされなかったが、那々木と裏辺が浅からぬ関係であることは、二人のやり取りを見てすぐに理解できた。裏辺は僕たちの話を聞いてもそれを頭ごなしに否定しようとせず、むしろ積極的に受け入れて疑う素振りすら見せなかった。

「我々よりも鹿の心配とは恐れ入ったよ。お前が遊んでいる間、我々は生きるか死ぬかの瀬戸際だったんだ。もっと警察官としての責務を自覚するべきじゃないのか？」

「ぐっ……お前こそ、いつもいつも面倒ごとに自分から首を突っ込んで、いよいよ困り果ててから俺に助けを求めて来るじゃないか」

「ふん、何の話かわからないな」

那々木はわざとらしくそっぽを向いて素知らぬ顔をする。裏辺は心底困り果てた様子で眉間（みけん）の辺りに深い皺（しわ）を寄せた。

「今回だって捜査の情報を俺から引き出そうとしつこく電話してきて、おまけに二週間前の殺人事件の検視結果を詳しく教えろだなんて、よく言えたもんだな」

「地元警察から聞き出すよりもお前に調べさせた方が手っ取り早いと思ったまでだ。お前の方だって都合のいい情報屋よろしく、簡単にペラペラ喋(しゃべ)っていたじゃないか」

「おい、一般人のいる前でそういうことを言うなよ。警察官としての品位がだな……」

裏辺が慌てて那々木をいさめる。一方、那々木は裏辺をからかうことにいささかの喜びを感じるらしく、この数日で僕に見せていたのとはまた違った一面を見せていた。

線が細く青白い顔色をしている那々木に対し、裏辺は絵に描いたような精悍(せいかん)な顔つきで表情も豊かだった。共に高身長でスーツをスマートに着こなしていて、こうして並んでいるのを見ると、それこそ警察ドラマのバディにしか見えない。那々木は頭脳派、裏辺は無鉄砲な肉体派といった感じか。もちろん、無鉄砲という部分は僕の想像でしかないが。

どうでもいいような想像を膨らませていると、僕が退屈しているように見えたのか、裏辺は咳払(せきばら)いをしてから姿勢を正し真剣な表情を作った。

「とにかく大変な思いをされましたね。あの村を襲った災いが常識では考えられない類(たぐい)のものであることはよく理解できました。本来ならば事件の参考人として署で事情を聞くところですが、あなたが経験したことを鑑(かんが)みても、それは酷というものだ」

裏辺は柔和な視線を巡らせて那々木を示した。

「実はこの男とは、ある事件を機に知り合いましてね。私もその際、人に話しても理解されない現象をいくつも目の当たりにしているんですよ。あの時の私は警察官でありながら大勢が死んでいくのを目の前にして何もできなかった。そればかりか、こんな正体不明の売れない作家に命を救われてしまったんですから、これはもう一生の不覚です」

「おい、ふざけたことを言うな。誰が売れない作家だ。私は日本を代表する——」

「とにかく、駅までお送りしますから、ご家族の元に帰られた方がいい。捜査本部には私の方からうまく言っておきます」

願ってもない申し出だった。ありがたく受け入れ、裏辺の運転する車で駅まで送ってもらうことにした。

後部座席で車に揺られながら、僕は通り過ぎてゆく町の風景を見るともなしに眺めていた。たった三日の間にあまりにも多くのことが起きたけれど、こうしていると何もかも狐に化かされたような気すらしてくる。もう一度村に行けば夏目商店のベンチに並んで座る友人たちの姿があって、九条の屋敷では忠宣を交え浴びるほど酒を飲んで……などと想像し、僕は深い溜息（ためいき）をついた。そんなはずがないことは嫌というほどわかっているからだ。過ぎ去った時間が戻らないのと同じように、死んだ人間は戻ってこない。その理（ことわり）を捻（ね）じ曲げた恐ろしい現象も、もう二度と起こらないのだ。

皆方村はもうすぐ消滅する。それが別津町との統合による名称的な意味でも、多数の村民が死亡したことによる物理的な意味だとしても大して変わらない。あそこに残されているのは凄惨な死の記憶と、死してなお娘を想う悲しき巫女の幻影だけだ。

もう二度とこの土地を訪れることはないだろう。それはある種の決別であり、未来へと進むための決意でもあった。つらい過去と対峙するだけだと思っていたけれど、ここへ来て得たものは確かにある。失ったものとのつり合いが取れないと言われても、僕は受け入れるしかないのだ。

「そういえば、一つ伝えておくことがありました」

裏辺がミラー越しに僕を見た。物思いから立ち返り、視線で彼の話を促す。

「九条家に残されていた鈴原さんの荷物の中から、一通の手紙が出てきまして」

「芽衣子の？」

思わず身を乗り出して問い返す。裏辺は「ええ」と相槌を打ってから、少しだけ話しづらそうに続けた。

「実物はここにはないのですが、先程、善亀刑事から連絡を受けましてね。簡単な説明になってしまいますが、よろしいですか？」

「はい、お願いします」

芽衣子が残した手紙。そこには何が書かれていたのか。一も二もなく肯き先を促した。

「まず、手紙の前半部分には、この数日間に起きた凄惨な出来事が書き綴られていました。その過程で三門霧絵という幼馴染の霊が自分たちに対して怒っていること、また自分も罪人であるために命を狙われているというのが、手紙を書いた時点での彼女の考えだったようです」

黒衣の巫女が霧絵だと思い込んでいる点から判断して、芽衣子が手紙を書いたのは三門神社跡を調べに行く前のことだとわかる。

「鈴原さんはかなり思い詰めていたようですね。ことさら三門霧絵と夏目美香の二人に対する謝罪の言葉が多く綴られていたそうです。そのうえで、もし生きて帰ることができたなら、もう二度と同じ間違いは犯さない、という決意が記されていました」

整然とした裏辺の語りを聞きながら、僕はふとした疑問をおぼえた。

死の間際、芽衣子は自らが三門一族の死の理由に大きくかかわっていたと打ち明けた。三門実篤が生贄の遺体を運んでいる場面を美香と共に目撃し、芽衣子がそれを父親に告げたことで事態は悪化した。まず美香が行方不明となり、九条忠宣が美香をさらったのは三門実篤だと当たりをつけ強引に儀式の場に押し入り、結果的に三門一族は村人たちの手によって殺害されてしまった。芽衣子はその原因を作り出したのが自分だと考え、その後の人生を深い罪悪感と共に過ごしてきた。

このことに関しては疑うような点はない。僕が疑問に感じるのは夏目美香についてである。

仮に芽衣子が嫌がる美香を強引に連れ出したということなら、芽衣子が負い目を感じるのも肯ける。しかし当時の芽衣子は美香のことを『鬱陶しい』と感じていたはずだ。表向きは仲良く振舞いながら、内心では美香を疎ましく思っていた芽衣子が美香を『強引に連れ出す』なんてことがあるのだろうか？

これが逆の立場なら話は簡単だ。美香の方がしつこく付きまとい、嫌がる芽衣子を強引に連れ出すという状況は起こりそうなものである。しかし、そうなると今度は芽衣子が罪悪感を抱くという点で首を捻らざるを得ない。

裏山に入ったのが美香の希望だとしたら、その結果として三門実篤に誘拐されてしまったとしてもそれは自業自得である。少なくとも芽衣子がいつまでも罪の意識を抱く必要があるとは思えないのだ。

もちろん、自分があの時美香を止めていれば、という思考が働かないとも限らないし、本当のところは芽衣子自身にしかわからない。彼女が死んでしまった今となってはそれを確かめるすべはないのだから。それでも僕の胸の内には、たとえようのない不快な感触が広がりつつあった。

「井邑さん？　どうかしましたか？」

「いえ、別に……」

再び我に返って顔を上げると、助手席に座る那々木と目が合った。

驚くほど冷徹なその瞳が宿す真意を測りかね、僕は呼吸すらも忘れてしまう。

「それでですね、ここからが興味深いところなんですが――」

那々木がさっと手を上げて裏辺の発言を遮った。

「当ててみせよう。夏目美香の失踪に関与していたのは三門実篤ではなく、鈴原芽衣子だったんだろう？」

裏辺がえっと声を上げる。

「なんでわかるんだよ。お前、彼女の手紙を読んだのか？」

「失礼なことを言うな。私には人の書いた手紙を勝手に読みふけるような趣味はない。お前たち警察とはわけが違うんだ」

「べ、別に警察だって趣味でやってるわけじゃない。仕事だから仕方なくだろうが」

たしなめる裏辺の言葉を聞き流し、那々木は話を進めていく。

「要点をまとめるとこうだ。鈴原芽衣子は常日頃から、夏目美香の執着に嫌気がさしていた。どこへ行くにも後をついてくる妹のような存在、というのは表向きで、内心では鬱陶しくて仕方がなかったんだろう。美香の方に悪気があったのかは別として、芽衣子はいい加減、我慢の限界を迎えていた。そして、その日も美香が半ば強引に芽衣子を連れ出して裏山に入っていった。そこで二人は三門実篤のおぞましい行為を目にしてしまう。だが遠巻きに見ているだけでは、彼が何をしていたのかはっきりと分からない。そこで二人は実篤が去った後、彼が遺体を投げ込んだ谷底へ近づき、中を覗き込んだ。そこで悲劇は起きたんだ。身を乗り出し過ぎた美香が足を滑らせて谷底に転落してしまったんだ。万が一にも助かるような高さじゃない。仮に生きていたとしても、当時まだ中学生であった芽衣子に自力で事態を収拾する力はなかった。このことが明らかになれば、自分はとんでもない目に遭う。そこで芽衣子の心に悪魔が囁いた。この事実を隠蔽してしまえとな。美香は自分と共に裏山から降りて別れた。その後、三門実篤が死体を捨てるところを美香に見られたことに気づき、彼女を誘拐し殺してしまったというストーリーを作り出したんだ。おあつらえむきに、村の長をはじめとする反神社派は実篤をよく思っていなかった。遺体を遺棄していた事実を告げれば、彼に疑いの目が向くのは明白だった。村長らが詳しく調べれば実篤の悪事もきっと露見する。そうなれば美香がいなくなったこともすべて実篤のせいにできるというわけだ」

一気呵成に語りきって、那々木は小さく息をついた。

「もちろん、年端もいかない十代の少女がここまで考えたかは定かではないし、今となっては真相は藪の中だ。だが彼女が三門霧絵に対する罪の意識と同等のものを夏目美香にも感じていたとなると、これが一番納得のいく解答だろうな」

ハンドルを握る裏辺が感心とも落胆ともつかぬ奇妙な溜息をついた。

「つくづくお前には驚かされるよ。まるで見てきたみたいに語るじゃないか」

「どうかな。ちなみに三門実篤がどうやって生贄を集めていたかについての答えも、このことから推測できる。そもそも夏目美香は三門神社に怪しげな人間が出入りしているのに感づいていたんだろう。鈴原芽衣子を強引に連れ出して裏山に立ち入ったのにも、そういったのかもしれない。死体を処分するところを目撃したのも一度や二度じゃなかったのかもしれない。

った理由があった。つまり参拝者の中に実篤に生贄を提供する人物がいたんだ。おそらくは裏の世界の人間で、実篤に都合の悪い人間の処理を任せていたんじゃないだろうか。その見返りに金銭を受け取っていたからこそ、儀式の数が減っても三門一族の羽振りの良さは変わらなかったんだ」

那々木の推察に、裏辺は大きく肯いて、

「善亀さんの話だと、昔は怪しげな連中が皆方村を往来している姿がよく目撃されていたそうだ。そいつらが死体の処分を頼み、金銭を渡していたのか——いや、逆に三門実篤から金銭を受け取って生贄を売りつけていたって可能性もあるな。そういう人身売買のルートがあれば、三門神社は生贄の調達に困らない。熱心な信者から集めた金の一部はそうした使われ方をしていたのかもしれないな」

興奮気味に鼻息を荒くする裏辺に対し、那々木は曖昧に肩をすくめただけだった。

「それにしても相変わらずだな。ろくな材料もなしにそんなことまで思いつくなんて」

「別に驚くようなことじゃない。妥当な推察だ」

那々木はさほど気を良くした様子もなく、言いたいことを言って興味を失ったのかシートに深くもたれかかり、窓の外へ視線を移した。

「それじゃあ、那々木さんの言う通りなんですか？」

僕が尋ねると、話が脱線していたことに気づいたらしく、裏辺は一つ咳払いをしてからミラー越しに肯いた。

「ええ、鈴原さんは手紙の後半にそのことを詳しく記していました。夏目美香は谷底に滑落してしまい、鈴原さんはそれを誰にも打ち明けられなかった。それが本当に事故だったのか、それとも彼女が故意に突き落としたのかは、もはや突き止めようもありませんが」

裏辺の説明を聞きながら、しかし僕の思考はどこか明後日の方向を向いていた。

今の話によって明らかとなった事実。だがそれは、まったく別の事実をも証明している。あの時、僕が抱いた違和感、疑問、そして困惑といったあらゆる感覚が一瞬で氷解し、すべてにおいて合点がいった。同時にそれは、決して誰にとっても最良の結末とはなりえないのだった。

そういうことだったのか。と内心で独り言ちた僕は、呆けたように黙り込んだ。

「自分のせいで二人の友人が死んでしまったこと。真相を知らずにとても親切に接してくれる夏目清彦の存在。それらが余計に鈴原さんの良心を苦しめたんでしょうね。手紙には宛名も何もなかったようで、誰に向けて書いたのかはわかりません。遺書のつもりでしたためたとも考えられますが……」

やりきれない、とでも言いたげに裏辺はその先を濁した。ミラーに映る彼の表情はひどく沈痛で、芽衣子に対して深い同情を感じているのがわかる。

その手紙が遺書だとしたら、きっと夏目清彦とその妻に宛てて書いたのだろう。しかし、彼らにとってそれが救いにならないのは明白だった。娘の死という覆しようのない事実がそこにある以上、詳細を知ることで彼らは余計に苦しむことになる。

九死に一生を得た夏目にとって、それはあまりにも残酷すぎるのではないだろうか。


駅前のロータリーに到着し、裏辺に手を借りて車を降りた僕は、慣れない松葉杖（まつばづえ）を使ってギプスを巻いた脚に負担をかけないよう慎重に駅舎へと向かう。

「ここで大丈夫です。ありがとうございました」

入口の前で立ち止まり、二人に会釈した。

「本当に大丈夫ですか？　ご自宅まで送っていくことも出来ますが」

「いえ、結構です。どうにかなりますから」

気丈に返してから、那々木に視線を移す。

「那々木さん、お世話になりました」

「別に私は君をお世話した覚えはないよ」

「でも、こうして生きていられるのは那々木さんのおかげですし」

那々木は不愛想に肯（うなず）いただけだった。別れの時だというのに、無感情な仮面を外そうとしない所は実に彼らしい。僕はふと思い立ってバッグに押し込めていた文庫本を取り出した。

「これ、大事にしますね」

自著を前にした途端、那々木の顔はあからさまに上気した。

「読んだ後の感想はSNSで大いに拡散してくれ。通販サイトに評価を書きこむのも忘れずにな。私は暇さえあればエゴサーチばかりしているから、君の書き込みにもすぐに気づけるはずだ」

ほとんど強制するような熱い口調につい辟易してしまう。

最後の最後までつかめない性格である。

「僕はあまりホラーは読みませんけど、妻が好きなので喜ぶと思います。しばらくは過激な内容は無理かもしれないけど」

「無理に読む必要はないさ。いつか必要に感じた時に読んでくれればいい。小説とは得てしてそういうものだ」

やたらと気取った台詞を残し、那々木は踵を返した。刑事らしからぬ人懐っこい笑顔で軽く会釈をした裏辺がその後に続く。少しの間、二人の背中を見送った僕が松葉杖を慎重に扱って方向転換し歩き出そうとした時。

「――井邑くん」

道の半ばで立ち止まった那々木が思い出したように僕を呼び止めた。

「ひょっとすると今回の出来事は、もっと早い段階で食い止められたかもしれないな。例えばそう、君が最初に友人たちと再会した時、本当のことを彼らに言えていたら」

心臓が大きく跳ねた。同時に那々木が本当の意味ですべてを理解していることを否応なく思い知らされもした。

僕が皆方村にやってきた本当の理由。友人たちや村の人々に対して抱えていた大きな『罪の意識』に、彼は気が付いているのだと。

「那々木さん……僕は……」

肺を握りつぶされたような息苦しさを覚え、その先が続かなかった。距離を置いて向き合う僕たちの間を冷ややかな風が吹き抜けていく。

永遠に感じられる沈黙の後で、那々木はおもむろに緊張を解き、どこか気だるげに首をひねった。

「そうは言っても、すべては過ぎたことだ。私は君を責める気などないし、君が必要以上に罪の意識を感じることもないのかもしれない。これは単なる可能性の問題だし、仮にそうしていたとしても、彼らの身に起きる悲劇は変えられなかったかもしれないのだから。特に宮本一樹は君が何を言おうとも耳を貸さなかっただろう。結局のところ、人は自分の見たいものしか見ない。そこに尽きるということさ」

那々木はややクセのある髪をかきあげた。その横顔からは、やはり感情らしき感情は何一つ見出せなかった。

「それがわかっていて、どうしてあなたは――」

「――幽霊だって勘違いをする」

僕が言い終えるのを待たず、那々木は宣言するように言った。

「我々が生き残るためにはあの方法しか残されていなかった。真実を告げることが必ずしも最良の結果を導き出すとは限らないんだよ。現に三門雫子はあの骨を抱いて自らの呪われた宿命に終止符を打った。その結果、我々はこうして帰路に就くことができている。私と君は怪異との命を懸けた勝負に打ち勝ったんだ。君があの土壇場で話を合わせてくれたからこその勝利ともいえる。まあ、多少のルール違反はあったかもしれないが、今回はそれでよしとしようじゃないか」

一方的に語り尽くした那々木は助手席に乗り込み、二人の乗った車が走り出した。ロータリーを抜け、通りの向こうへと消えていくのを見送る間、張り裂けそうな胸の痛みに僕は意図せず顔をしかめていた。

人の姿もまばらなホームで線路の向こうをぼんやりと眺めていた時、ポケットの中で携帯電話が鳴動した。

「……もしもし」

『陽介？　大丈夫なの？』

ややぶっきらぼうな妻の声。いつもなら憂鬱になるところだが、もう一度この声を聞けたことが心の底から嬉しかった。

『ねえ、聞いてるの？　いったいいつになったら……』

「子供、産んでほしい」

『——え？』

電話の向こうで、彼女が息を呑んだ。

「産んでほしいんだ。きっと、いい父親になるから」

『……うん……うん。わかった』

今すぐ抱きしめたくなるほど彼女の声は震えていた。洟をすする音がして、それから嗚咽混じりの息遣いが聞こえてくる。凄惨な光景ばかりを目にして悲痛な叫び声と慟哭により荒み切っていた僕の心が、少しずつほぐれていく気がした。

いつだって彼女には、僕を癒してくれる不思議な力がある。それは、彼女と付き合い始めた二年前からずっと変わらない。一緒にいると、何か大きな存在に守られているような気がすることもあった。

きっとこの先も、彼女と一緒ならやっていける。そのためにも僕が彼女を幸せにする。そして生まれてくる子供を何より大切にしよう。父さんがそうしてくれたように、今度は僕が家族を守る番だ。

雫子に殺されかけたあの時、死を間近にした瞬間、僕の脳裏に浮かんだのは妻と、生まれてくる子供のことだった。このまま死んだら二度と彼女に会えない。生まれてくる子の顔も見られない。それは嫌だった。何が何でも生きたいと思った。

だから那々木の思惑に気が付いた時、僕は咄嗟に話を合わせた。

――幽霊だって勘違いをする。

雫子は那々木が差し出した遺骨を霧絵のものだと思い込んだ。あんなやり方で彼女を騙すなんてフェアとは言えないかもしれない。けれど他に生き残る方法はなかった。

死者を冒瀆する行為。あるいは倫理観に反する行為だと咎められても文句は言えない。だがそれでも僕は彼女と子供の元へ帰りたかった。その手段がたとえ死者を謀る行為になるとしても構わないと思った。

もう一度彼女に会えるなら、それでよかったんだ。

でも、だからこそ皆方村で起きたことは何一つ妻に言うべきではない。かつて自分の家族を殺害し、神社に火をつけた村人たちの最期も。その連中に恐怖と苦痛を与えて復讐を果たしたのが怨霊と化した母親だったということも。そしてその母親が赤の他人である夏目美香の遺骨を娘のものと思い込み、胸に抱いて奈落の底へと落ちていったことも。

――真実を告げることが必ずしも最良の結果を導き出すとは限らない。

彼女はもう十分に苦しんだ。目の前で父親を殺され、母親は生きたまま焼かれ、自身も大けがを負って生死の境をさまよった。美香を儀式の生贄として殺されたと思い込んでいた夏目清彦は、かろうじて息のあった彼女の口から真実を告げられたのだ。儀式の生贄にされたのは美香ではなく、全く別の人物であると。

ホームに設置された掲示板に視線をやると、いくつかの観光案内に紛れて古びた一枚の捜索チラシが目に留まる。三日前、ここに降り立った時にも目にしたものだ。

十二年前に行方をくらましたまま見つかっていない、カメラに向かって満面の笑みを浮かべる十五歳の少女。この少女こそ村の人々が本殿に踏み込んだ時、儀式の生贄としてすでに殺されていた人物だったのだ。その後の火事によって霧絵の死体として処理されたため、今も行方知れずとなったままの哀れな犠牲者である。

娘が殺されていないと知った夏目は、当時看護師であった妻の助けを借りて失血死寸前だった彼女の命を救った。そのまま村に戻すわけにもいかず、死体を谷底へ捨てたと偽ったうえで彼女を逃がした。そしてひそかに遠戚を頼り、受け入れてくれる里親を見つけ新しい家族を与えてくれた。

彼女はそこで優しい両親と年の離れた姉と共に過ごし、成長と共に少しずつ傷を癒していった。環境が人を作るというのは本当で、僕と十年ぶりに再会した時、彼女は驚くほど社交的で明るく快活な女性へと変化を遂げていた。首筋に残った傷跡を隠すために髪を長く伸ばしているため、あの頃の面影は今もはっきりと残っている。

彼女は村で起きたことの詳細を僕に話すのを嫌がった。だから僕は妊娠を告げられた時、自分の過去に向き合うかたわら、彼女の身に何が起きたのか、その真実を解き明かしたくてこの地に戻ってきた。

　皆方村にやって来た本当の理由は、まさしくそこにあったのだ。

　思いがけぬ出来事に巻き込まれ、当初の目的を果たす頃には大勢が死んでしまった。紗季や芽衣子、篠塚、松浦、そして宮本。村を襲った災いにより命を落とした者たちには、もはや未来は存在しない。

　だが彼女は生きている。未来があるのだ。その未来を守るのが僕の務めだ。彼女と僕と赤ん坊で作っていく新たな家族としての未来を。

　僕たちの未来に、この村で起きた悲劇は必要ない。知って苦しむだけなら知る必要なんてないのだ。彼女を苦しめるものは何であれ僕が排除する。それこそが、彼女が生きている事実を友人たちに打ち明けられなかった僕が果たすべき贖罪でもあるのだから。

　列車が構内に滑り込んできた。

　吹きつける風が建付けの悪い掲示板をガタガタと揺らす。

『帰って来るの、待ってるからね』

　優しく耳朶を打つ声に、思わず胸が熱くなった。

「すぐに帰るよ。だから待ってて、霧絵」

本書は書き下ろしです。

ぬばたまの黒女(くろめ)

阿泉来堂(あずみらいどう)

角川ホラー文庫　22718

令和3年6月25日　初版発行
令和6年11月25日　5版発行

発行者——山下直久
発　行——株式会社KADOKAWA
〒102-8177　東京都千代田区富士見2-13-3
電話 0570-002-301(ナビダイヤル)
印刷所——株式会社KADOKAWA
製本所——株式会社KADOKAWA
装幀者——田島照久

●お問い合わせ
https://www.kadokawa.co.jp/（「お問い合わせ」へお進みください）
※内容によっては、お答えできない場合があります。
※サポートは日本国内のみとさせていただきます。
※Japanese text only

ISBN978-4-04-111517-6　C0193

◆◆◆

角川文庫発刊に際して

角川源義

第二次世界大戦の敗北は、軍事力の敗北であった以上に、私たちの若い文化力の敗退であった。私たちの文化が戦争に対して如何に無力であり、単なるあだ花に過ぎなかったかを、私たちは身を以て体験し痛感した。西洋近代文化の摂取にとって、明治以後八十年の歳月は決して短かすぎたとは言えない。にもかかわらず、近代文化の伝統を確立し、自由な批判と柔軟な良識に富む文化層として自らを形成することに私たちは失敗して来た。そしてこれは、各層への文化の普及滲透を任務とする出版人の責任でもあった。

一九四五年以来、私たちは再び振出しに戻り、第一歩から踏み出すことを余儀なくされた。これは大きな不幸ではあるが、反面、これまでの混沌・未熟・歪曲の中にあった我が国の文化に秩序と確たる基礎を齎らすためには絶好の機会でもある。角川書店は、このような祖国の文化的危機にあたり、微力をも顧みず再建の礎石たるべき抱負と決意とをもって出発したが、ここに創立以来の念願を果すべく角川文庫を発刊する。これまで刊行されたあらゆる全集叢書文庫類の長所と短所とを検討し、古今東西の不朽の典籍を、良心的編集のもとに、廉価に、そして書架にふさわしい美本として、多くのひとびとに提供しようとする。しかし私たちは徒らに百科全書的な知識のジレッタントを作ることを目的とせず、あくまで祖国の文化に秩序と再建への道を示し、この文庫を角川書店の栄ある事業として、今後永久に継続発展せしめ、学芸と教養との殿堂として大成せんことを期したい。多くの読書子の愛情ある忠言と支持とによって、この希望と抱負とを完遂せしめられんことを願う。

一九四九年五月三日

ナキメサマ

阿泉来堂

恐ろしいほどの才能が放つ、衝撃のデビュー作。

高校時代の初恋の相手・小夜子(さよこ)のルームメイトが、突然部屋を訪ねてきた。音信不通になった小夜子を一緒に捜してほしいと言われ、倉坂尚人(くらさかなおと)は彼女の故郷、北海道・稲守(いなかみ)村に向かう。しかし小夜子はとある儀式の巫女に選ばれすぐには会えないと言う。村に滞在することになった尚人達は、神社を徘徊する異様な人影と遭遇。更に人間業とは思えぬほど破壊された死体が次々と発見され……。大どんでん返しの最恐ホラー、誕生！

角川ホラー文庫

ISBN 978-4-04-110880-2

ぼぎわんが、来る

澤村伊智

空前絶後のノンストップ・ホラー！

“あれ”が来たら、絶対に答えたり、入れたりしてはいかん――。幸せな新婚生活を送る田原秀樹の会社に、とある来訪者があった。それ以降、秀樹の周囲で起こる部下の原因不明の怪我や不気味な電話などの怪異。一連の事象は亡き祖父が恐れた“ぼぎわん”という化け物の仕業なのか。愛する家族を守るため、秀樹は比嘉真琴という女性霊能者を頼るが……!? 全選考委員が大絶賛！ 第22回日本ホラー小説大賞〈大賞〉受賞作。

角川ホラー文庫

ISBN 978-4-04-106429-0